JN037640

スター作家傑作選

幸せを呼ぶキューピッド

Cupid of Happiness

リン・グレアム
タラ・T・クイン

Published by Harlequin Japan,
a Division of K.K. HarperCollins Japan, 2024

Contents

シークの隠された妻

The Sheikh's Secret Babies

リン・グレアム

春野ひろこ 訳

リン・グレアム

北アイルランド出身。10代のころからロマンス小説の熱心な読者で、初めて自分で書いたのは15歳のとき。大学で法律を学び、卒業後に14歳のときからの恋人と結婚。この結婚は一度破綻したが、数年後、同じ男性と恋に落ちて再婚するという経歴の持ち主。小説を書くアイデアは、自分の想像力とこれまでの経験から得ることがほとんどで、彼女自身、今でも自家用機に乗った億万長者にさらわれることを夢見ていると話す。

主要登場人物

クリスティーナ・ホイッティカー……保育クラスの臨時教師。愛称クリシー。
タリフ……クリシーの息子。
ソラーヤ……クリシーの娘。
エリザベッタ・サバティーノ……クリシーの姉。愛称リジー。
チェザーレ・サバティーノ……リジーの夫。
ジャウル・アル‐ザイード……マルワンの国王。
バンダル……ジャウルの法務顧問。
ザリハ……マルワンの宮殿の女官。
ルット・アル‐ザイード……ジャウルの父。故人。
ユスフ……ルットの元顧問。

1

若きシーク、ジャウル・アル‐ザイードはナツメヤシの木が植えられた中庭を見やった。彼は父ルットの死に伴い、マルワンの王位を継いだばかりだった。

中庭では黒髪の美女が、彼女の姪《めい》と甥《おい》と遊んでいた。美女の名はザリハ。高い教育を受け、優美で気立てがよく、生まれもよい。すばらしい王妃になるだろう。それがわかっているのに、なぜかジャウルはその気になれずにいた。

マルワンはペルシャ湾岸に位置し、小さいながらも豊富な石油資源を有する、きわめて保守的な国だ。国王が長いこと独身でいるのは望ましくない。官僚たちはこぞってジャウルに妃《きさき》をめとってほしいと望んでいる。王朝というものは、世継ぎがいなければ安泰とは言えない。ジャウルにきょうだいはなく、父もひとりっ子だった。

マスコミはつねに憶測をめぐらせ、ジャウルが若い女性と話せばすぐに騒ぎたてる。自分に正直になるなら、ジャウルが結婚をためらう理由ははっきりしていた。ザリハは美しいが、ふたりのあいだにはほんのわずかも惹《ひ》かれ合う気持ちがないのだ。とはいえ、それこそ、ぼくがいま求めるものではないのか？　かつてぼくを破滅に導いた激しい恋愛感情とは無縁の結婚こそが。

ゆっくりとしたノックの音が響いたかと思うと、法務顧問のバンダルが姿を現した。

「うかがうのが早すぎましたなら、申し訳ありません」頭のはげあがった小柄な男は深々と頭《こうべ》を垂れた。

ジャウルはバンダルに座るよう手ぶりで示した。

「本日は、非常に扱いにくい問題に関してご相談したく、お目通りを願いました」バンダルは居心地悪そうに言った。「しかしながら、この件をお伝えするのは顧問としてのわたくしの役目でございます」

いったいなんの話かといぶかりながら、ジャウルはバンダルをしげしげと眺めた。「おまえとわたしのあいだで話し合うのが難しいことなど――」

「ですが、この件をわたくしの前任、ユスフに申しましたところ、陛下のご不興を買いたくなければ二度と口にするなと命じられました。というわけで、その場合に備えまして、先にお詫《わ》びを申しあげる次第です」

ユスフはジャウルの父の顧問だった男で、ルット国王の崩御後に引退した。

「わたしは些細《ささい》なことで機嫌を悪くしたりしない。それにわたしを法的な問題から守るのがおまえの役目だ」ジャウルは言った。「当然、おまえの責務は尊重する」

「では、本題に入らせていただきます」バンダルが憂いを含んだ声で切りだした。「二年前、陛下は若いイギリス人の女性と結婚なさいました。その事実はほんのひと握りの者が知るのみですが、そろそろ適切な対応をとるべきかと思われます」

「しかし、あれは正式な結婚ではなかった」ジャウルは硬い声で言い返した。「わたしが前もって父の許可をとらなかったために、法的に無効だとはっきり言われた」

「それはお父上の希望的観測と申しあげたほうがよいかと存じます。お父上は陛下の結婚が違法であることを強く期待されたため、ユスフは合法であると申しあげる勇気を出せず、そのままになってしまったのです」

ジャウルの淡い褐色の肌からさっと血の気が引い

た。「では、あの結婚は合法だったと？」

「マルワンの憲法には皇太子が自ら選んだ花嫁と結婚するのを禁じる条項はございません。陛下は当時二十六歳、未成年ではありませんでした。ですから、結婚はいまも有効なのです。その後、結婚を解消するのに必要な処置も講じていらっしゃらないので」

クリーム色の麻の民族衣装、トーブをまとったジャウルのたくましい肩がこわばった。彼が描いていた結婚の計画を打ち壊す新事実だった。

このぼくが既婚者だったとは。花嫁と一緒に暮らしたのはほんの数週間だったため、たったいまバンダルがもたらした事実はジャウルにとって衝撃的だった。「わたしが結婚を解消するための行動を何も起こさなかったのは、あれが違法であり、無効だと言われたからだ」

「あいにく、そうではなかったのです」バンダルがため息をもらした。「二年前の結婚から解放されるには、陛下はイギリスとマルワンのどちらの法律にもかなうよう正式な離婚手続を踏む必要がございます」

ジャウルは窓際まで大股に歩いていった。そこからは甥と姪と遊ぶザリハの姿がいまも見えたが、その光景はもはや目に入っていなかった。「どうやらそのようだな。しかし、これについては何カ月も前に知らされてしかるべき――」

「先ほども申しあげましたとおり、わたくしはこの問題を持ち出すことを上役であるユスフから禁じられており――」

「父が亡くなってから三カ月がたつのだぞ」ジャウルは硬い口調でバンダルに思い出させた。

「陛下に申しあげる前に、事実関係を確認する必要がございました。わたくしどもの調べでは、陛下の奥さまは別居後も離婚の申し立てをしていませんでした」

ジャウルの引き締まったハンサムな顔が引きつった。「彼女のことを〝奥さま〟などと呼ぶのはやめてくれ」

「それでは、問題の女性のことを王妃さまとお呼びしたほうがよろしいので？」バンダルの確認の仕方は気配りに欠けていた。「なぜなら、クリスティーナ・ホイッティカーは、本人が知ろうと知るまいと、王妃にほかならないからです。マルワン国王の配偶者には必ず王妃の地位が与えられます」

ジャウルは荒々しく息を吸いこみ、褐色の手をこぶしに握った。彼は人生で一度だけ重大な過ちを犯したが、その過ちによって、最悪のタイミング、最悪の形で悩まされる羽目になった。若気の至りで金目当ての女と結婚してしまい、事もあろうに、相手の女は見返りの金を得られるチャンスをつかむなり、姿を消してしまったのだ。

「当然のことながら、かの若い女性に対するお父上のご意見をわたくしはごもっともと思いましたが、ひょっとすると現在は――」

「いや、父の判断は正しかった。彼女はわたしの妻としても王妃としてもふさわしくなかった」ジャウルは歯を食いしばって認めた。形のよい頬にかすかな赤みが差す。「わたしは反抗的な息子だった、バンダル。しかしその後、教訓を得た」

「若き日の教訓はしばしば痛みを伴うものです」バンダルは静かな声で言った。現国王が父王とは異なることに安堵《あんど》していた。父王は激しやすく、自分の気に入らないことを言った相手に容赦なく怒りをぶつけた。

ジャウルはバンダルの言葉にほとんど耳を傾けていなかった。脳裏にしまいこんでいた、彼を落ち着かなくさせる記憶が次々とよみがえっていたからだ。心の目に見えているのは、彼のもとから歩き去るクリシーの姿だった。そして、風に揺れる彼女のプラチナブロンドの髪に、ガゼルのように優美で長い脚。
とはいえ、そのようにして彼女がジャウルのもとから去ったのは、一度や二度ではなかった。出会った直後から、クリシーは狡知《こうち》にたけた誘惑のゲームを開始した。血気盛んで、女性から拒絶されたことのなかったジャウルは、彼女の無関心な態度に挑戦意欲をかきたてられた。結局、彼女を落とすのには二年以上かかり、本当の意味で自分のものにすることができたのは、ジャウルが彼女に屈服し、結婚指輪を渡してからだった。長きにわたった欲求不満と禁欲の日々が続き、クリシーに対する性的な執着は耐えがたいほどに高まっていた。

欲望に負けた代償は早い段階で払わされることになった。クリシーと大喧嘩《おおげんか》をした挙げ句、彼女を伴わずにマルワンに帰国したジャウルは、信じられないことに、その日を最後に今日に至るまで彼女と一度も会っていなかった。運命の介入によって、彼はクリシーから解放されたのだ。大事故に遭い、病院で意識を取り戻すと、さながら見張り番のように父がかたわらに座っていた。その老いた顔には悲嘆と気遣わしげな表情が深く刻まれていた。

人生で初めて、キング・ルットは息子を励まそうとぎこちないしぐさで手を差しのべた。それから、クリスティーナ・ホイッティカーは見舞いには来ないと重々しい口調で告げた。ふたりの結婚は違法であり、彼女はジャウルのことを忘れるための手切れ金を受け取ったという。キング・ルットは大金を使ってクリシーの口を封じ、彼女はそれで満足したらしい。

病院のベッドに横たわり、途方に暮れながらありえない夢想をめぐらしたことを、ジャウルは突然思い出した。イギリス国内では外交特権が適用されるため、クリシーを無理やりさらってこようかと考えたのだ。いまそのときのことを振り返ると、あきれて首を振るしかなかった。妻が妻ではなかったこと、そのうえ経済的な補償を充分に得られれば、クリシーが彼の妻であることを望まなかったという驚愕《きょうがく》の事実を受け止められるようになるには、かなりの時間を要した。アラブの皇太子である夫がいなくても、裕福な暮らしが約束されるなら、クリシーは喜んでジャウルと手を切った。大怪我《おおけが》を乗り越え、再び歩けるようになるまで彼を叱咤《しった》したもの――それは怒りと復讐心《ふくしゅうしん》だった。

「この件をどのように処理するべきか、陛下のお考えをお聞かせ願えますか」

バンダルにそう言われ、ジャウルの意識は現在に引き戻された。

「ロンドンの駐在大使の協力を得て、第一級の法律事務所に離婚書類を作成させました。別居期間がかなりの長期に及んでいるので、離婚は単なる手続き上の問題になるだろうとのことです。法律事務所からクリスティーナ・ホイッティカーにすぐ連絡させましょうか？」

「だめだ」ジャウルはさっと振り返った。ブロンズ色の顔が険を帯びている。「われわれがまだ夫婦であることを彼女が知らないのであれば、第三者を通じて知らせるわけにはいかない。それはわたしが自らするべきことだ」

バンダルは驚き、眉をひそめた。「しかしながら陛下――」

「彼女に対してその程度の礼は尽くさなければ」ジャウルは遮った。「なにしろ、われわれの結婚が違法であったと彼女に誤解させたのは父だからな。クリシーは気短な女だ。わたしが自らコンタクトをとったほうがすみやかに事が運ぶだろう。離婚書類はわたしから直接クリシーに渡す」

「承知いたしました」バンダルは頭を下げた。「友好的かつ内密に」

「そうだな」クリシーにもう一度会うことを考えただけでよこしまな興奮を覚えた自分に、ジャウルは驚いた。もっとも、クリシーほどかきたてられた女性はあとにも先にも彼女ひとりだった。もちろん、いまは彼女が欲得ずくの冷たい女だとわかっているから、魅力を感じることなどない。彼には分別が、そしてもはやホルモンの言いなりになったりしない自信があった。

性的な衝動のせいで、自分がいかに愚かになるかわかってからは、ジャウルはそれをしっかり抑えこんできた。クリシーとの経験で大きな教訓を得たのだ。二度と、女性が弱みとなるような事態に陥ってはならない。だからこそ、結婚を忌避せず、できるだけ早く妻をめとろうと決めたのだ。

その決断をすぐには実行に移せなくなったことに気づいて、ジャウルは顔をこわばらせた。そしてクリシーに礼儀正しく接しなければならないことに思い至るや、ふだんはセクシーな口元が不快そうにゆがんだ。クリシーに対して彼が抱いている感情はおよそ礼儀正しさとは無縁だった……昔から。

プレゼントとカードを腕いっぱいに抱え、クリシーは小学校の正面玄関のドアを肩で押し開けて車へと向かった。彼女はこの小学校で保育クラスを担当していた。

「さあ、ぼくに手伝わせてくれ」

長身でたくましい体つきの若者が笑顔で近づいてきて、クリシーの腕からプレゼントをいくつか受け取った。おかげで彼女は車のロックを外すことができた。

「きみは子供たちから慕われているんだな」

「あなただって、山ほどプレゼントをもらったんじゃないの？」クリシーはダニーにきいた。彼は六年生の担任だ。

「まあね。ワインやら、ブランドもののオーデコロンやら」ダニーはユーモアたっぷりに答えながら、クリシーがプレゼントを積めるように彼女の車のトランクを開けた。「裕福な中流階級が暮らすこのあたりじゃ、学期最後の日はまるでクイズ番組で優勝した気分になる」

思わずクリシーはほほ笑んだ。ターコイズブルーの瞳がおかしそうにきらきら輝く。「確かに学期末の贈りものは限度を超えつつあるわね。保護者はお金をかけすぎるわ」

ダニーはトランクのドアを閉め、そこにもたれた。

「ところで、夏休みはどうやって過ごすつもり?」

「姉と……ちょっと旅行でもと思っているの」

「お金持ちのイタリア人と結婚したお姉さん?」

「ええ。わたしのきょうだいは姉ひとりだもの」クリシーは車のキーを揺らし、ダニーが察しよく車から離れてくれるのを期待した。

ダニーは顔をしかめた。「クリシー、若い時間は短いんだ。たまには家族から離れて、ひとりでちょっと冒険をしてみたいとは思わないのかい?」

クリシーはなんとか笑みを張りつけたままでいた。二年前、彼女は冒険をした。その結果、いかに悲惨な目に遭ったか! いまは無難な日々を送り、姉との関係を修復しようと努めている。

五歳上の姉リジーを、クリシーは心から愛していた。クリシーの人生の歯車がおかしくなったとき、リジーは落胆すると同時に妹の判断ミスは自分に責任があると思いこんだ。そのためクリシーは後ろめたさに苦しんだ。

〝リジーはきみを愛しているから……きみに幸せになってほしいと思っているんだ〟義理の兄、チェザーレから言われたことがある。〝きみが彼女に一部始終を隠さず話せば、リジーの気持ちもずっと楽になるんじゃないかな〟

しかし、クリシーは自分の転落についていまだにすべてを語ってはいない。誰にも。失敗の代償を払いつづける毎日——それだけで充分つらいのに、本当のことを人に打ち明けたすえに自分の信用ががた落ちになるなんて、とうてい耐えられない。

「ぼくはコーンウォールで過ごす」ダニーはサーフィン三昧の計画について、夏が来る何カ月も前から教員室で話していた。

「楽しんできてね」クリシーは彼の前をすり抜け、ドアに手をかけた。

ダニーが彼女の手首をつかんで引き留める。「きみが一緒に来てくれたら、さらに楽しくなること間違いなしだ。ただの友だちとして。それ以上のことは何も考えなくていい。頼むのはこれが最後だから、クリシー。少しだけ人生を楽しんで、羽を伸ばしたっていいはずだ。そうだろう？」

青い瞳を不快そうに陰らせ、クリシーはダニーの手から手首を引き抜いた。「さっきも言ったとおり、わたしには予定が——」

「きみはかつて、男で痛い目に遭った経験があるんじゃないか？」ダニーはばつが悪そうに顔を赤らめながら、一歩あとずさって両手をポケットに突っこんだ。「けれど、誰だって似たような経験のひとつやふたつはある。人生を楽しみたいと思ったら、自分から手を伸ばさないと」

息を切らしながらクリシーは運転席に乗りこみ、ドアを閉めた。昔は彼女も人生を楽しもうとした。いま送っているのとはまったく異なる人生を。博士号を取得して学者として名を成し、自由に生きることを夢見ていた。しかし、時として人生には思いもかけない落とし穴が待っている。成功が目の前に迫ったときに突然、再考を促したりする。いまの彼女は人生を楽しむために自ら手を伸ばせる立場にない。なぜなら責任を負う相手がいて、自由が限られているからだ。クリシーにとっていちばん惨めなのは、姉の援助にすがらなければならない点だった。もしも正しい選択をしていたら、事情はまったく異なっていたはずなのに……。

ジャウルと出会うずっと前に、クリシーとリジーは亡き母からギリシアの小さな島を相続した。リジーの夫であるチェザーレが、その島――リオノス島を姉妹からかなりの高額で買い取ってくれた。それはクリシーが双子を妊娠するよりも前のことで、彼女は二十五歳の誕生日が来るまでは手をつけられないよう、その売却益を信託財産にした。それが賢明な選択だと考えたのだ。島の売却益は彼女にとって頭がくらくらするような金額だったし、母親から浪費癖を受け継いでいるかもしれないと不安もあったからだ。天からの恵みとも言えるお金は、もっと自分がしっかりするまで残しておきたかった。

クリシーはいま二十四歳。この一年、あのお金を使えたら、少なくとも経済的な自立はできたのにと後悔しきりだった。実際は教師として働くために、姉が雇っているベビーシッターのサリーに子供たちの面倒を見てもらわなければならなかった。クリシーの給料からサリーの賃金をひとりで負担するのはとうてい無理だった。

一方、クリシーはチェザーレのアドバイスに従い、ひとつだけ賢明な決断をしていた。売却益を信託財産にしてしまう前にその一部を使って、ベッドルームふたつのアパートメントを即金で購入しておいたのだ。いま小さな車を維持し、サリーの賃金のうちの少なからぬ額を負担できているのはそのおかげだ。リジーによれば、自分たち家族が海外にいるあいだ、クリシーの双子の面倒を見ることでサリーは失業しないですむから、結果的にクリシーは姉たちの便宜を図っていることになるという。

贈りものとカードが入った手さげ袋をいくつも持って、クリシーは一階にあるアパートメントのドアを開けた。

すぐにサリーがキッチンから出てきた。「お茶を召しあがりますか？」ふくよかで、ブルネットの彼女が笑顔できく。

「ええ、ぜひ。今晩は出かけないの？」クリシーはからかうように言った。サリーは活発にナイトライフを楽しむタイプで、ドレスアップするためにリジーのタウンハウスへ飛んで帰ることがたびたびあるからだ。

「今晩は出かけません……通帳の残高が借り越しになるのはいやですからね！」サリーは顔をしかめて冗談を言った。

クリシーは手さげ袋を床に置いて居間へ入っていった。赤ん坊ふたりがカーペットの真ん中でブロック遊びをしている。ふたりとも髪は漆黒、瞳の色も濃く、真っ黒に近かった。タリフが手にしていたブロックを離し、歓声をあげてクリシーのほうへ這《は》ってきた。ソラーヤは笑い声をあげ、両手を高く上げた。彼女はタリフほど活発ではない。

「ただいま、わたしのかわいい子供たち」クリシーは愛情のにじんだ声で言い、顔をほころばせて床に膝をついた。それからタリフを抱きしめ、ソラーヤにも手を伸ばした。

「ママ、ママ」ソラーヤが熱心に言い、ぽっちゃりした小さな手で母親の頬に触れた。

タリフはクリシーの髪を引っぱり、頬にぶちゅっとキスをすると母にしがみついた。とたんにクリシーは一日の疲れや憂いが吹き飛ぶのを感じた。生まれたその日から、双子に心を奪われていた。最初は同時にふたりも育てられるだろうかと不安だったが、リジーが彼女のタウンハウスにクリシーたちを連れて帰り、育児の基礎を教えてくれた。

〝大変だけどなんとかなるものよ……どこのお母さんもそう〟とリジーは妹を励ました。

けれど、我が子にどれほど強烈な愛情を感じるかは、誰も警告してくれなかった。妊娠中は子供のことをジャウルの子と考えるようにしていた。クリシーは彼を恨んでいた。母親になる心の準備ができていなかったため、シングルマザーになることを考えると身のすくむ思いだった。ところが、実際に双子が生まれてみると、ふたりの健康と幸せしか考えられなくなった。

「今日の午後、公園へ連れていったんですが、ブランコから降ろすときに、タリフがものすごい癇癪《かんしゃく》を起こして」サリーが昼間の報告を始めた。「あんまり暴れるので、泣きやむまでしばらく寝転がしたままにしておきました。びっくりしましたよ」

「機嫌が悪くなると、タリフは手に負えなくなるのよね」クリシーは恨めしそうに言った。「でも、ソラーヤも同じなの、気に入らないことがあると。ふたりそろって短気なんだから」

父親そっくり。クリシーはそう思って途方に暮れた。ジャウルの姿が脳裏をよぎる。がっしりした肩に漆黒の髪がかかり、濃い色の瞳が怒りにきらめく。熱いという言葉では足りないほど情熱的で、かっとなるときもベッドのなかでも、あらゆる場面でホットだった。いけない震えがクリシーの体を走り抜けた。でも、ジャウルは驚くほど頑固で衝動的で、予測のつかない人だった。

「大丈夫ですか？」サリーが尋ねた。母親の腕が緩んだのを見て、双子を自分のほうに引き寄せながら。「なんだか心ここにあらずに見えましたけれど。少し顔色も悪いし」

「わたしなら大丈夫」クリシーは顔を赤らめて慌てて立ちあがると、小さなキッチンに入ってサリーの代わりにお茶をいれはじめた。

　ときおり、過去が前触れもなしによみがえってくる。時間が止まり、過去へと無理やり引き戻されてしまう。言葉の断片、懐かしい香りや音楽の一節によって心の古傷が刺激される。愛してさえいなければ、もっと簡単にジャウルのことを乗り越えられただろう。しかし、子供たちのためにも彼を愛してよかったと、クリシーは自分に言い聞かせてきた。たとえ長続きはしなかったにしても。彼はわたしに嘘《うそ》をつき、たぶん浮気もしていたに違いないけれど。

　彼の父親に手切れ金を提示されたとき、彼女はジャウルはろくでなしだと知った。ふたりは夫婦となり、一生ともに生きていくのだと言ったろくでなし。ジャウルからすれば、お金があらゆる問題に対する完璧な解決策だった。傷ついた心も失望も魔法のように癒やしてくれる。〝一生ともに〟はジャウルが飽きるまでしか続かなかった。

〝人はぼくが気前よく与えることを期待する〟

　ジャウルがそう言ったとき、クリシーは言い返した。

〝お金があるからって、湯水のごとく使う必要はないでしょう。それは浪費にほかならないし、見せびらかしているみたい〟

　すると、ジャウルはむっとした顔で彼女をにらんだ。〝見せびらかしてなどいない！〟

　当然ながら、彼は人の注目を集めるのに見せびらかす必要などなかった。息をのむほどのハンサムで、どこへ行っても女性が振り返った。たとえ外見が目を引かなくても、派手なスポーツカーとボディガードの一団、贅沢《ぜいたく》なライフスタイルが人々にとても強い印象を残すことは疑う余地がなかった。

　クリシーはサリーに紅茶の入ったマグカップを手渡した。双子たちは再び床で遊んでいる。

「ふたりのお気に入りのおもちゃは全部まとめて、わたしの車に積みこみました。忘れものの心配が少しでも減るといいかと思って。明日、荷造りなさるときに」サリーが言った。

「ありがとう」クリシーはほほ笑んだ。「でも、リジーたちのタウンハウスへはしょっちゅう泊まりに行っているから、寝ながらでも荷造りできるんじゃないかしら。リジーと子供たちに会うのが待ちきれないわ」

「マックスとジアーナは大喜びするでしょうね。タリフとソラーヤが前よりも活発に動けるようになって」

「ジアーナはがっかりするんじゃないかしら、ふたりがじっとしていなくて」クリシーは笑った。よちよち歩きながらも威張った姪っ子はタリフとソラーヤを大きな人形のように扱い、ふたりとままごとをするのを楽しみにしていた。

サリーが帰ると、クリシーは双子に夕食を食べさせ、それから入浴をすませてベビーベッドに寝かしつけた。寝る前の読み聞かせをしているあいだ、夏休み明けも、いまの仕事を続けられるのだろうかと考えずにいられなかった。この一年は産休補助としての一時的な契約だったし、常勤として雇ってもらえる可能性は限りなくゼロに近い。不安が頭から離れず、早めに床に就いてもよく眠れなかった。

翌朝は食事のあと子供たちを着替えさせ、短い時間、昼寝をさせた。リジーたちのところへ着いたときに、ふたりがご機嫌であるように。

玄関の呼び鈴が鳴ったのは、クリシーがナイトウエアのショートパンツとＴシャツ姿で家のなかを片づけていたときだった。

ジャウルは好奇心に駆られて、バンダルから教えられた住所まで空港から直行した。クリシーは高級住宅街に住んでいた。ジャウルの形のいい口が皮肉っぽくゆがむ。彼は疎遠になった妻に別居手当を与えていなかったが、父が渡した手切れ金のおかげで彼女は暮らしに窮しはしなかったらしい。二年前、病院のベッドになすすべもなく横たわりながら、彼はクリシーがすぐにほかの男とつき合うのではないかと考え、身を焼かれるような激しい怒りを覚えた。いまジャウルが望んでいるのは静かな幕引きだけだった。そもそもしてはならなかったばかげた結婚を終わらせること。

ドアののぞき穴から外をのぞいたクリシーは、眉をひそめた。背が高く、濃い色の髪をした男性が立っている。こちらに背を向けているので、顔は見えない。セキュリティ・チェーンをかけてからドアを開ける。「はい？」

「開けてくれ」男性が言った。「ジャウルだ」

驚きに目を見張り、クリシーはぱっと頭を後ろに引いた。ターコイズブルーの目がドアの隙間を凝視する。黄金色の肌、男性的なしっかりした顎、気の短さをうかがわせる濃い色の目、たいていの女性が羨ましがる長く濃いまつげ。忘れられるわけがない。いまにも心臓が喉から飛び出しそうに感じ、クリシーは息をすることも声を出すこともできなかった。とっさにドアをばたんと閉め、そこに背中をあずけた。膝ががくがくして、そうでもしなければ立っていられない。

ジャウルが悪態をつき、いらだたしげにもう一度呼び鈴を鳴らした。

クリシーはずるずると床にくずおれた。ジャウル……いまさら現れても遅すぎる。彼の裏切りを乗り越え、前進するために葬り去った喪失感と悲しみが、堰《せき》を切ったようにあふれ出す。こんなふうに、なんの前触れもなくやって来るなんて信じられない。でも、彼は姿を消したときもわたしに何も言わなかった。クリシーは陰鬱な気持ちで思い出した。

また呼び鈴が鳴らされた。誰かの指がそこに張りついてしまったかのように。クリシーはびくっと身を震わせたあと、なんとか落ち着こうと深呼吸をした。ジャウルがなぜロンドンにいるの？　どうしてわたしの住所を知っているの？　それに、いまごろになってわたしに会いに来たのはなぜ？

最近、父親が亡くなって、ジャウルが王位に就いたことと関係があるの？　彼の父親が会いに来て以来、クリシーはジャウルについてインターネットで調べることを自分に禁じていた。彼への好奇心にふたをしたのだ。しかし、先だってまったくの偶然から、新聞記事で彼の父が急逝したことを知った。

「クリシー」

ドアの向こうでジャウルがいらいらと彼女の名前を呼ぶのが聞こえ、クリシーははっとして背筋を伸ばした。わたしの人生をめちゃめちゃにした男。わたしは彼から逃げも隠れもしない！

2

クリシーはいったん居間に戻り、カーテンの陰から外をのぞいた。ジャウルは再びこちらに背を向けて歩道に立っている。彼を囲んでいる数人のダークスーツの男たちはボディガードに違いない。いまもクリシーの心臓は激しく打ち、胸が苦しくなるほどだった。

鼻先でドアを閉められることに、ジャウルは慣れていないはずだ。怒っているに違いなく、怒ったときの彼は怖いほど予測がつかない。ジャウルがこちらを振り返ろうとしたので、クリシーは慌ててカーテンの後ろに隠れ、なんとか彼の次の行動を予想しようと試みた。そして、彼をなかに入れたほうが賢明だと考え、玄関ドアの前に戻った。臆するまいと胸を張り、チェーンを外してドアを開ける。

ジャウルは呼び鈴に伸ばしかけた手を宙でそのまま止めた。戸口に現れたクリシーを見てはっと息をのむ。ショートパンツにTシャツという格好のせいで、すらりと長い脚と、張りのある胸のラインがあらわになっている。すばやくまつげを伏せて目の表情を隠してから、ジャウルは官能的な唇を固く引き結んだ。「クリシー……」

「ここで何をしているの？」クリシーはぶっきらぼうにきいた。時間の経過はなんと大きな変化をもたらすものだろう。二年前に彼が姿を現していたら、クリシーは抱きついて感謝と愛情のこもったキスの雨を降らせただろう。だが、もう昔の話だ。ジャウルは彼女の胸を引き裂いた。一度も連絡をよこさず、説明も謝罪もなかった。まったく音沙汰のないことが、すべてを如実に物語っていた。ジャウルはわたしを愛していなかった。心から大切に思ったことなど一度たりとなかったのだ。もしあれば、わたしのもとを去ったまま、一度も様子を尋ねてこないなんてありえない。

「入ってもいいか？　話があるんだ」ジャウルはベルベットを思わせる気だるげな声で言った。

「どうしてもと言うなら」背中をこわばらせ、クリシーは一歩下がった。感情を揺さぶられずに再びジャウルと会い、話をするには尋常ではない精神力が求められた。

ジャウルは彼女が覚えている彼とあまり変わらない服装――柔らかな革のジャケットにジーンズという格好だったが、相変わらず優雅で、動作のひとつひとつがセクシーだった。

百九十センチの長身は、ハイヒールを履いた百七十センチ超の女性と並んでも絵になる。肩幅は広く、腰は引き締まり、乗馬で鍛えた腿は実に力強い。肩をかすめる豊かな漆黒の髪、古典的な形のいい鼻、高い頬、官能的な口元もすばらしい。とはいえ、最初に目を奪われ、そして最後まで記憶に残るのは、濃い色の美しい目だった。ときに漆黒に、ときに夜空に輝く星のごとく明るく、陽光を受けると魅惑的な金色に見える。クリシーは体の奥深くが刺激され、続いてとろけるような感覚に襲われた。

床に子供のおもちゃが散らかっているのを見て、クリシーは自分がどれだけ動揺しているかに気づいた。ジャウルは子供の様子を尋ねに来たのかもしれないなどとは、ちらりとも考えなかったからだ。

もっとも、わたしが妊娠に気づくよりもずっと前に、ジャウルは姿を消した。双子のことを知るはずがない。それに、元恋人が産んだ婚外子のことなんて、ほんのわずかも気にかけないに決まっている。彼にとって、いまやわたしは〝元恋人〟にすぎないのだから！　わたしが妊娠していたなんて知りたがらないはず。そんなパンドラの箱を開けるようなまねはしたがらない。そうでしょう？

ふっくらとしたクリシーの唇が侮蔑的にゆがんだ。マルワンはきわめて保守的で、国王のふしだらな行いに目をつぶるような国柄じゃない。わたしとの関係は〝若き日の放蕩《ほうとう》〟と見なされているのかもしれない。

クリシーは無言で身をかがめ、おもちゃを拾うと壁際のバスケットに放りこんだ。

「子供がいるのか？」ジャウルはプラチナブロンドの髪がシルクのベールのように彼女の横顔にかかるのを見ながら言った。続いてきゅっと持ちあがったヒップ、細い背中、磁器のように白い腿に視線を走らせた。

夜ごと彼がそのあいだに入り、恍惚《こうこつ》となった細い腿。彼女に飽きることはけっしてなかった。体中の筋肉がこわばり、荒々しい性的欲求が全身を駆け抜けて、下半身がうずきだす。自制心の弱さにいらだち、ジャウルは歯を食いしばった。

クリシーはブロックを拾いつつすばやく頭を働かせた。ジャウルに顔が見えないのを感謝しながら。よかった、彼は双子のことを知らない。心の底からほっとしたものの、まるで赤の他人のように子供がいるのかとジャウルにきかれたことは、どこか現実離れして感じられた。

「預かっているのよ……友だちの子供を」できる限り軽い口調で嘘《うそ》をつく。「それで、用件は？」

ジャウルはクリシーの声に傲慢な響きを聞きつけた。エキゾティックな顔がかすかに紅潮し、濃い色の瞳が真昼の太陽のような輝きを放つ。「きみにとって衝撃かもしれない事実を伝えに来た」

クリシーは首をかしげた。柔らかな茶色のまつげの下でターコイズブルーの瞳がきらきらと輝いている。「わたしはあなたと暮らしていたのよ。あなたのすること、言うことにいまさら衝撃を受けたりしないわ」

あんなふうに捨てられたあとでは。クリシーは胸の内でつけ加えた。もし口に出したら、取り乱してしまうかもしれない。けれど、ジャウルが落ち着き払っているのを見ると、クリシーの自制心は粉々に砕かれそうになった。わたしにあんなひどい仕打ちをしておきながら、何食わぬ顔で会いに来られるなんて、どういう神経をしているのかしら。絶対に許せない。

ジャウルは下半身のうずきを抑えこもうと深呼吸をした。あまりにも長いことセックスをしていないせいだ。そう、ただそれだけの話だ。ぼくは性的な欲求の解放を必要としている健康な成人男性だ。クリシーが近くにいるためになじみのある衝動が目覚めてもなんら不思議はない。そう自分に言い聞かせてから、彼はクリシーを見すえた。「最近知ったばかりなのだが、きみとぼくの結婚は合法だったそうだ。その件で話がある」

驚きのあまり、クリシーは目をしばたたき、よろよろと背後の本棚にもたれた。「でも、あなたのお父さまは違法だと断言したわ、法的にはまったく無効だって――」

「父の勘違いだったんだ」ジャウルは彼女を遮り、きっぱりと言った。「ぼくの法務顧問によれば、式は完全に合法だった。つまり現在のぼくたちには離婚手続が必要だそうだ」

衝撃にクリシーは目を見開き、ピンク色の柔らかな唇が開いたままになった。「なるほど」時間を稼ぎ、たったいま彼から聞かされた驚きの事実をなんとか受け止めようと努めながら言う。「つまり、別れて暮らしていたあいだ、わたしたちは法的には夫婦のままだったというのね？」

「そうだ」不承不承ジャウルは認めた。

「まったく、なんてことかしら」クリシーはあっけにとられた。「二年前、わたしはマルワン大使館で門前払いを食らったのに。妄想癖があると言われて。あそこで結婚式が執り行われたにもかかわらず。誰ひとり、わたしと会おうとも、話そうとも、あなたへの手紙を受け取ろうとすらしなかった……。それどころか、わたしは警察に脅されたのよ、立ち去らなければ――」

「いったいなんの話だ？　きみはいつ我が国のロンドン大使館へ行ったというんだ？」ジャウルが詰問口調できいた。

クリシーは彼をまじまじと見返した。ジャウルは野性的なセックスアピールと、女性の思考を止めてしまう尊大さと迫力を併せ持っている。さらに、彼が遊び人で信用できないとわかっていたにもかかわらず、初対面のときから彼女の目を奪った抜群のルックス。それでも、クリシーは何カ月も彼の魅力にあらがった。ある日、警戒心の緩んだ隙をつかれるまで。彼女も結局、ジャウルの広い肩と見え透いた誘惑の言葉に屈した。

「いつの話だ、クリシー？」彼はしつこく尋ねた。

「わたしの想像上の夫が姿を消してからすぐよ。そして、わたしが最後に大使館を訪れてからすぐ、あなたのお父さまが訪ねてきて、すべてが明らかになったというわけ」

「きみがいまさらそんな話をする目的がわからない。おたがい、望むのは離婚だけといういまになって」

クリシーは形のいい眉をつりあげた。「どうしてかしらね、ジャウル……あなたにひどい目に遭わされた怒りのせいかしら？」

「怒りの出る幕などない。ぼくたちは長いあいだ別居していたんだ。ぼくはきみとの離婚を望む。必要なのは事務手続だけだ」ジャウルは威圧的な口調で言った。

「わたしがあなたを大嫌いだってこと、知っているわよね？」クリシーはついかっとなり、声を震わせてなじった。ふたりのあいだに大きな問題など何も起きなかったかのように、ジャウルは平然としている。かつてはわたしを執拗《しつよう》に追いかけ、愛していると誓い、どうしても結婚したいと言ったくせに。

一方ジャウルは、入院しているあいだクリシーが見舞いにすら来なかったことを思い、冷たい軽蔑を込めて彼女の怒りに満ちた目を見返した。「そんなことを、ぼくが気にかけると思っているのか？」

この人はわたしの知っているジャウルじゃない。すっかり変わってしまった。クリシーは心が麻痺《まひ》したように感じた。彼は離婚を望んでいる。必要としている。しかし、クリシーはまだ、自分たちがこの二年間、正真正銘の夫婦であった事実を受け止められずにいた。「あなたのお父さまはどうして、わたしたちの結婚が違法だったと嘘をついたの？」

ジャウルの精悍《せいかん》な顔がこわばった。「嘘をついたわけじゃない。父は違法だと信じて――」

「だけど、お父さまが信じていたのはそれだけじゃなかった」クリシーはささやくような声で口を挟んだ。「式は違法だからいつでも好きなときにわたしから逃げ出せるとあなたは知っていて、わざと挙式したのだと――」

「父がそんなことを言ったとは、とうてい信じられない」ジャウルはあきれた口調で言い、強調するように首を横に振った。「父は息子思いの尊敬すべき父親だった」

「冗談でしょう！」突然激しい憤りに駆られ、クリシーは声を荒らげた。ジャウルの挑発的な言葉に自制を失っていた。「わたしは着の身着のままであなたのアパートメントから放り出されたのよ。まるで不法居住者みたいに扱われ、これ以上ない屈辱を味わわされた」

「そういう無礼な嘘をついたところで、なんの効果もないぞ。ぼくは耳を貸さないからな」ジャウルは意志の固そうな口をゆがめて断言した。「ぼくはきみがどんな女かよく知っている。ぼくと手を切らせるために、父はきみに五百万ポンドを渡し、それを受け取ったきみは二度とぼくに連絡をよこさなかった」

「あら、だってわたしはマルワン大使館でも、頭のおかしな女みたいに扱われたのよ」クリシーはぶっきらぼうに言い、話をそらした。小切手を使わなかったことは言う気がしなかった。話したところでジャウルに信じてもらえそうになかったからだ。

あのいやらしい〝慰謝料〟をクリシーは受け取る気にはなれなかった。彼女の沈黙を買うための、そしてジャウルとのことをマスコミのくだらない記事にさせないための口封じのお金など。

彼は歯並びのいい白い歯を食いしばった。「過去は過去として、きみには現在の重要な問題にだけ目を向けてほしい。つまり、ぼくたちの離婚についてだ」

クリシーのターコイズブルーの目に金色の斑紋が散ったように見えた。「あなた、再婚するために離婚が必要なのね？」

「きみと結婚したのはずっと前のことだ。ぼくが離婚を望む理由はきみには関係ない」ジャウルはそっけない口調で答えた。

「あなたが望む離婚を成立させるためにはわたしから同意を取りつける必要があるわけね」クリシーはそう言いながら、彼の横を通り過ぎ、玄関ドアの前まで歩いた。今度はわたしが主導権を握っているんだわ。ジャウルはわたしが理解を示し、彼が望むとおりの対応をすることを期待している。でも、わたしが理解を示さなくちゃいけない理由なんてあるかしら？　わたしはジャウルに何ひとつ借りなんてないんだから！

「当然ながら……すみやかに手続きをすませるには、反対があっては――」

「お断りよ」クリシーは過去の仕打ちを恨んでいた。断固として彼を苦しめるつもりだった。「わたしたちが本当に夫婦で、あなたが離婚を望むなら、わたしと争わなくてはならない」

ジャウルは居間のドア口で動けなくなった。濃い色の瞳が炎のようにぎらぎらと輝いている。「そんなばかばかしい……なぜそんな愚かなことをするんだ？」

「それが可能だから。あなたの言いなりになんか絶対にならない。あなたは何もかもこっそりすませたいんでしょう？　だって、外国人との恥ずべき結婚を、あなたは一度たりと公にしなかった。違うかしら？」

「この結婚は成立しなかったと思っていたんだ」ジ

ャウルは両手を固く握りしめ、大きな声で言い返した。「だったら、それについて話そうとするはずがないだろう?」

「あら、そうかしら? たいていの男性は、少なくとも自分が結婚したと信じていた女性と、それについて話し合おうとするでしょうね」クリシーは軽蔑を込めて指摘し、玄関ドアを開けるために手を伸ばした。「でもあなたは……どうしたかしら? ああ、そうよ……わたしを捨てて逃げ出し、後始末をお父さまに任せたんだったわね!」

不当な非難に、ジャウルは激しい怒りに襲われた。頭のなかが真っ白になるほどに。クリシーがドアに伸ばした手を乱暴につかむ。「ぼくにそういう口のきき方をするのは許さない」

急に不安になったのを隠し、クリシーは無理やり声をあげて笑った。挑むように目をきらりと輝かせて。「わたしは自分の好きなように話すし、それについてあなたにとやかく言われる筋合いはないわ。わたしに対する仕打ちを考えたら、そんなこと当然だもの」

目をぎらつかせたまま、ジャウルは侮蔑のまなざしをクリシーの顔に注いだ。「それがもっと金を引き出すためのきみのやり口か? この結婚から解放されたければ、もっと金を払えと?」

クリシーは口元をこわばらせながらも心から笑った。「まさか。お金ならたっぷりあるもの」快活に言う。「あなたからは一ペニーだってもらうつもりはないわ。ただ、あなたを苦しめたいだけ」

ジャウルはもはや自制がきかなくなりつつあった。こんな口のきき方をされたのは、最後にクリシーと会ったとき以来だ。出会ったその日から、彼女とは衝突の連続だった。ふたりとも我が強く、頑固で短気だ。何度も大喧嘩《おおげんか》をして、それ以上に心を揺さぶられる仲直りをした。実のところ、そうした仲直りはとても甘美な思い出で、それについて考えただけで、ジャウルの体は熱く、硬くなった。危険であると同時に歓迎すべからざる回想だった。

「不機嫌なきみと話しても無意味だ」

「わたしは不機嫌なんかじゃないわ」憤然として言ったとたん、クリシーはうかつにもジャウルがつけているスパイシーなオーデコロンの香りを吸ってしまった。突然の懐かしさにめまいを感じつつ、彼に裏切られたのがつい昨日のことのように胸が苦しくなる。ジャウルと過ごした情熱的な夜のことも脳裏に浮かび、クリシーは激しい怒りを覚えた。

「また来る。それまでにぼくの話をよく考えておいてくれ」

ジャウルは強情だった。いかにも彼らしい。

これからしばらくは姉の家で過ごすことを、クリシーは言わなかった。ジャウルには関係のないことだ。さらに、彼は既婚者であったばかりか父親でもあると気づかせるような事態は絶対に避けたかった。そんなことをしたら大混乱を招くだろう。自分の立場がはっきりするまではそんな危険は冒せない。

沈黙が落ちて空気が張りつめるなか、ようやくジャウルが口を開いた。

「賢明な選択肢は離婚だけだし、そのためなら、ぼくは金を払ってもいいと思っている」彼は歯を食いしばって言った。クリシーの態度に、彼の忍耐力は限界に達していた。「疎遠になっていたにしろ、妻としてきみはぼくから経済的な援助を受ける資格がある」

「あなたからは何ももらいたくないわ」クリシーはかたくなに言い張った。「お願いだからさっさと帰って」

いったいかつての明るく大胆なクリシーはどこへ行ってしまったんだ？　ジャウルはいらだたしげに彼女を見た。全身から、あなたは敵で、まったく信用できないというメッセージが伝わってくる。

　ジャウルはそれ以上何も言わず、アパートメントをあとにした。彼女には二度と会うまいと心に決めて。話さなければならない用件はすべて話した。今後は弁護士に任せるとしよう。


　クリシーは大急ぎで着替えた。小さなスーツケースに洋服を投げこみ、子供の身のまわり品と一緒に車へと運ぶ。家は彼女にとってつねに安らぎの場所だったが、ジャウルが訪ねてきたことでもはや安全とは思えなくなった。もし彼が来たとき、子供たちが目の前にいたらどうなっていただろうと思うと、身がすくむ。とはいえ、すぐに自分の子供だとわかるわけはない。そうよね？　子供がいるかもしれないと考える理由すら、ジャウルにはないんだから。わたしはヒステリックになっているだけ。そう自分に言い聞かせながらも、タリフとソラーヤをチャイルドシートに座らせ、アパートメントから離れるまで、クリシーは安心できなかった。

　午前中の混雑した道路を進むあいだ、クリシーには過去を振り返る時間が充分すぎるほどできた。次々よみがえってくる光景は、思い出したくないものばかりだった。学生時代のことはジャウル抜きには思い出せない。

　大学二年のとき、クリシーは狭いフラットをネッサという女子学生とシェアしていた。ネッサはちょっぴり男好きで、彼女が恋人の話を始めると、クリシーは聞いているふりをするしかなかった。

　そんな、何人もの男性とつき合っているネッサでさえ、プリンスと出会ったときは大興奮だった。だが、クリシーはさほど感動しなかった。国によってはプリンスが掃いて捨てるほどいると聞いていたからだ。

　あるとき、ジャウルは食事をするためだけに、ネッサをプライベートジェットでパリへ連れていった。その贅沢《ぜいたく》な体験に、彼女はすっかり舞いあがった。

翌日、ジャウルはネッサを家まで送ってきた。そのとき、授業から帰ってきたクリシーとフラットで鉢合わせした。初めて彼に会ったときのことを、クリシーはいまも鮮やかに覚えている。やや濃い色の肌、陽光を受けて鋳造したての金貨のように輝く瞳、息をのむほどハンサムな顔。ジャウルに長いあいだ見つめられ、クリシーは息をすることも目をそらすこともできなかった。そのあいだ、ネッサはパリとリムジンについて取り留めもなくしゃべりつづけた。ジャウルは長居しなかった。

〝ベッドでの彼ったら、すごかったのよ〟ジャウルが帰るやいなや、ネッサは打ち明けた。うっとりと天井を見あげ、初めてのデートでジャウルと体を重ねたことを隠そうともしなかった。〝それはもう、この世のものとも思えなかったわ！〟

それでも、ネッサと彼は一夜限りの関係で終わった。ジャウルは花束ととても美しいダイヤモンドのイヤリングをネッサに送ってきたあと、二度と連絡をよこさなかった。ネッサは落胆したものの、その結果を受け入れた。ジャウルほどの男性なら、自由を満喫したいと思うのが当然よね、と。

クリシーが二度目にジャウルに会ったのは学生会館でだった。彼はサングラスをかけたスーツ姿のボディガード四人と、媚《こび》を売るブロンド娘の一団に囲まれていた。

クリシーはその横を無言で通り過ぎようとしたのに、ジャウルはすばやく立ちあがり、挨拶をしてきた。彼女は冷ややかに応じた。ジャウルの熱い視線と、彼を囲む女性たちの嫉妬に満ちた目つきを強く意識しながら。

当時、クリシーはアルバイトをふたつ掛け持ちしていた。実家から学費を援助してもらえなかったからだ。アルバイトのひとつは図書館の図書整理、もうひとつはレストランのウエイトレスだった。それでも、クリシーが勉強を続けているあいだ、家族は生計を立てていくために彼女よりずっと大変な苦労を強いられていると知っていたので、つねに罪悪感に苛《さいな》まれていた。

しかし、まだ幼かった彼女の目から見ても、亡き母がもし何か専門職に就くことができていれば、母の人生はあそこまでひどくならなかったのではないかと思えた。不適切な男性との関係が破綻したときにも。女性が生きていくには義務教育だけでは足りない。

クリシーは昔から、仕事を中心にした人生を送ろうと固く心に決めていた。母と父の結婚生活は短く、その後の母の男性遍歴にはアルコールや不倫、暴力がつきものだった。人生のとても早い時点で、クリシーは女性が食べていくためにはどこまで身を沈めなければならないかを学んだ。その教訓をけっして忘れなかった。わたしは男性に頼らなければ生きていけないような境遇には絶対に陥らない、と。

最初の出会いから数週間後、図書館で図書の整理をしていたクリシーに、ジャウルが近づいてきた。本を捜すのを手伝ってくれと言われたので、彼女は仕事を失いたくない使用人のように礼儀正しく従った。

「今度きみと食事がしたいんだ」

本が見つかると、ジャウルが言った。

息をのむほど美しい瞳、ハンサムな顔に浮かんだ誘惑の表情。ジャウルの前にいると、クリシーは口のなかがからからに乾き、呼吸が乱れ、彼の顔をいつまでも見つめていたいという奇妙な欲求に駆られた。自分がうっとりしていることが癪《しやく》に障り、彼がネッサをどんなふうに扱ったか思い出すのよ、とクリシーは自らを戒めた。

　ジャウルの目的は相手をベッドに連れていくこと。いったん目的が達成されたら、興味がなくなる。彼にぴったりなのは、ネッサみたいに自由で冒険心に富んだ若い娘。彼は愛情や誠実さを相手に差し出す気はまったくないのだ。

「悪いけれど、お断りするわ」クリシーは無表情に答えた。

「どうして？」

「勉強に加えて、アルバイトがふたつあるから、自由な時間がほとんどないの。それに、時間ができたときは、家族に会いに、実家に帰ることにしているから」

「それなら、ランチにしよう」ジャウルが巧みに提案した。「近いうちにぼくとランチをする時間くらいはあるだろう」

「でも、したいという気持ちが起きないの」クリシーは正直に言い、一歩後ろに下がった。書架のあいだの狭い空間に大柄な彼といると、追いつめられたような威圧感を覚えた。

　真っ黒な眉がひそめられた。「気づかないうちにきみの気分を害していたかな？」

「いいえ、わたしとあなたは反りが合わないというだけよ」

「どこが？」

「あなたはわたしの好みとかけ離れているのよ」急に頭に血がのぼり、クリシーはつっけんどんに答えた。「あなたは勉強なんかしないで遊んでばかり。女の子を取っかえ引っかえして楽しんでいる。わたしはあなたが好むタイプとは違う。パリでのディナーも、ダイヤモンドも欲しくない！　あなたとベッドへ行くつもりはさらさらないわ」

「ぼくがパリもダイヤモンドもセックスも持ち出さなかったら？」

「きっとあなたのことを殺したくなると思うわ。あなたって信じられないほどうぬぼれが強いから。どうしてノーという返事を素直に受け入れることができないの？」

ジャウルが突然、カリスマ性を感じさせる笑みを浮かべた。それを見て、クリシーは胃がひっくり返りそうになった。

「そのように育てられたからだ」

クリシーは近くの学習コーナーを示す矢印を指した。「本は見つかったんだから……さっさと勉強をしに行けばいいでしょう」

そう言うやいなや、クリシーは本のカートを押して歩きだした。上の階へ逃げるために、エレベーター目指して。

3

両の腕にひとりずつ双子を抱いたクリシーは、チェザーレとリジーの家の玄関でサリーに迎えられた。甥《おい》のマックスと姪《めい》のジアーナがいとこに会いに駆け寄ってきた。マックスを見たタリフがうれしそうな声をあげ、いとこに向かって両手を伸ばす。

「ぼくがわかるんだね！」マックスは顔をほころばせて喜んだ。

「歩きだしたら、タリフはあなたにくっついて離れなくなりそうね」

妊娠中とひと目でわかるブロンドのエレガントな女性が笑みを浮かべて、広々とした玄関ホールにやってきた。「クリシー……よかった。もっと遅くならないと来られないかと思っていたわ」

姉の温かな声を聞くなり、クリシーの目から涙がこぼれた。すすり泣きをこらえ、驚いている姉の腕に向かってよろよろと歩いていく。「ごめんなさい、取り乱して」

「謝る必要なんかないわ」リジーは強い口調で言った。「いったい何があったの？　あなたが泣くなんて……」

二年前、ジャウルがイギリスに戻ってくることはないとようやく悟ったときも、クリシーは姉に泣きついたりはしなかった。プライドが許さなかった。自分が人生を棒に振った話をして、幸せな姉を悲しませるなどということは。自分が捨てられた事実とその後わかった妊娠を勇敢に受け止め、姉にはさらりと話しただけだった。恋人と別れ、そのあとで妊娠していることがわかったけれど、彼にはおなかの子に対する責任を負う気がない、と。

〝そんな人でなしのことは忘れなさい。あなたにはチェザーレとわたしがいるから大丈夫！〟リジーはそう言って妹を慰め、それ以上は何もきかなかった。

しかし、今度は話さないわけにいかない。ジャウルが玄関に現れた瞬間から、クリシーの心のなかは混沌《こんとん》としていた。輝くほど幸せで、苦しみもがくほどつらい過去の思い出が、堰《せき》を切ったようにあふれ出した。

「さあ、元気を出して」リジーは自分よりも背の高い妹の体に腕をまわし、座り心地のいいソファや洗練された家具が置かれた居間へと連れていった。

窓際ではチェザーレが携帯電話を耳に当てて話していた。電話を終えると、義理の妹の涙に濡《ぬ》れた顔を見て心配そうに眉をひそめた。

「妹たちが今夜、こっちに着くんだ。ふたりとも明日の夜、きみとクラブへ出かけたいと言っているんだが……」

クリシーは無理やり笑顔を作ろうとした。チェザーレの妹、ソフィアとマウリツィアとはとても気が合う。ふたりがロンドンに来るとよく三人で出かけていた。「残念だけど、今回は遠慮しておいたほうがいいかも」

リジーが妹をそっとソファに座らせる。「いったい何があったのか、聞かせて――」

クリシーはうめいた。「それができないのよ。わたしったら、どうしようもないおばかさんで。さもなければ、ずっと前に姉さんに話していたわ。わたしのばかさ加減に姉さんはあきれるでしょうね。わたし、本当にどうしたらいいか――」

「たいていは最初から話すのがいちばんだ」チェザーレが口を挟んだ。

「実は……双子の父親が訪ねてきたの」クリシーは硬い口調で打ち明けた。「彼の話では、正式に離婚する必要があるというんだけれど、そんなのおかしいのよ。彼の父親は――」

チェザーレが信じられないという目でクリシーを見た。「きみは双子の父親と結婚していたのか?」

「なんてこと!」リジーもショックを受けた様子で、妹のすぐそばのオットマンに腰を下ろした。「そんなことを聞かされるなんて思いもしなかったわ。結婚ですって!」

クリシーはいっそうの罪悪感に苛《さいな》まれた。リジーとは五歳しか離れていないが、クリシーにとっては長年、本当の母親よりずっと母親らしい存在だったからだ。

「最初から、だったわね」クリシーが自分に念を押すように言うと、チェザーレが同意を示す苦笑を返してきた。「そうしないと、姉さんたちにはわたしが何を話しているのかわからないに違いないから」

ジャウルとは長いあいだ知り合いだったことをクリシーは話した。

「でも、あなたの話に彼が出てきたことは一度もなかったわ」リジーの声には相変わらず驚きがにじんでいた。「学生時代、ずっと彼を知っていたのに、一度も話さないなんて！」

クリシーは顔を真っ赤にした。つき合う前から彼が自分にとってどんな存在だったか、うまく説明する言葉が見つからなかった。彼のことは毎日のようにキャンパスで見かけ、言葉を交わすときもあれば、避けたときもあった。どうしてもできなかったのは、彼に対して無関心でいること。彼の姿を見かけないと、捜してしまう自分がいた。二、三日ジャウルの姿が見えないと、飢餓状態のようになり、彼がキャンパスに戻ってくると念入りに観察しないではいられなかった。彼を見るだけで生き返った心地がした。

いくつもの点で、ジャウルは彼女にとって人には言えない夢の存在だった。もし姉に彼のことを話したら、恥ずかしさでいっぱいになっていただろう。彼に捨てられ、身重の体で実家に帰ったときも、ジャウルのことを秘密にしておいてよかったと思ったくらいだった。

未婚で妊娠した娘など帰ってきてほしくない――父がそう言ったとき、リジーは妹の気持ちを考えてひどく胸を痛めた。しかし、クリシーは姉をがっかりさせ、苦しめてしまったことのほうにより強い罪悪感を抱いた。姉はクリシーのために大きな犠牲を払ってくれた。十六歳で学校を中退し、父の農場を手伝いはじめたのだ。リジーはその後、教育を受ける機会も、青春を謳歌《おうか》する機会も持てなかった。

「実際につき合いはじめたのは大学の最終学年に入ってからだったから」クリシーは暗い顔で弁解がましく言った。

「だが、つき合いはじめてからも話さなかったわけだ」チェザーレが念を押す。

「続くなんてぜんぜん思っていなかったのよ。あっという間に別れることになると信じていたから。何もかもまったく思いがけなかった。ジャウルが真剣になるなんてありえないと思っていたのに、すべてが変わって、わたしも変わって……としか説明できないわ」クリシーはばつが悪そうにもごもごと応じた。

「彼を愛してしまったのね」リジーが訳知り顔で指摘した。

「ええ、心の底から。ほかのことがわからなくなるくらいって感じ」クリシーは重苦しい口調で冗談を言った。「ロンドンのマルワン大使館で式も挙げたわ」

「でも、どうしてそこまで秘密にしたんだ？」チェザーレが尋ねた。

「ジャウルが父親に話すまではわたしとのことを誰にも知られたくないって……でも彼、すぐには話すつもりがなかったのよ」クリシーはしばしためらってから、結婚式の数週間後に彼と言い合いになった話をした。原因は、彼がいつ戻るかを明らかにしないで、マルワンへひとりで帰国すると言いだしたことだった。

「ないがしろにされた気がしたわ」

「当然よ」リジーが優しく言い、妹の手をぎゅっと握った。

クリシーはマルワン大使館へ行ってもどうにもならなかったこと、そのあとジャウルの父、キング・ルットが訪ねてきたことを話した。ジャウルの父に言われた言葉をそのまま繰り返すと、チェザーレはかんかんになって怒りだした。

「その時点で、ぼくたちのところへ助けを求めに来ればよかったものを！」

「そのときはまだジャウルがわたしのところへ戻ってくると信じていたのよ。キング・ルットから言われたことをすぐには受け入れられなくて、まだ希望を捨てていなかったの」

「そのあと、妊娠がわかったのね」リジーが言った。

「二カ月がたったころで、ジャウルからの音信不通が何を意味するのか悟らざるをえなかった。彼の父親の話は真実だったに違いないと気づいたの」

「しかし、真実ではなかったようだな」チェザーレが口を挟んだ。「ジャウルは双子のことを知っているのか？」

「いいえ、話さなかったから。それに、彼への嫌がらせだけが目的で、離婚には応じないと言ってしまったの」クリシーは言いにくそうに告白した。「あとになって考えると、わたしったら、ひどく子供っぽかった」

「この件はぼくの弁護士に対応させよう」チェザーレは形のいい唇を引き結んだ。「ジャウルに双子のことを急いで知らせたほうがいい。男は自分の子供について知る権利が――」

「妻を捨てて、二度と連絡をしてこなかった男であっても？」リジーは遮るようにして夫に尋ねた。

「ああ、それでもだ」チェザーレは残念そうに答えた。「クリシーは現状を長い目で見る必要がある。いったん憎しみは棚上げにして。子供と将来のことに気持ちを集中させれば、決断を大きく間違うことはない」

「それじゃ、クリシー」リジーも残念そうな口調で言った。「弁護士に依頼する前に、ジャウルと会って双子について話さないと」

「そんなこと言っても、わたしは彼がどこに滞在しているかも知らないのよ！」クリシーは姉の提案にぞっとして、なんとか言い抜けようとした。「彼、ロンドンは通りかかっただけかもしれないもの」

「クリシーがジャウルにもう一度会う必要はないんじゃないか？」チェザーレが妻に尋ねた。

「でも、少なくとも、彼は自分たちがまだ夫婦であることを自ら知らせに来るだけの礼儀を持ち合わせていたわ」リジーが指摘した。「ほかには何もしなくていいと思うけれど、クリシー、彼が父親であるという事実は、あなたが彼とふたりきりになって伝えるべきだと思うの」

「ジャウルには会いたくない……彼がまだロンドンにいるかどうかさえ知らないのよ……それに着ていくものもないわ」必死に反論したものの、クリシーは心の奥では姉の言うとおりにするしかないとわかっていた。なぜなら、姉と同じく、クリシーはフェアプレイを重んじる人間だったからだ。

ジャウルだってわたしを訪ねるのはいやだったはずだ。それでも、そうするべきだと考えたから訪ねてきた。彼に倫理面で劣るような行動は意地でもとりたくない。

クリシーはタクシーから降り立った。

ジャウルの滞在先を突きとめるのは、たいして難しくなかった。ロンドン一の高級住宅街に立つとてつもなく大きな邸宅を、クリシーはしかめっ面で見やった。

必要な情報はチェザーレの部下が集めてくれた。義兄のコネをもってすれば、ジャウルの居場所を突きとめるのはさほど困難ではなく、クリシーが必要としない参考情報までついてきた。たとえば、この邸宅は一九三〇年代にジャウルの祖父によって購入されたとか、その目的は王家の者が使用人を連れてロンドンを訪れた際に利用するためだったとか。どうやら長い年月のあいだに、この邸宅はばかばかしいほど少ない回数しか使われなかったらしい。

ロンドンへはふたりで一緒に来たこともあったのに、ジャウルはここに家族の家があることを一度も口にしなかった。王位を継ぐ運命にあるひとりっ子であることも。マルワンにおける彼の生い立ちは、クリシーにとっていわば閉じられた本で、彼はほんの数ページぶんしか話そうとしなかった。彼女が知っていたのは、ジャウルには父しかいなかったこと、士官学校で学び、サウジアラビアで兵士としての訓練を受けたこと、政治学を学ぶためにオックスフォード大学に入学したときが初めてのイギリス訪問だったこと――その程度にすぎなかった。

ジャウルがアラビア半島のきわめて裕福な国の統治者であるという事実に、クリシーは動揺していた。たびたび彼女をいらだたせた傲慢さ、偉そうな態度にもようやく合点がいった。ジャウルは自分が何者であり、最終的にどういう地位に就くか、肝に銘じていたに違いない。クリシーとの結婚は一時の楽しみにすぎず、継続させるつもりなど最初からなかったのだろう。

〝けっして注意を怠らないように〟義妹の結婚した相手について正確なところがわかると、チェザーレは警告した。

そのときのことを思い出しただけで、クリシーは肌がじっとりと汗ばむのを感じた。賢明な義兄はジャウルには外交特権があること、イギリス政府の有力者に友人がいるに違いないこと、養育権を争うことになったら、大半の外国籍配偶者よりもずっと手ごわい敵になることを指摘した。

養育権争い――考えただけで、クリシーは骨の髄まで震えた。チェザーレの考えでは、ぽっちゃりとして活発な生後十四カ月のタリフは、マルワンの王位継承者ということになり、ジャウルにとって非常に重要な子供になるという。ああ、いますぐ子供たちを連れて、ジャウルに絶対に見つからない場所へ逃げられればいいのに。

そう思いながらも、クリシーは自分を戒めた。人生のどんな難題にもきちんと対処できるのが大人というものでしょう？

威圧的な柱が立つ屋根付き玄関の階段をのぼり、彼女は呼び鈴を押した。

ジャウルはダイニングルームで昼食をとっている最中だった。そこの内装は、イギリス人の祖母によって一九三〇年ごろにはやった〝砂漠〟スタイルに調えられており、彼は祖母のセンスの悪さに辟易《へきえき》していた。フェイクの暖炉の前で羊飼いのようにあぐらをかいて座り、砂漠ごっこなどしたくない。テーブルと椅子が欲しかった。

料理長と使用人がついてきてくれたおかげで、食事と身のまわりの世話に不自由はしなかったが。けれどそれも、テントに似せた部屋で、竹の棒でできた異様に大きなベッドで寝なければならないことの埋め合わせにはならなかった。もちろん、ここのインテリアの異常さには、ショートパンツ姿のクリシーからぼくの気をそらしてくれるという効果があることは否めないが。ショートパンツからすらりと伸びていた非の打ちどころのないみごとな脚から。

ジャウルの個人秘書が部屋のドア口に現れ、頭を下げた。「お約束のない方が面会を求めて――」

ジャウルはうめきそうになるのをこらえ、下がれとばかりに手を振った。今回ロンドンへはあくまでプライベートな用件で来た。「申し訳ないと言って断ってくれ。わたしは誰にも会うつもりはない」

「それが、ホイッティカーという名前の女性なのですが――」

我ながら驚くほどいそいそと、ジャウルは立ちあがっていた。「彼女だけは例外だ」

クリシーはヒールの音をかつかつと響かせ、大理石の廊下を歩いていた。ピラミッドから発掘された本物のミイラの棺《ひつぎ》らしきものが陳列されている。照明が薄暗いせいでいっそう不気味に見える。緊張に拍車がかかり、この二十四時間の出来事が、受け入れることはおろか、耐えがたく感じられた。

突然、ジャウルが部屋から出てきた。みごとな仕立てのライトグレーのスーツに身を包んだ彼は、クリシーの目に見知らぬ人のように映った。過去にスーツ姿の彼を見たのは、結婚式当日だけだった。

「クリシー」

その声が重々しかったので、クリシーは不安に駆られた。怒らせると彼はものすごく怖い。いまの彼の声は、そういうときにしか聞いたことのない響きを帯びていた。

「きみがここに訪ねてくるとは思わなかった」

「それはこちらも同じよ」不安そうな笑い声とともに答えると、その声があたりにこだました。「でも、どうしてもあなたとふたりきりで会う必要があって、それにはこうするのがいちばんだったから」

「歓迎するよ」ジャウルはささやくように言い、指をぱちんと鳴らした。どこからともなく使用人が現れて、別のドアを開けたかと思うとぺこりとお辞儀をした。「お茶を飲みながら……礼儀正しく話し合うとしようか？」

クリシーは髪の根元まで赤くなった。金色を帯びた濃い色の瞳にじっと見つめられ、激しい恐怖に襲われたかのように心臓がどきどきしはじめる。「ええ……礼儀正しく」震える声で同意した。けさジャウルが訪ねてきたとき、わたしに力を与えてくれた敵意と攻撃的な気分が戻ってきてくれればいいのにと思いながら。

「きみの電話番号を知っていたら、こちらへ来る前に電話をしたよ」ジャウルは再びささやくように言った。

はっとするほどハンサムなジャウルの顔を探るように見ると、いやと言うほどよく知っている賛嘆の念が胸にこみあげた。この人は本当に絵に描いたようにすてきだ。とはいえ、わたしはそれを無視できて当然だ。なのに、どうしてできないの？

「電話番号を交換したほうがいいんじゃない？」

クリシーが提案すると、ジャウルが携帯電話を取り出してクリシーの電話番号を登録し、それから彼女に名刺を渡した。

「なんだか変な気分ね、ジャウル……いまさらこんなことをするなんて」

「当然だ。おたがいずいぶん変わったんだから」

ジャウルがさらりと言ってのけたので、クリシーは彼を引っぱたきたくなった。

そこへドアをノックする音が聞こえ、クリシーはありがたく感じた。ワゴンを押した使用人がもうひとりとともに入っていた。ワゴンを押してないほうの使用人が小さなテーブルを引き出し、テーブルクロスをかける。ケーキとスコーンがのった皿が置かれ、紅茶がつがれた。


その光景はクリシーがジャウルと初めてデートをしたときのことを思い出させた。当時、彼女はデートなどとは思っていなかったのだが。ジャウルは彼女を高級ホテルのアフタヌーンティーへと連れていった。それはジャウルがアフタヌーンティーをイギリス人の誰もが守る習慣と思いこんでいたからだった。クリシーは貴婦人になったような気分でそのひとときを楽しんだ。

「覚えていたのね」思わず、彼女は言った。

だが、ジャウルは覚えていたわけではなかった。アフタヌーンティーは彼の祖母が王室に持ちこんだ習慣で、その後、王室に新たな女主人が生まれることがなかったため、現在に至るまでその習慣が続いているにすぎなかった。

いまは遠い昔となったあの日の午後、ジャウルは女好きでもパーティ好きでもなく、正常かつ教養のある男だとクリシーに認めさせた。白い花柄の青いワンピースを着た彼女は緊張しているようで、いかにも恥ずかしげだった。美しい髪はウェストまで届いていた。何か間違ったことを口にしたり、怖がらせたりして、またクリシーを遠ざけてしまわないかと、ジャウルは不安だった。

女性にどう思われるか不安になったのは、あの一度きりだ！

若き日の、いまほど皮肉っぽくなかった自分を思い出し、ジャウルは笑いたくなった。しかし、クリシーの美しい姿を前にして、もっと違う何かが彼を圧倒した。プラチナブロンドの髪がいまは肩までの長さになったクリシー……。

二年前に鍵をかけ、しまいこんでいた映像が突然脳裏に浮かんだ。ジャウルを求めているとき、クリシーの明るいターコイズブルーの目は熱を帯びた。信じられないほどエロティックに、積極的になったときの彼女の姿がまざまざとよみがえる。そのとたんジャウルの小鼻がふくらみ、黒く濃いまつげの下の目が金色を帯びてぎらついた。

息づまるほど空気が張りつめたのを感じ、クリシーはそわそわと左右に体重を移動させた。ジャウルに力のこもった目で見つめられるうちに、凍りついたように動けなくなり、脚のあいだに蜂蜜がとろけるような熱いうずきを覚えた。身を引こうと思っても、時すでに遅く、ジャウルが急に前へ出て彼女をぐいと引き寄せたかと思うと、力強い体に抱き寄せられた。

「クリシー……」ジャウルはハスキーな声で言いながら、彼女の細い背中に手を滑らせ、ふたりの体がさらに密着するようにした。

服を通してジャウルの体の高まりを感じると、クリシーは苦痛に近いうずきを脚の付け根に感じた。頭がくらくらしてまともな思考ができなくなり、膝から力が抜けていく。

ジャウルが情熱的に彼女の唇を貪りはじめた。クリシーがけっして忘れられなかった情熱。炎のように野性的で要求に満ちている。からからに乾燥した干し草のように彼女の体にも火がつき、苦痛と喜びが入り混じった渇望が彼女の奥深くを貫いた。クリシーは思わず彼のたくましい肩に両の手を置き、筋肉をまさぐってから漆黒の髪に指をくぐらせた。

開いた唇のあいだからジャウルの舌が入ってくると、クリシーは彼の腕のなかで震えた。突然、強烈な欲望が解き放たれ、野火のように荒れ狂う。ジャウルのシャツを引き裂いて固く引き締まった胸板にじかに手を這《は》わせたい。足元のラグの上に彼を押し倒し、満たしてと叫んでいる体の中心のうずきを癒やしたい。自分の激しい欲求にも、ジャウルの爆発的な情熱にも、これ以上あらがえない。

ああ、わたしは、わたしは……。

4

不意にドアをノックする音が響き、ジャウルは文字どおり凍りついた。まるで警鐘が打ち鳴らされたかのように。それからはっと我に返り、獰猛《どうもう》な顔つきで目を金色に輝かせ、クリシーを押しやった。

「すまない」彼は抑揚のない声で言った。「いまのは間違いだった」

クリシーは彼ほど早く落ち着きを取り戻すことができず、くるりと窓のほうを向いた。急にじっとりと冷たくなった頬を震える手で押さえる。自己嫌悪とショックから吐き気がして、ドア口で何者かがジャウルと話していたが、かすかにしか聞こえなかった。彼女はおぞましい彫刻が施された、クッションも置かれていない硬い長椅子に、へなへなと腰を下ろした。

間違いですって？　なんという屈辱だろう。でも、わたしったら、どうしてあんなふうに反応してしまったの？　もっとずっと重要――我が子のことを話し合うためにここを訪れたのに。一時的に何者かがわたしの分別を停止させ、同時に記憶と理性を抑圧したかのようだ。でも何もかもあとの祭り、もはやどうしようもない。それに、いまの不適切な行動はわたしひとりのせいじゃない。かつてはジャウルの〝きみに触れずにいられない〟というようなふるまいに慣れていたし、彼を魅了できる自分に誇りを感じもした。無邪気にも、そこに大きな意味を見いだして。

ジャウルは個人秘書から長いメッセージを受け取っていたところだった。明朝、バンダルが選んだ法律事務所とクリシーの代理人のあいだで行われる法的協議への出席を求められて、彼は困惑した。離婚問題に対して彼女が前日見せた態度を考えると、今日の訪問にはどぎまぎさせられたものの、さほどの驚きはなかった。

クリシーはもう昨日の態度を反省したのか？　ひと晩で一流の離婚弁護士チームを招集したのは明らかだ。こちらの希望どおり離婚したほうが経済的に得だと考えたのかもしれない。ジャウルは心のなかで冷笑した。いったいいつから、彼女にとって金がそんなに大事になったんだ？

二年前、父から手切れ金を受け取ってクリシーが姿を消したとき、ジャウルは何度も考えた。クリシーが欲深な女であることを、どうしてぼくは見抜けなかったのか、と。当時の彼は、クリシーほど金に興味がない女性はいないと考えていた。ずる賢くも、ぼくに気に入られるために強欲な一面を隠していただけなのか？　ふたりでいるとき、彼女は何度も繰り返し言った。ぼくの財産はたいした意味を持たないと。

　ジャウルは感銘を受けた。彼自身ではなく、彼がどれだけ金を持っているかを重視する女たちに、飽き飽きしていたからだ。

　しかし結局、ジャウルが誰よりも大切に思った相手は、誰よりも欲深いことが判明した。性衝動に突き動かされているときは判断力が鈍るという証拠だ。驚くにはあたらない。クリシーの美しい顔と、細身だがプロポーションのいい体をひと目見ただけで、いまだにかきたてられてしまうのだから。

　クリシーのほうは、彼が双子の父親であることをどうやって切りだそうかと悩んでいた。ジャウルはただならぬ衝撃を受けるはずだ。リジーから借りたクラッチバッグに指が食いこむ。クリシーはそれを突然開け、出生証明書を取り出した。

　これを見せれば一目瞭然だわ。わたしが口ごもりながら気まずい説明をする必要はなくなる。

　クリシーはジャウルに向かって証明書を突き出した。「わたしがなぜここへ来たか、不思議に思っているでしょう」あなたにキスをして、昔みたいに服を乱暴に脱がせるためじゃないのよ。恥ずかしさで顔が燃えるように熱くなるのを感じながら、心のなかでそう言葉を継いだ。「どうしてもあなたに会わなければならなかったの、これを見せるべきだと思ったから……」

　黒檀《こくたん》を思わせる眉根を寄せ、ジャウルはいかにもわけがわからないといった様子で書類を受け取った。クリシーが先ほどのキスについて何も言わないのはありがたかった。彼が些細《ささい》と考えることに関して大騒ぎしがちな彼女の性格を考えれば、とりわけ。さっきはふたりともつかの間、過去に引き戻されてしまった、それだけだ。そんなことを考えながらも、彼は長らく没交渉だった妻から渡されたものが出生証明書である事実を把握した。

「なんだこれは？」記載されている母親の名前を見て、ジャウルは急に寒気がした。「きみには子供がいるのか？」

「あなたにもね」ついにクリシーは言った。「あなたがわたしを妊娠させたの」

ジャウルはその場で固まり、息もできなくなった。妊娠だって？　ありえないと思ったものの、日付をすばやく確認し、計算した。すると、好むと好まざるとにかかわらず、充分にありえることだとわかった。ぼくには子供が、息子と娘がいるのか？　あまりの衝撃にしばらく頭がまったく働かなかった。これから離婚しようとしている女性は、ぼくの子供の母親だという。この呆然《ぼうぜん》とするような新事実が明らかになった以上、すべてが、何もかもが変わってくる。

とはいえ、ぼくに子供がいるという信じがたいほど重大な事実が、子供の誕生から一年以上もどうして知らされなかったんだ？　自分の世界が揺らぐような衝撃を与えられることに、ジャウルは慣れていなかった。一瞬目をつぶってから、クリシーの顔をまじまじと見た。美しく、欺瞞《ぎまん》に満ちた顔を。

「これが真実なら――真実だと思うが」感情と口調を抑制するのに、これまで経験したことのない困難を覚えつつジャウルは言った。「ぼくはなぜいまごろ息子と娘の存在を知らされる羽目になった？」

それはクリシーが予想もしなかった反応だった。彼女はたちまち怒りを爆発させた。「わたしに言うことはそれだけ？」

ジャウルは背中をこわばらせた。「きみはどういう言葉を期待していたんだ？」

ドアが勢いよく開き、ボディガード四人がなだれこんできたかと思うと、愕然《がくぜん》とした顔でクリシーを凝視した。ジャウルはこうした邪魔が入ることに慣れきっている様子で、ボディガードたちを下がらせた。四人はクリシーの怒鳴り声を聞きつけ、国王に何か危険が迫っているのではないかと判断したのだ。ジャウルに向かって怒鳴る人間など、ただのひとりもいないから。

ターコイズブルーの目に怒りをたぎらせ、クリシーは両手を固く握りしめた。「そうね、もう少し人間味のある言葉を期待していたかもしれない。なのに、あなたはとても、とてもばかげたことをきくんですもの」

ジャウルは歯を食いしばった。「どこがばかげているると？」

「タリフとソラーヤについていまごろ知らされたのはどうしてかだなんて……冗談のつもり？」

「違う。冗談なんかじゃない。なぜ冗談など言う必要がある？　少し冷静になって、自分が何を言っているか考えてみるがいい。これは非常に重大な問題だ」

ついにクリシーの堪忍袋の緒が切れた。彼女の子供の父親は花崗岩《かこうがん》の柱よろしく冷たくて動じることなく、まるで天気の話でもしているかのようだ。こんな侮辱には耐えられない。冷静になれですって？　よくもそんなことが言えるものね。わたしの人生をめちゃくちゃにして、生きるも死ぬも勝手にしろとばかりに捨てておきながら。

「あなたは人として最低のろくでなしだわ。どうしていまごろ知らされたかですって？　それはあなたがわたしを捨てていなくなったからよ」

「ぼくはそんなこと――」

「あなたはマルワンに帰国して二度とわたしのところへ戻らなかった――それを〝捨てた〟と言うのよ。電話にも出なかったし、かけてもこない。メールを、ショートメールすら送ってこなかった。あなたからはその後、なんの音沙汰もなかった！」クリシーはぶるぶる震えながら言い返した。苦くつらい思い出が脳裏によみがえり、彼女に力を与えた。「こちらからあなたに連絡をとるすべは何ひとつなかった。いまなら、意図的だったとわかる。あなたは二度と帰るつもりがなかったから――」

「そんなのは嘘《うそ》だ」

「黙って!」あまりの理不尽さにクリシーの怒りはとどまるところを知らず、言わずにはいられなかった。「嘘をつくのはやめて。せめて正直になったらどう? いまさら失うものは何もないでしょう」

ジャウルのハンサムすぎる顔がこわばった。「ぼくは一度たりときみに嘘をついたことはない」

「あら、そう? 〝生涯きみを愛しつづける〟とかいうせりふは間違いなく嘘だった! オックスフォードのアパートメントはわたしたちの家だという話も。あなたのお父さまは突然、わたしをあそこから放り出させたのよ! お父さまによれば、わたしたちの結婚も嘘だった」クリシーの声は半オクターブ高くなっていた。ジャウルが顔をしかめたことも、彼女の気分をますます害した。クリシーはシュガーボウルをつかむや、ジャウルめがけて投げつけた。角砂糖が小さなミサイルのように飛び散り、陶製の容器がテーブルの角にぶつかって粉々に砕けた。

ジャウルは、避けたいと思っていた修羅場のただなかにいた。冷静になろうとしてもうまくいかなかったし、静かに耳を傾けようとしてもかなわなかった。もっとも、怒ったときのクリシーは手のつけようがない。彼女が怒ったときの余得といえば、ベッドへ連れていっておたがい消耗しきるまで愛を交わすことだけだった。

しかしいま、それはまったく不適切な考えだったので、ジャウルは目下いちばん重要な問題、子供のことに気持ちを集中しようとした。けれど、今日に至るまで噂《うわさ》のかけらすら聞いたことがなかった子供たちは、どうしても現実の存在に思えなかった。

「あなたのお父さまのちょっとした〝ミス〟のおかげで、わたしの子供は父親のいない非嫡出子として登録されているのよ、ジャウル！」クリシーはもう少しで息が切れそうになったが、すぐまた気力を取り戻した。「わたしの家族が住んでいるのはマルワンほど保守的な土地柄じゃないけれど、それでも父は半年以上わたしと口をきいてくれなかった。わたしが未婚で妊娠したと知ってから。世間に顔向けができないって」

ジャウルはますます凍りつき、身じろぎもできなくなった。

キング・ルットにジャウルとの結婚は成立していないと信じこまされ、クリシーは出生証明書に彼の名前を書くことができなかった。違法な式を挙げたことで、なんらかの法律を破ったのではないかという不安もある。子供たちの父親が王族であると知れたら、好ましくない注目を浴びる危険もあった。そのため、全面的に沈黙を守ることが、最も安全な選択肢に思えたのだ。マルワン大使館へ何度足を運んでも事態は何ひとつ改善されなかったあとだけに。

「実のところ、姉夫婦がいてくれなければ、わたしはもっと深刻な状況に陥っていた。だから、どうしていままで父親であることを知らされなかったのかなんて、ずうずうしいことをきかないで。あなたは最低の夫か、いえ、夫となんて呼べない人間だったんだから！」クリシーは激しい言葉を投げつけた。

「そろそろおしまいか？　悪口を言って気がすんだか？」

「いまのは悪口じゃないわ。紛れもない事実よ！」クリシーは臆することなく言い返した。「あなた、自分のどこがいけないか知っている？」

知らなかったが、これからクリシーが聞かせてくれるだろうと思い、ジャウルは黙っていた。

「あなたに対しては誰も逆らわない。あなたが間違ったことをしても、その責任を取らせようとしない。あなたは〝超〟のつくお金持ちで絶大な権力を有し、甘やかされてきたから。わたしはあなたが大嫌い！　あなたは自己中心的で女好きのろくでなしよ！」

「きみは家に帰ってしばらく横になるべきだ。きみがもう少し落ち着いたころにこちらから電話する」

まったくの無表情で静かにそう告げられ、クリシーは悲鳴をあげたくなった。この人はわたしがどんな地獄を見たか、まるでわかっていない。たぶん関心もないのだろう。

ジャウルはまだ呆然としていた。〝妊娠〟という言葉が頭のなかでぐるぐるまわっている。彼は想像しようと試みた。細身のクリシーのおなかが彼の子供を宿してふくらんでいるさまを。父からの金を彼女が受け取ってくれてよかったと初めて思った。クリシーには経済的な支えが必要だったはずだから。

子供たち……。ジャウルには想像もできなかった。男の子がひとりと女の子がひとり。マルワン王室に双子が誕生したのは彼の祖父と大叔父のとき以来だ。あまりのショックから、いつになく混乱しきっている自分に、ジャウルは気づいた。いつもの冷静で理性的な考え方がまったくできなくなっていた。

「一歳二カ月の子供がふたりいたら、横になる時間なんてあるわけないでしょう！」

クリシーは捨てぜりふを吐いて廊下に出た。そこでは、怒鳴り声と陶器の割れる音を聞いたボディガードたちが、不安げに行ったり来たりしていた。彼らはクリシーの横を急いで通り過ぎ、自分たちの大事な預かりもの——国王に異変がないか確認しに行った。

国王。彼女にとっては信じがたい事実だった。ジャウルが国王になったなんて。

クリシーに一刻も早く出ていってほしいらしく、

使用人が急いで玄関扉を開けに来た。彼らがマルワン大使館に行き、わたしの名前を言ったら、大使館のスタッフと共通の話題で大いに盛りあがったに違いない。泣いたりわめいたり、懇願したりして厄介だった、いかれたイギリス女性の話題で。けれど、わたしはもう昔のわたしではない。ジャウルへの愛はとうに忘れた。あんなふうに残酷な捨て方をされたら、二度と愛がよみがえることはない。クリシーは奇妙な大邸宅を嫌悪の表情で振り返った。

そのころ、ジャウルは戸口に立ちつくしていた。いまや玄関ホールには大勢の使用人が集まり、狼狽《ろうばい》していた。伝統を重んじる王室の邸宅で先ほどのような大騒ぎがあったのはどうしたことかと。

「ミス・ホイッティカーはわたしの妻……妃《きさき》なのだ」静かに重々しく、ジャウルは告げた。周囲に驚愕《きょうがく》の声がさざ波となって広がり、すべての顔がこちらに向けられたが、彼は無視した。

姉の家に着くと、クリシーは再び泣いた。父親と同じ目をしたタリフが彼女を見あげてほほ笑むと、涙が頬を伝い落ちた。

リジーはおろおろした。なんと言葉をかけたらいいかわからない。「彼はDNA鑑定が必要だとかそんなことを言ったの？　双子が自分の子供であることを確認するために？」

「いいえ。わたしがわめいたり、物を投げつけたりするあいだ、ジャウルは石像みたいに突っ立っていた」クリシーは怒りに満ちた口調で言った。「まったく癪《しやく》に障る。できるものなら、彼を殺してやりたい」

リジーは青くなった。「あなたたちの関係だけれど……最終的にはきっと落ち着くべきところに落ち着くと思うの。いまのジャウルは大きなショックを受けて——」

「いったい彼が何にショックを受けるというの？」

「自分が父親であることを知って――」

「ジャウルなんて大嫌い。今夜はソフィアとマウリツィアと出かけて楽しんでくるわ」クリシーはそう宣言し、目から涙をぬぐった。「ジャウルのせいで、わたしはこれまで楽しむ時間がまったくなかったんだから」

それが真実であることを、リジーは知っていた。双子を妊娠中、クリシーの体には多大な負担がかかったうえ、その後も若い娘らしい気晴らしをすることはまったくできなかった。ふつうよりもずっと早く大人になることが求められたのに、クリシーは泣き言ひとつ口にせず、教師の職に就いた。そんな妹をリジーは心から誇りに思っていた。

その夜、リジーとチェザーレの家にジャウルが現れたとき、いちばん驚いたのは誰だったのだろう。

リジーは慌てて夫を呼んできた。妹と結婚しておきながら、ひどい仕打ちをした男に対しては、チェザーレのほうが適切にふるまえると考えたからだ。

「クリシーに会いたいのですが」ジャウルは平然と言った。

「残念ながら無理です」チェザーレが答えた。「あいにく外出していて――」

「外出？」ジャウルは見るからに驚いた様子できき返した。

「クラブへ遊びに」リジーは得々として答えた。

「それなら、双子に会わせてほしい」ジャウルがむっつりと言う。

チェザーレはため息をついた。「それも無理だ。母親の許可なく、子供たちに会わせるわけにはいかない」

ジャウルの目に金色の炎が燃えあがった。「だが、双子はぼくの子供で――」

「けれど、出生証明書にはそう書いていない。そうでしょう？」リジーは満足感を隠そうともせずに口を挟んだ。「明日、クリシーがいるときにもう一度来て――」

「彼女はどこへ……どこのクラブに遊びに出かけたのかな？」ジャウルは不快そうに尋ねた。

リジーは教えるつもりはなかった。ところが、チェザーレは妻とは別の考えらしく、ジャウルにクラブの名前と所在地を告げた。

マルワン国旗をはためかせてジャウルのリムジンが走り去ったあとで、リジーは夫を詰問した。

「いったいどうして彼に教えたりしたの？」

チェザーレは何を考えているのか読めない目でリジーを見た。「彼はクリシーの夫だ」

「でも、クリシーは彼を憎んでいるのよ！」

「ぼくたちが立ち入ることじゃない、いとしい人《カーラ》」チェザーレは答えた。「彼を敵にまわしたところで、誰の得にもならない。とりわけ、彼らの子供たちにとっては」

高級ダンスクラブのＶＩＰルームへと通されたジャウルは、どうにも落ち着かなかった。一方、ボディガードたちは急に生き生きとした。彼の父親なら〝西欧的邪悪さの巣窟〟とでも呼びそうな場所に来て、警護チームは大喜びしているように見える。ジャウルはダンスフロアを見下ろすバルコニーに立った。露出度の高い服装の娘たちがフロアにあふれている。しかし、彼の心はここにあらずだった。

クリシーの家族はぼくを嫌い、不信感を抱いている。父が招いた混乱を考えれば、当然かもしれないが。それでも、あんなふうに邪険にされたら、プライドが傷つく。二十八年間の人生で、ジャウルは一度たりと責任逃れをしたことがない。クリシーのことは唯一の例外だ。

どうしてこんなことになったんだ？　ジャウルは考えをめぐらせた。父から聞かされた話の真偽を自ら確かめなかったことが悔やまれる。

もっとも、当時のジャウルが父に対して疑念を抱くなどありえなかった。ジャウルは非常に大事に育てられた。子供特有の病気にかかると、父は文字どおりパニックを起こした。そんな父に対して不信を抱くようになるわけがない。

クリシーはこういうダンスクラブによく来るのだろうか？　そう考えたところで、ジャウルは自分に言い聞かせた。ぼくには関係のないことだ、と。クリシーがこういう場所にいる大半の女性よりも露出度の低い服を着ていてくれるといいのだが。

そもそもこんなところまでクリシーを追ってきたのは賢明だったかどうか、疑問が頭をもたげはじめていた。ジャウルは怒りに任せて行動した。こういうとき、満足のいく結果を得られたためしはめったにない。ところが、帰ろうと決心したのと同時に、赤紫色の丈の短いワンピースを着たクリシーの姿が目に入った。若い女性ふたりと一緒ににこにこ笑っている。苦悩している様子はいっさいなく、ジャウルは歯を食いしばった。向こうはけろりとしているのに、どうしてぼくが思い悩まなければいけないんだ？

電話番号を交換しておこうという彼女の先見の明に感謝しながら、ジャウルはショートメールを打った。じっと見ていると、クリシーは文字どおり凍りつき、ピンクのふっくらした唇を不快そうにゆがめて、肩をこわばらせた。彼がこのクラブに来たことを歓迎していないのは明らかで、ジャウルは激しい怒りを覚えた。

メッセージを見るなり、クリシーは怒りに襲われた。

〈VIPルームまで来てくれ〉

何カ月ぶりかで夜遊びに出てきたら、わたしはまわりにいる同年代の女性たちと違って自由じゃないと思い出させられるなんて。男連れだったらよかった、とクリシーは唐突に思った。チェザーレの妹ふたりはVIPルームに招待されたと聞いて興奮している。それに、ジャウルはわたしの夫だし、わたしの子供の父親だ。とっとと出ていってと言ったところで、引き下がるはずはない。彼は何がなんでも自分のやり方を押し通す人だ。

かつてはジャウルのことを信じられないほど高潔で信頼に値する男性だと思っていた。彼が歩いた地面すら崇《あが》めたくなるほどに。いま思い出すと吐き気を催す。けれど、学生時代にふたりの関係が劇的に変化した夜、ジャウルは目を見張るようなファインプレイをしたのだ。

ジャウルに惹《ひ》かれながらも、クリシーがほかの学生とデートを始めたころだった。エイドリアンは金髪碧眼《へきがん》で、ジャウルとは昼と夜ほども違うタイプだった。クリシーは何度か映画やカフェでの気軽なデートに応じたものの、体を求められたときはきっぱり断った。当時、彼女はセックスに関してコンプレックスを抱いていて、それをいつか乗り越えられるのかどうか自分でもわからなかった。そもそも乗り越えたいという気持ちがあるのかどうかも。原因は子供のころにさかのぼる。その恐ろしい経験については、リジーにすら話したことがなかった。

ある晩、エイドリアンと彼の友だちに、大きな家で開かれたパーティへ連れていかれたのだが、そのときのことは途中から記憶がない。たぶんエイドリアンがソフトドリンクに何か入れたに違いなかった。ジャウルに発見されたとき、クリシーはエイドリアンの横で正体をなくしていた。ジャウルは自分と同じく、彼女がアルコールをまったく飲まないと知っていた。そのため黙っていられなかった。そして、反論しようとしたエイドリアンを殴り、クリシーをパーティ会場から連れ出した。

翌朝、ジャウルのアパートメントで目を覚ますまでのことは、クリシーの記憶にまったく残っていない。あのとき初めて、彼女はジャウルの別の側面を知った。彼はクリシーの弱みにつけこむことなく、彼女が助けを必要としているときに助けてくれた。ジャウルが守ってくれなかったらどんな結末になっていたかを考えると、ぞっとした。クリシーは彼が周囲にいるほかの若者よりもずっと大人で、人格的に優れていることをひしひしと感じた。

〝ぼくは絶対にきみを傷つけたりしない〟と彼は言った。

でも、それはとてつもなく大きな嘘だったことがのちに判明した。クリシーはとても頭にきていた。いまでも。とはいえ、ふたりの結婚はとっくの昔に破綻した。すべてを忘れ、彼の望みどおり離婚に応じて前進するべきなのだろう。よりよい幸せな未来に向かって。明日、双方の弁護士が話し合いを持つことになっている。ジャウルのために手続きが大急ぎで進められるはずだ。

クリシーは指示されたとおりにジャウルの正面の席に腰を下ろした。彼女が敬意を払うべき対象であるかのように、ボディガードたちが頭を下げたのを不思議に思いながら。ジャウルに目を戻すと、彼はジーンズにオープンネックのTシャツというカジュアルな装いだった。こういう高級クラブへ入店を許されるには、何を着ているかよりも、何者であるかが大事であることのあかしだ。

「きみたちの楽しい時間を邪魔したのでないといいんだが」ジャウルは硬い口調で切りだした。軽く組まれたクリシーの非の打ちどころのない脚、ピンクのハイヒールを履いた小さな足が特等席で眺められることに体が反応しないよう努力しながら。かつてぼくがキスをした足……。

「もちろん、そんなことないわ」クリシーは嘘をついた。「何か用件があってのことなんでしょう？」

ジャウルは双子に会いたくて、彼女の義理の兄の家を訪ねたことを話した。

「あなた、タリフとソラーヤに会いたいの？」

ジャウルは片方の眉をつりあげた。「そんなに意外か？」

急に恥ずかしくなってクリシーは赤面した。ジャウルは父親であることを知らされ、子供たちに関心を持ったらしい。事実を受け止め、立ち去るだけだろうと決めつけたわたしが浅はかだった。「明日の午前中、ふたりを連れていってもいいわよ」礼儀正しい対応をする気があることを示すために、彼女は提案した。「弁護士チームが来る前に」

「弁護士チーム？」ジャウルはなんの話かわからないというような口調できいた。

「離婚の話し合いよ」クリシーは身を乗り出して声を落とした。彼女とジャウルから片時も目を離さないボディガードたちを意識して。

ジャウルはいらいらと息を吐いた。けれど、クリシーはもう一度ぼくと口をきく気になったらしい。少なくとももうわめいてはいない。

「チェザーレの弁護士チームがすみやかに処理してくれるはずよ」クリシーは場を明るくするつもりで快活に言った。「チェザーレの話では、もっと複雑な案件も処理してきた人たちだそうだから」

ジャウルは指輪をはめていないクリシーの左手に目を落とした。「ぼくがあげた指輪はどうした？」

「チェザーレの家の金庫にしまってあるわ。将来ソラーヤに渡すために」感傷的な理由から取ってあるわけではないことを明らかにしておきたかった。

「子供たちの名前はアラブの――」

「その血が流れているわけだから、当然でしょう」

「ぼくの祖父の名がタリフだった」

「まったくの偶然ね」ジャウルをへこませるために、クリシーは嘘をついた。実際、息子の名はジャウルの祖父から取ったのだった。息子には王家ゆかりの名を名乗る資格があると考えて。「あなたの家系から名前を取ることなんて、夢にも考えなかったわ」

ジャウルは壁をこぶしでたたいて叫びたくなった。クリシーはぼくを憎んでいる。ぼくは妻に憎まれている。

何もかも自業自得だ。二年前、ぼくは未熟で我慢することを知らず、無謀だった。欲しいものにためらうことなく手を伸ばした。どれほどのリスクを冒しているか考えもせずに……。

5

「なんてかわいいのかしら」いちばんのおしゃれ着で装った双子を見て、リジーがいとおしそうに言った。「ジャウルはひと目でこの子たちに夢中になるはずよ」

クリシーは鼻にしわを寄せた。「そんなことにはならないよう祈るわ。彼はこの子たちにあまり会えないはずだから。住む国が違うんですもの。会いたいから飛行機に乗せて連れてこいなんて、しょっちゅう言われたらいやだもの」

「クリシー……。ジャウルには子供に関心を持ってもらったほうがいいわ。あなたにとってはやりにくいだろうけれど。父親の存在は子供たちにとってマイナスではなくプラスよ」

姉のもっともな忠告に、クリシーは顔を赤らめて車に乗りこんだ。ジャウルが迎えによこしたリムジンだ。

マルワン王家の邸宅に着くと、玄関扉が大きく開け放たれていた。クリシーがまずタリフを片腕で抱いて、ソラーヤも抱きあげようとがんばっていると き、ナニーのお仕着せを身につけた女性が走り寄ってきた。

「ジェインと申します。旦那さまからお手伝いするよう言いつかってまいりました」

クリシーはジャウル本人が出てこなかったことに不満を覚えた。

邸宅のなかに入り、醜悪な内装の応接間まで行くと、ナニーが真新しいラグの上にソラーヤを下ろした。ラグの上にはこれまた新しいおもちゃが所狭しと置いてある。ジェインがほかに何か必要なものはないかときいた。

「いいえ。必要なものはこちらですべて用意してきたので」クリシーは大きなバッグをソファのひとつに置いた。

ラグにタリフを下ろしてから顔を上げると、ジャウルが部屋のドア口に立っていた。黒いデザイナージーンズに暗赤色のTシャツを着た彼は男性スーパーモデルさながらだった。

「すまない、電話中だったもので」ジャウルはラグの端まで歩いてくると、好奇の色を浮かべて双子を見つめた。「赤ん坊のことは何もわからないんだ。だからこの訪問に備えてナニーを雇った」

「赤ちゃんに会ったことくらいあるでしょう？」

「いや。家族に赤ん坊はいないから……というか、ぼくにはもう家族がいない。ぼくだけだ」ジャウルはクリシーに思い出させた。彼にはきょうだいがおらず、父もひとりっ子だった。

「いまはタリフとソラーヤがいるわ」そう指摘してから、クリシーはどうしてそんなことを言ってしまったのかといぶかった。しかし、赤ん坊のことをまったく知らないと言ったジャウルの告白には、なぜか哀れを誘われた。「しゃがむと、ふたりともはいはいをしてくるわよ」

そのとき、タリフが直進してきたかと思うと、少しも恐れずに膝に這《は》いのぼってきたので、ジャウルは驚きの声をあげた。「歩けるのか?」すっかり魅了された様子だった。

「いいえ、まだはいはいだけ」

ソラーヤがタリフに注目が集まっているのに気づき、同じ方向へと這っていく。

「ときどきつかまり立ちをするようになったけれど……特にタリフのほうは」

ジャウルはタリフの黒髪を撫《な》でた。その手は少しおぼつかない。ああ、ぼくの子供！　この目で見ているのに、まだ信じられない。「この子たちが宿った夜に……感謝だ」かすれた声で言う。

彼の顔をちらりと見て、クリシーは顔が燃えるように熱くなった。あの夜、避妊具を切らしてしまい、ジャウルがお付きの者に買いに行かせようとしたのだが、恥ずかしさのあまりクリシーが反対したため、ふたりはリスクを冒すことになった。その結果が双子だったのだ。しかしいま、ジャウルの感謝の表情を見て、クリシーは心が震えた。

徐々にジャウルはリラックスしはじめた。彼がさまざまなおもちゃで遊んでみせると、双子は声をあげたり、喉を鳴らしたりしてなんでも口に入れたがった。「なんてかわいいんだ」ジャウルがしみじみとつぶやく。

「ええ……わたしもそう思うわ」クリシーも笑顔で言った。「たいていの親は自分の子供についてそう思うものだけれど」

子供たちの存在がジャウルに対する憎しみを和らげ、緊張感が消えたように感じられた。クリシーは帰るつもりで立ちあがった。「そろそろ昼寝をさせなければ」

ジャウルが壁のボタンを押した。「二階にベビーベッドを用意させた。いまジェインが来る」

クリシーは身をこわばらせた。「でも、わたしは帰ろうと思って……」

「ぼくたちは話し合う必要がある。子供たちが寝ているあいだに話し合おう」

だが、クリシーは彼と話し合いなどしたくなかった。弁護士たちにすべてを任せ、悲しくも短く終わった結婚の後始末は、感情を排したものにしたほうがいい。そう考える一方で、理不尽な態度をとりたくないという気持ちと、ジャウルは子供たちともっと一緒にいたいのだろうかという好奇心もあった。

そこで彼女はジェインと一緒に子供をひとりずつ抱き、階段を上がっていった。

一室が子供部屋にすっかり作り替えられていたが、クリシーは驚かなかった。ジャウルと一緒に暮らした短いあいだに、たいていのことは、お金さえあればひと晩でできるのを知ったからだ。

階下に戻ると、ジャウルは応接間にいて、テーブルにはコーヒーのトレイが用意されていた。

クリシーはコーヒーをカップについでケーキをひとつ、彼に差し出した。非の打ちどころのない女主人のように。

窓際に立ったまま、ジャウルがいきなり口を開いた。「離婚はしたくない」

ターコイズブルーの目が見開かれ、コーヒーカップがソーサーの上でかたかたと鳴る。「なんですって？」

ジャウルはゆっくりと深呼吸をした。Tシャツを着た胸が大きく上下する。「王家のなかで子供たちに適切な地位を与えるためには、いまきみと離婚するわけにはいかない」硬い口調で言う。「ぼくは妻と子供がいながら、責任を放棄することも可能だ。西欧の女性に対する父の偏見はよく知られていたから、国民も理解してくれるだろう。しかし、王家と国のことを考えた場合、ぼくはいますぐ離婚するわけにはいかないんだ」

頭に血がのぼり、クリシーは叫びだしたくなった。前夜、彼女は眠れぬままに考えた。さっさと離婚に応じ、人生を前へと進めたほうが賢明なのではないか、と。ジャウルを一時的に困らせるためだけに離婚を引き延ばしてなんになるというの？　そのあいだ、わたしは既婚者でも独身者でもない宙ぶらりんの状態が続く。そしてクリシーは結論を下した。すみやかに離婚するのがいちばんだと。今後、子供たちをジャウルにも会わせなければならないことを考えると、なおさら。

「あなたには悪いけれど」クリシーは抑揚のない声で言った。「わたしは離婚したいの。それに、あなたが望もうと望むまいと離婚はできる。わたしはあなたにもあなたの国にもなんの思いも――」

ジャウルは黙れと言うように片手を上げた。「言い方が悪かったかもしれない。ぼくが言いたいのは、もう一度、結婚生活をやり直そうと――」

いきなりクリシーは音をたててカップを置き、立ちあがった。「いや」そんな提案は考慮にも値しない。「わたしの人生はあなたのせいでめちゃくちゃになった。わたしは自立を取り戻して――」

「子供を犠牲にしてもか？」ジャウルは遮った。

「そんなことをきくのは理不尽もいいところだわ。わたしはよき母親であるためにあらゆる努力をしてきたのよ」

「タリフは王位継承者だ。ぼくはあの子をマルワンへ連れ帰らなければならない」ジャウルは恐ろしいほど淡々と言った。「きみやソラーヤから引き離したくはないが、世継ぎを育てるのはぼくの義務なんだ」

クリシーの膝はがくがくと震えだし、血の気という血の気が顔から引いていった。ジャウルはタリフをマルワンへ連れ帰ることが既定事項のように話している。それはつまり彼にはそうする権利があるとすでに確認済みということ？　胃がひっくり返り、喉が締めつけられた。「自分の耳が信じられないわ。あなたが結婚をやり直したいと申し出たのは、子供たちを手もとに置きたいからであって、わたしのことなんかどうでもいいと――」

「ばかを言うな。ぼくは再会した瞬間にきみを取り戻したいと思った。ぼくにとってきみは〝致命的な誘惑〟と言っていい。それはきみにとっても言えると思う」

「何が言いたいの？」

ジャウルの濃い色の瞳が輝き、純粋な金色に見えた。「きみもぼくを欲しいと思っている。ほかのことが考えられなくなるほどに。ぼくも同じ――」

「冗談も休み休み言って！」クリシーは憤然として遮った。

「だったら、証明してみせようか？」

「できるわけないわ。真実じゃないんだから！　わたしはもうあなたのことなんか忘れて……」

「忘れてどうした？」ジャウルは問いただすような口調で先を促した。

わたしはジャウルにいやというほど苦しめられた。なのに、彼は再び姿を現すなり自分の要求に従うよう命令するばかり。クリシーの我慢はついに限界に達した。

「わたし、ほかの男性とつき合ったわ」クリシーは嘘《うそ》をついた。ジャウルがいかに独占欲が強いか、嫉妬深いかを知っていたから。そして、彼がどんなに傷つくかも。

「そのことなら予想していた」ジャウルはかすれた声で応じた。「だから、そんなことをわざわざ言う必要はない」

そう言いながらもジャウルの顔がみるみる青ざめるのを見て、クリシーは自分が最低最悪の女になった気がした。けれど、いまこの瞬間はふたりのあいだに楔《くさび》を打ちこむことが何より重要に思えた。彼のことをほんのわずかも引きずっていないと証明するために。「だから、わかるでしょう、わたしはもう以前みたいにあなたを求めてはいないの」

燃えるような目がクリシーの頭のてっぺんから爪先まで、とっくりと見た。彼女はブラジャーの下で胸の頂が硬くなり、下腹部が熱く潤むのを感じた。

「それは百パーセント本当か？」ジャウルは彼女に近づきながら荒々しい声で尋ねた。「ぼくに試すチャンスを一度も与えないほどに？」

クリシーははっと息をのんだ。息苦しいほどの緊張感。ジャウルはいまにも癇癪《かんしゃく》を爆発させそうに見えた。癇癪を起こしたときの彼は、危険きわまりない。「ええ、本当よ」彼女は頑固に言い張った。

「嘘をつくな」ジャウルは声を荒らげた。「きみはぼくに……自分自身にも嘘をついている！　ぼくたちには前にも同じようなことが――」

「いったいなんのことかわからないわ」

「それも嘘だ。きみはぼくを何カ月も待たせた」

「わたしは待たせたりなんてしなかった」

「ぼくたちがたがいに惹《ひ》かれ合っていることを、きみは認めようとしなかった」

「だって、あなたは、わたしのタイプとは思えなかったし……ああ、そうだわ、その点についてはわたしが正しかったのよね？」クリシーはためらいなくやり返した。

「黙れ」ジャウルはクリシーの体に腕をまわし、乱暴に引き寄せた。

「いや。あなたこそやめて。放して……いますぐ！　わたしたちはもうすぐ離婚する。あなたにはわたしに触れる権利なんてないのよ」

「きみはまだぼくの妻だ」

「でも、触れる権利はないわ！」

クリシーが警告した次の瞬間、ジャウルの形のよい熱い唇が彼女の唇に荒々しく重ねられた。舌が奥深くへと入ってくる。

一瞬、クリシーは閃光《せんこう》のシャワーを浴びたような錯覚に陥った。ジャウルの唇の感触はまるでロケットに乗ったかのように刺激的だった。胸の先端がますます硬くなり、脚の付け根がいっそう熱を帯びる。あっという間の出来事で、自分自身の反応も激しかったため、クリシーは危うく情熱の渦にのみこまれそうになった。ジャウルの腕に手を置き、彼を放すまいとする。全身の細胞という細胞が燃えたつように輝きだした。

ジャウルはいまも変わらず、キスでわたしを燃えあがらせることができる。

息を整えようとしてジャウルの顔を、星空のような瞳を見たとたん、彼女はそこに溺れて時間を巻き戻したくなった。彼のがっしりした肩に頬をあずけ、清潔な麝香《じゃこう》のような香りを吸いこむ。彼はとてもいい香りがした。あまりにしっくりくる香りなので、クリシーは怖くなった。震えながらジャウルの引き締まった体を隅々まで意識せずにはいられない。体の内側に激しい欲望が湧き起こり、とうていあらがえないと感じた。「ジャウル？」

ジャウルは彼女の顔を両の手で包みこんだ。「もう一度きみの唇をくれ」ハスキーな声でせがむ。

そんなことをしても問題の解決にはならないとわかっていながら、クリシーは顔を上向かせ、ジャウルのより深く激しいキスを受け入れた。

キスなんて、たとえ相手が別居中の夫でも大騒ぎすることではないはずだ。なのに、ジャウルのキスはあまりに巧みで、邪悪なほどに官能的だった。彼はクリシーを軽々と抱きあげ、腰に脚を絡めさせて彼女の喉元に鼻先をこすりつけた。とても敏感で彼女が反応せずにはいられない場所に。突然、全身が音叉《おんさ》になったかのように震えだし、クリシーは貪欲に喜びを求めた。

見なければ釈明する必要がないとでもいうように、クリシーはぎゅっと目をつぶっていた。わたしは何もしていない。ジャウルに二階へと連れていかれようとしているのはわたしのせいじゃない。こんなことは少しも望んでいない。ああ、でも、彼をどれほど求めていることか！　クリシーの欲望は熱狂に近く、暴走列車さながら、もはや止めることができなかった。ジャウルの肩に顔をうずめながら、自分自身の弱さがいやになる。

「できないわ……こんなこと、できない」熱に浮かされたようにささやいた。

すると、ジャウルは肩でそっとつつくようにして彼女の顔を上に向け、もう一度唇を重ねた。「できるとも。なぜなら、心の奥底ではきみも知っているから。ぼくは二度ときみを傷つけないと」

「そんなに単純なことでは――」

「きみの気持ち次第で単純になる」

とはいえ、ジャウルが相手だと単純なことなど何ひとつなかった。率直で正直なクリシーに比べると彼は悪知恵が働く。ジャウルがドアを押し開け、もう一度キスをすると、欲望にのまれたクリシーは何も考えられなくなった。

クリシーは何か柔らかなものの上に寝かされ、彼女の上ではジャウルが文字どおり引き裂くようにしてTシャツを脱ぎ、筋肉の発達した褐色のなめらかな胸をあらわにした。彼の美しい体を再び目にしたとたん、クリシーは誘惑にあらがえず、まるで手が自ら意志を持つかのようにたくましい胸をなぞりはじめた。肌の熱さに手が焼けそうになり、切望に下腹部がうずく。なじみ深い欲望が彼女を支配し、抵抗を抑えこんで、ジャウルを求める気持ちを危険なまでに高まらせた。だめ、いまさら彼とセックスをするなんてできない。してはいけないのよ。

だが、渇望は耐えがたいほどで、クリシーに勝ち目はなかった。

半裸になったジャウルは熱い体を重ね、クリシーのトップスを脱がせた。続いてブラジャーを外して胸のふくらみを両手で包みこむと、硬くなった先端を指でこすったりつまんだりしてから口に含んだ。これ以上我慢できないとばかりに。

クリシーの背中が弓なりになった。燃えるような欲望が全身を蹂躙《じゅうりん》する。彼に吸われるたび、舌でなぶられるたびに快感が走り、彼の黒髪にくぐらせた指に力がこもった。彼がショーツを引き下ろし、腿のあいだに手を滑らせるや、引きつった喉から小さな声がもれた。それもつかの間、一本の指が深々と差しこまれ、クリシーは思わず叫んだ。彼女の芯はすでに熱く潤い、ジャウルを迎え入れる準備がすっかり整っていた。

「お願い、ジャウル。じらさないで」クリシーの耳に自分のつぶやき声が聞こえた。

しかし、ジャウルはベッドで言われたとおりにするような男性ではなく、まず小さなボタンのような感じやすい場所を刺激してクリシーをあえがせ、わずかに残っていた自制心を容赦なく奪い去った。彼は体を下にずらし、彼女の最も敏感な場所に口と舌を使いはじめた。クリシーは自分が何をしているのかわからなくなり、まさにみだらな渇望のとりことなった。彼女の反応は激しさを増すばかりで、ついには苦しいほどのクライマックスを迎えて全身をわななかせた。忘れかけていた強烈な喜びの波が次々と押し寄せる。

「それでいいんだ」ジャウルは自信に満ちた声で言い、濃い色の瞳を金色の泉のように輝かせて、残りの服を脱ぎ捨てた。そして小さな袋を歯で破って避妊具を装着し、彼女に覆いかぶさった。

これは現実じゃない。こんなのは現実じゃない。クリシーは自分に信じこませようとした。あまりにも長いあいだ、自分に禁じてきた喜びに酔いしれながら。

大きくて硬い欲望のあかしがゆっくりと苛《さいな》むように、潤んだ彼女のなかへと抜き差しを繰り返す。クリシーは腰を浮かせて自ら迎えずにはいられなかった。とてつもない快感と、なおかつジャウルの激しい動きのせいで、陶然となるほどエロティックな震えが下半身に広がっていたからだ。目もくらむような白熱した欲望に彼女は我を忘れ、なすすべもなく高みへとのぼりつめた。すすり泣き、あえぎながら。何かが爆発したかのようなクライマックスの瞬間、クリシーは叫び声をあげ、甘美で圧倒的な喜びに包まれた。

しばらくして我に返ったクリシーは、自分がどこにいるのかすら確信が持てなかった。まだジャウルに強く抱かれたままだった。懐かしさを覚えると同時に奇妙にも思え、クリシーはどう反応したらいいのかわからなかった。離婚を目前にしているにもかかわらず、〝お願い〟と口に出してジャウルを求めてしまった。にわかに屈辱感に襲われ、彼から身を引きはがすと、クリシーは無言でベッドの反対側へと寝返りを打った。

恥ずかしさも後悔も感じていないジャウルは、ベッドから飛び出した。「やり直そう」決意を感じさせる声で言い、伸びをする。陽光のなか、褐色の大きな背中に筋肉の畝が浮かびあがった。

まだ昼間で、この邸宅の別室では自分のあどけない子供たちが昼寝をしているという事実が、クリシーをさらに後ろめたい気持ちにさせた。動揺のあまり、もう少しでジャウルの背中の傷跡を見逃すところだった。背中の真ん中に白っぽい筋が何本も走っている。一瞬ほかの心配事は忘れ、クリシーは眉をひそめて尋ねた。

「背中のその傷跡はどうしたの？　原因は何？」

「事故に……自動車事故に遭ったんだ」ジャウルは言葉少なに答えた。

褐色のゴージャスな体をさらし、非の打ちどころのない横顔を彼女のほうに向けているジャウルを前にして、クリシーは自問した。あの傷跡は前からあって、わたしが気づいていなかっただけなの？　彼の後ろ姿なんて、つぶさに観察したことはなかったはず。この問題をそんなふうに皮肉っぽく片づけてしまうと、彼女は再びほかの感情に支配された。

「離婚したい気持ちは変わらないわ」クリシーは頑固に言った。

ジャウルの顎に力がこもった。「それについてはシャワーを浴びてから話し合おう」

「そうね。わかったわ」クリシーはジャウルに早く服を身につけてほしかった。そして自分も服を着られるように出ていってほしかった。

「隣の部屋にもシャワーがひとつある」ジャウルが硬い口調で言った。「ぼくはそちらを使う」

「部屋の外にボディガードが立っていたりしないわよね？」クリシーは確認した。

「ボディガードは階下《した》にいる。ぼくのごくプライベートな生活を監視したり、とやかく言ったりするのは彼らの仕事ではない。彼らもちゃんとわきまえている」

クリシーは髪の生え際まで赤くなった。ありがたくない熱で頬がほてっている。「わたしがもうひとつのシャワーを使うわ」

「ぼくたちは結婚しているんだ。何ひとつ恥ずかしがることなどない」

ジャウルがバスルームへと姿を消すと、クリシーはベッドから飛び出し、急いで服を身につけた。それから文字どおり忍び足で隣のバスルームまで行った。しかし、シャワーを浴びたところで気分は少しもよくならなかった。離婚したいと言っておきながら、ジャウルとベッドをともにしてしまった。いまや彼はわたしを思いどおりにできると考えている。少しも意外ではないけれど。

たったいまの出来事によって、わたしが苦悩することを彼は承知しているはずだ。自分が正しかったことを証明し、満足感に浸っているはず。妻は間違いなくいまでもぼくを求めていると。

クリシーが出会ったときのジャウルはセックス・ハンターと言ってもよかった。その気のある女性を次々と誘惑していた。クリシーに対してはそんな態度をとらなかったが。

それどころか、彼女と最後の一線を越えたのは結婚してからだった。当時でさえ、クリシーはそのことに感動した。わたしがあまりきちんと理解できていないマルワンの文化を、彼は大事にしているのだろうと考えて。彼が姿を消したあとのつらい日々には、長いあいだノーと言いつづけたことで、わたしは挑戦しがいのある標的のような存在になっていたのかもしれないと考えるようになった。だから、中東の王位継承者がヨークシア出身のごくふつうの娘を結婚相手に選んだのではないかと。とはいえ、ジャウルは永続的な結婚を望んでいたのかしら？

でも、そんなのは昔の話だ。いまはどうでもいい。クリシーは自分に思い出させて服を身につけた。ジャウルはいまごろ、勝ったと考えているだろう。妻が再び自分の胸に戻ってくると。彼にとってはそれくらい単純なことなのだ。わたしとのセックスは、彼にとってはわたしが再び彼の所有物になったことを意味する。

でも、ジャウルがそう考えたからといって、どうして責められるだろう？　後悔の念に襲われてクリシーはいらだっていた。純粋だけれども生々しい欲望に押し流されてしまった。体があんなふうに反応するのは、彼に対してだけだ。クリシーはジャウル以外に男性経験がないが、それでも彼と暮らした短いあいだに、自分が情熱的な女であることを知った。その後、ジャウル以外の男性とベッドをともにしなかったのは、彼ほどその気にさせられる相手と出会わなかったからにすぎない。

シャワーを浴びたあと、ジャウルは体を拭きながら鏡に映った自分の顔を見つめた。クリシーに対してしたことは、はたして正しかったのか？　彼女はひどくかたくなだ。あれほどかたくなになるには、もっともな理由があるのだろうか？

亡き父が嘘をついたというのは信じられない。だから、大使館に問い合わせても無意味だ。キング・ルットの行動について調べたりするのは不忠以外の何ものでもないし、不愉快な噂《うわさ》やゴシップを生むだけだ。ぼくには妻がいる。それとふたりの子供が。二年間、その事実を知らずにきたが、いまは妻と子供たちと一緒に暮らさなければならない。それが現実だ。過去ではなく、いまに生きよう。ぼくとクリシーの心に恨みや攻撃心をかきたてる過去のささやきには耳を貸さずに。

クリシーは金を受け取り、逃げた。当時の彼女は妊娠していて、経済的援助がどうしても必要だった。ぼくより年下だった彼女は未熟だったし、彼女を助けるべきぼくはそばにいなかった。もっと自己中心的な女なら、計画したわけではない子供ふたりを育てるよりも中絶を選んだだろう。どうしようもなかったとはいえ、ぼくが必要とされたときに彼女のそばにいてやれなかったのは事実だ。

それに、とジャウルは胸の内でそれまでよりも軽い調子でつけ加えた。彼女とのセックスはすばらしかった。以前は添えものにすぎなかったが、いまはふたりを夫婦としてつなぐ唯一の要素と言っていい。だからこそ、ぼくは彼女をベッドへ連れていったのではなかったか？　もちろん、恥知らずな欲望に負けたせいもあるが。

どうしてぼくはこんなことを考えているんだ？　ジャウルはふと思った。ぼくは白馬に乗った騎士じゃない。クリシーが大好きだった中世ロマンス小説の登場人物とは違う。ぼくは完璧だったことなど一度もないが、クリシーがぼくに騎士たることを望んでいるのをつねに感じていた。現実主義者のクリシーは心の奥底でロマンティストでもある。

いま、ぼくはまた悪役になろうとしている……。

ジャウルは陰鬱な気分になった。しかし、ほかに選択肢はない。息子の存在を知ったときから、こうするしかないとわかっていたのだから。

クリシーが髪を梳《と》かしていると、客用寝室のドアが開く音が聞こえた。身を硬くし、ブラシを置いてバスルームのドアのところまで歩いていく。ジャウルはジーンズの上に鮮やかなターコイズブルーのTシャツを着ていた。先ほどの出来事のせいで、彼女が精神的にぼろぼろになっているとしたら、彼のほうは癪に障るほど、はつらつとして見えた。

「ここで話したほうがいいと思ったんだ」ジャウルが言った。

使用人に聞かれる恐れが少ないからというわけね。つまり、わたしがわめいたり、叫んだりしたくなるようなことを話すつもりなんだわ。いったい何を？

「離婚したい気持ちは変わらないわ」クリシーは頑固に繰り返した。「さっきはああいうことになったけれど、わたしの気持ちはまったく変わらない」

ジャウルは驚いた様子をちらりとも見せずに、黒いまつげに縁取られた目で彼女を観察した。「ぼくたちのあいだには良好な関係を築いていくだけの絆《きずな》がまだある」

「わたしはそうは思わない」拒絶のしるしとしてクリシーはほっそりした色白の手を振った。「前に一度経験しているから。あなたは二度と信用できないの。ジャウル、現実を直視しましょう。あなたも離婚を望んでいたはずよ、タリフの存在を知るまでは。タリフの存在があなたの気持ちを変えたのはうれしいけれど、わたしの気持ちは変わらない」

「それがきみの最終的な意見か？」突然、ジャウルの口調が厳しくなった。

クリシーは気圧《けお》されまいと顎を突き出した。さっき過ちを犯したのは確かだけれど、だからと言ってこれからの人生をそのことに左右されなければならない道理はない。「ええ、悪いけれど、そのとおりよ……」

「それなら、これを見てもらったほうがよさそうだな」ジャウルが後ろポケットから折りたたんだ書類を引き抜き、クリシーに差し出した。「これを使うのは避けたかったんだが。きみに無理強いをするのはぼくの好むところではない。しかし、もし離婚協議の話し合いが行われていたら、ぼくの弁護士からある書類が提示されていたはずだ。その話し合いはぼくのほうからキャンセルしたが」

「いったいどうして？」不安に駆られ、クリシーはささやき声になった。

「これは結婚前にきみが署名した婚前契約書だ。たぶん、きみは内容をきちんと読んでいなかったんじゃないかな」

ぼんやりとした記憶がよみがえってくるなか、クリシーは急いで書類を広げた。すると、欄外にわかりやすく赤い印がつけられた条項があった。心臓が口から飛び出しそうになりながら読み進めると、そこには、この結婚により誕生した子供は例外なくジャウルとマルワンで生活すると書かれていた。

たちまち口のなかがからからに乾いた。二年以上前に、その条項を読んだ記憶がかすかにあったからだ。そして軽い気持ちで読み流した記憶が。当時の彼女にはまったく関係ないことに思えた。なにしろ、すぐに子供を作る予定はなかったし、自分たちの結婚生活が暗礁に乗りあげるなど夢にも思わなかったからだ。ふたりは、というか少なくともクリシーは熱愛中だった。まさか、遠くない将来、この不注意な同意に悩まされる日が訪れようとは……。

6

穏便に処理できるよう、ジャウルは願っていた。だが、彼に不信感を抱いているクリシー相手では、どうやらうまくいかなかったらしい。もともと穏便に処理することが得意ではないせいもあるかもしれない。マルワンにおいては、重大な問題を決するのは国王だ。そのあとで、理不尽だ、えこひいきだと気分を害する者が必ず出てくる。たとえ交渉や譲歩をしたとしても、彼の決定に不満を持つ者が必ず出ることを、ジャウルは経験から学んでいた。

一方、クリシーは死人のように青ざめた顔で婚前契約書を見つめていた。わたしはこの契約書に自らの意思で署名した。どうしていまさら争うことができるだろう。

ジャウルはゆっくりと深く息を吸いこんだ。「どうしても離婚したいのなら――」

「わたしの気持ちが変わるとでも思っているの？」

「その場合は、きみにはマルワン国内に住居が与えられ、そこで双子を育てることになる。きみが自由の身に戻りたいなら、それがぼくにできる最善の提案だ」

「でも……当面は、別々に家を構えることは論外だというの？」

「残念ながら。しかし、こうすればきみはぼくたちの子供に対して共同親権を持つことができる」ジャウルは指摘した。

「ぼくたちの子供なんていないわ、ふたりとも生まれたときからずっとわたしの子供よ！」

「それはぼくが父親であることを知らされていなかったからだ」ジャウルはクリシーの反論を軽くあしらった。

「それで、あなたの言う〝こうすれば〟は、わたしたちがまだ本当の結婚生活を送っているふりをすれば、ということ？」クリシーは憤然としてドアまで歩いたところでくるりと振り返った。「丸二年もわたしをほったらかしにしておいて、いまさらどうしてこんなまねができるわけ？　あなたには倫理とか良識というものがないの？」

「ぼくたちの子供が国民に受け入れられ、しかるべき地位を保てるなら、ぼくは幸せな夫であるふりをするのもいとわない。そうするのがぼくの義務だ。ふたりは王子と王女という、王室内における本来の立場を得られる。そうしてやるのが親であるぼくときみの務めだ」

クリシーは頭にきて客用寝室のドアを乱暴に開けた。母としての義務をジャウルに諭される筋合いはない。離れて暮らしているあいだ、若い身空で彼女は母親としての義務を果たしてきた。さまざまな楽しみを犠牲にして。なんて理不尽なの、とクリシーは苦々しく思った。わたしを捨て、義務を放棄したジャウルが勝手に戻ってきて、わたしに責任を果たすよう要求するなんて。

「同意するのか？」ジャウルは、憤然と部屋を出た彼女を急いで追って尋ねた。

クリシーの体内にはアドレナリンが大量に放出されていたが、分別と生存本能がそれを上まわった。双子と別れたくなければ、マルワンに住む以外、選択肢はない。

頭の一部では、ジャウルの立場も理解していた。しかし、別の一部では彼女に責任を押しつけた彼を憎んでいた。自ら署名した婚前契約書がどんなに決定的であろうと、クリシーは子供たちのために闘うつもりでいた。とはいえ、そうした闘いは関係者全員の心を傷つける。

養育権をめぐって争えば、チェザーレとリジーにもそのストレスを味わわせる羽目になる。わたしにはすでに、隠し事をしたうえに計画外の妊娠をして、姉夫婦をひどく悲しませた過去がある。これ以上悲しませてもいいものかしら？　自分の問題は自分で解決する。それが大人というものよね？

「クリシー？」ジャウルが促した。「ぼくは返事を必要としている」

「あなたの要求に応じるわ。わたしの望みが通るような選択肢はないみたいだから」クリシーは硬い声で答えた。「でも、こんなことをしたあなたを絶対に許さない」

ぎらつく濃い色の瞳から感情が隠され、形のよい唇が引き結ばれた。「きみはぼくの過ちをひとつも一度も許したことがない」

そんなのは言いがかりよ。許したこともあるはずだ。わたしはそこまで狭量な人間じゃない。そうでしょう？　自問するクリシーの頬がうっすらと赤くなった。

　母の仕打ちをけっして許さなかったことを思い出し、クリシーは眉をひそめた。フランチェスカは下の娘が反抗できる年齢になる前に亡くなり、自らが犯した罪の秘密を墓場まで持っていってしまった。

クリシーは母のことを思い出たびに必ず襲われるけがれと恥の感情を振り払おうとした。母は強い女ではなく、男性にしばしば虐待された。彼女にとって最後の男性となった二番目の夫は最低最悪だった。

いつか母に関する真実をリジーに話すことはあるかもしれない。でも、あんなけがらわしい話をジャウルにするなんて、万が一にもありえない。

「ここは信じられないほど奇妙で悪趣味の家ね」クリシーは大きな階段を下りながら、ぶしつけに言った。ホラー映画に出てきそう。廊下に飾られたミイラの棺《ひつぎ》からゾンビが出てきたら完璧だ。

「祖母に文句を言ってくれ。ここの内装は祖母が指示したんだ」

「おじいさまと別れたイギリスの女性？」マルワン王家に嫁いだイギリス人について、クリシーが知っているのはそれだけだ。「彼女について話して」

「なぜだ？」

「仲間意識と言ったらいいかしら……わたし、彼女と同じ道を歩んでいるとも言えるでしょう？」

　クリシーは、なんでもいいから、たったいま同意したこと、それと二階のベッドで起きたこと以外の話題が欲しかった。先ほどの行為のせいで、秘めやかな部分がうずいていた。歩くだけでも落ち着かない。ジャウルはとても野性的でがむしゃらだった。わたしは彼の荒々しい情熱に恍惚《こうこつ》となり、そのせいで再びジャウルに人生をゆだねる結果になった。あんなふうに自分を裏切ってはいけなかったのよ。いまやわたしは彼の思いのままだ。

「そうならないよう祈るよ。なにしろ祖母は自分の息子を捨てた女性だからね」ジャウルの声には刺《とげ》があった。「彼女はぼくの祖父タリフとサファリで出会った。風変わりなイギリス貴族の家系で……レディ・ソフィー・グレゴリーといった。タリフは彼女を深く愛したが、彼女にとって祖父はちょっと荒くれた……目新しい相手というだけだった。友だちとなってくれる外国人もいないマルワンで二カ月も暮らすと、祖母は耐えられなくなった。それでもぼくの父を産むまではとどまったが、出産後ほんの数週間でマルワンから去った」

ねじ曲げられた話を聞いたときにはそれとなくわかるものだ。クリシーにとってはにわかには信じられない話だった。「それはあなたのお父さまから聞いた話でしょう？」

「ああ。けれど、ぼくは十代のときに一度、祖母と会ったことがある。士官として訓練中に、パリで。あるパーティに招待され、そこに祖母も来ていたんだ。彼女はまっすぐぼくのところへ歩いてきてこう言ったよ。〝あなた、わたしの孫よね。父親と同じように頑固でわからず屋なのかしら？〟と」

「つまり、おばあさまは明らかに自分の子供に会おうとしたということよね」クリシーはジャウルの祖母の言葉から、その背景を察した。「言い換えるなら、子供に無関心な母親というのは作られたイメージだったんじゃないかしら。いちばんありそうなのは、あなたのおじいさまが、別れた妻と息子が会うのを禁じたという可能性ね。そういう角度から考えてみたことはある？」

一度もなかった。祖母をめぐる逸話は議論の余地のない伝説となっていたからだ。ジャウルの顎がこわばった。「祖父の悪感情には根拠があった」

「たとえば？」

「レディ・ソフィーが出ていったことで、祖父タリフは笑いものになった。当時の統治者にとって、体面は何よりも大事だったが、彼女が祖父を捨てたという事実は隠しようがなかったからだ」

「そしておじいさまはそのことで彼女を絶対に許さず、罰として息子に会わせなかった。さらに、息子が西洋の女性に嫌悪を抱くよう、洗脳したんだわ。わたしがあなたのお父さまに会ったことがあるのを忘れないで。あなたのお父さまはわたしみたいな女を、家名をけがす存在と見ていたわ。お父さまの気持ちを知りながら、いったいどうしてわたしと結婚したの？　いいえ、いまのは忘れて。答える必要はないわ。あなたがわたしと結婚した理由はよくわかっているから」

黒檀《こくたん》を思わせる眉をひそめ、ジャウルはオックスフォードで最後にクリシーと口論したときのことを思い出していた。彼女は一緒にマルワンへ連れていってと迫った。あなたの行動は秘密を守りたいというより、わたしとの結婚を恥じているように見える、とほのめかして。

しかし、事実は違う。突然クリシーを連れて帰ったら、父が激怒するのは目に見えていた。だから、まず結婚を自分の口からじかに報告するために、帰国したのだ。悲しいかな、いまはもっと早く結婚を発表していれば、その後の展開はすっかり変わっていたはずだと確信しているが。

「いや、ぼくがきみと結婚した理由を、きみは少しもわかっていない。ぼくが何を考えているか、きみは察したためしがない」ジャウルは氷のように冷たく言い放った。「実際には、ぼくはきみを守ろうとしていた。だが、どちらにとっても不幸なことに、ぼくのやり方は間違っていた」

玄関ホールにあるエレベーターのドアが開き、マルワンの民族衣装を着た若い女性とナニーが降りてきた。それぞれの腕に眠たげな子供をひとりずつ抱いている。

「そろそろ帰るわ」

「泊まっていけばいい」ジャウルの言葉は命令口調だった。

「ねえ、聞いて。わたしはいま、姉夫婦の家に滞在していて、甥《おい》や姪《めい》とともどもみんなで楽しく過ごしているところなの。あなたの言うとおりにするのは、あなたがマルワンへ出発するときだけよ、ジャウル。いつ出発するの？」

「ぼくは二十四時間以内に戻る必要がある。すでに大使館で挙式した際の写真を、マルワンの報道関係者に公表した」

クリシーの顔から血の気が引いた。自由な時間はあと一日しか残されていないの？　家族とともに過ごし、自由と独立を味わえるのは、たった一日だけなの？

「それで、あなたはわたしに……どうしろと？」

「すみやかにこちらでの生活に終止符を打ってほしい。きみの家族は、当然ながら、いつでも好きなときにきみを訪ねてくればいい。もちろん、宮殿に滞在してもらってもかまわない」

「それなら、あなたにもそろそろわたしの父に会ってもらわなければ」

ジャウルにとって楽しい経験になるとはクリシーにはとうてい思えなかった。彼女の父は外国人と富裕層、王族といった人たちに対して偏見を抱いている。そしてその偏見を隠すほどブライアン・ホイッティカーは社交的ではない。それでも、会わせないわけにはいかない。

「今夜、父がわたしたちを訪ねてロンドンへ出てくることになっているから、ちょうどいい機会だわ」

双子を連れて姉の家へ帰る途中、クリシーは怒りに満ちたキング・ルットに会った日のことを思い出していた。

砂漠を舞台にした映画から抜け出してきたような年配の男性が自分の義理の父であるとわかったとたん、いやな汗が噴き出した。

キング・ルットは英語をひと言も話さず、かたわらに控えたもうひとりの年配の男性が、国王の憤然としたしぐさ、激烈な言葉を逐次通訳した。ジャウルからは、父は英語を流暢《りゅうちょう》に話すと聞かされていたにもかかわらず。たぶん、キング・ルットは激高するあまり、英語では適切な言葉を見つけられなかったに違いない。彼が発した数々の憎悪に満ちた言葉を、クリシーはいまだに忘れ去ることができずにいた。

〝あれは正当な結婚ではなかった。ジャウルにとっては軽い遊びにすぎず、いまは放っておいてくれと思っている。本人がマルワンに戻ったからには、きみとの関係は終わりだ。きみにはこのイギリスの家から出ていってほしいとジャウルは言っている。二度と連絡しないでほしいとも。もうこれ以上、我が国の大使館を訪れて息子を困らせるのはやめてくれ。息子は文化を同じくする国に生まれ育った女性と結婚するつもりでいる。もしきみがスキャンダルを広めたりしたら、息子と結婚しようという女性はいなくなる。そう思わないか？〟

キング・ルットは同じ趣旨のことを繰り返し言った。クリシーがいかに取るに足りない存在か、ジャウルの妻としてふさわしくないかを認めさせるために。

おまえは一時的なセックスの相手にすぎない、それ以上の何ものでもない。ジャウルのアパートメントに不法滞在している者、大使館で大騒ぎを繰り返す迷惑な訪問者。言い換えるなら、お払い箱にされたにもかかわらず、男にしがみつこうとする哀れな女……。

クリシーのプライドはずたずたにされ、心は引き裂かれた。なぜなら、彼女は全身全霊をかけてジャウルを愛していたからだ。

いま、リムジンはクリシーの姉の家に近づきつつあった。彼女が養育権をジャウルと争うと決めたら、チェザーレとリジーはきっと支援してくれるだろう。とはいえ、ジャウルとの交渉は慎重に行ったほうがいいという義兄の忠告を、クリシーは忘れていなかった。つまり、名だたる実業家の義兄でさえ、ジャウルを相手にした養育権争いでは勝ち目はないに等しいと考えているわけだ。

さらに、彼女にはジレンマを感じる大きな理由がふたつあった。

もしジャウルと闘えば、醜い争いになるだろう。そして結果的に負けた場合、どんな運命が待っているか。敵意をあらわにして闘ったあと、ジャウルは子供たちと母親が会うのをどれくらい許してくれるだろう？　きわめて現実的な疑問について考えると、クリシーは体が内側から冷たくなるのを感じて身震いした。ジャウルのイギリス人の祖母、レディ・ソフィーの例がいい教訓じゃないかしら？　レディ・ソフィーは、息子が偏見と敵意に凝り固まった大人になるまで、自らが産んだ子供との面会を許されなかったらしい。

心してかからなければ。へたをしたら、わたしも同じように子供たちとまったく会えなくなる恐れがある。

ジレンマを感じるもうひとつの理由は、チェザーレとリジーを巻きこんでしまうことの身勝手さだ。リジーは妊娠中の身で、いまの姉がいちばん避けなければならないのはプレッシャーや不安を感じることだ。裁判になったら、姉夫婦が最も嫌う注目を集め、神経をすり減らすことになるだろう。リジーとチェザーレはあれほど裕福なのに、静かで目立たない生活を望んでいる。

もしわたしがジャウルを相手に離婚裁判や養育権争いを始めたりしたら、マスコミが群がり集まってくるだろう。アラブの国王がイギリス女性とひそかに結婚していたというのは、とうてい無視できないビッグニュースだ。

絶対にだめ。クリシーは自分に言い聞かせた。身内や幼い子供たちを、その手の不愉快な衆人環視の状況に引っぱりこむ危険は冒せない。

結局のところ、ジャウルと結婚することに決めたのはわたし自身だ。後始末は自分でしなければならない。ほかの誰かに代償を支払わせるなんて、どうしてもできない。

7

マルワンへ向かうジャウルのプライベートジェットの機内で、クリシーはまるで小さな彫像のように見えた。背筋をぴんと伸ばした体はこわばり、両手は注意深く膝の上に置かれている。目からは感情がいっさい消えていた。

ジャウルは口を引き結び、憂鬱な思いでクリシーからノートパソコンへと視線を戻した。ぼくは何を期待していたんだ？　彼女がくつろいで楽しそうな旅の同伴者になるとでも？

ここはポジティブな面に気持ちを集中させたほうが賢明というものだ。クリシーはぼくの子供たちを連れてマルワン行きの飛行機に同乗している。そのうえ、初めて公の場に登場するのにふさわしい装いだ。シンプルな青いシフトドレスはクリシーのすらりとして優美な体を引き立たせている。国民によい印象を与えるに違いない。

背後の小さな窓から日が差し、クリシーの髪を銀色に輝かせているせいもあって、彼女は信じられないほど美しく見えた。磁器のような肌は透明感があり、柔らかなピンクの唇はきわめて官能的だった。

たちまちジャウルは思い出した。シルクのような彼女の髪が彼の腿に触れたときの感触と、唇を重ねたときの熱くエロティックな味わいを。溶岩を思わせる熱さで欲望が全身を焦がし、正面のテーブルの端をぎゅっとつかまないではいられなかった。硬く熱くなった下腹部が激しくうずいている。ジャウルは歯を食いしばり、ほかのことに気持ちを向けようと努めた。

彼と同じく、見た目は静かなクリシーも、内心では動揺していた。怒りと欲求不満から叫び声をあげたくなった。ジャウルはわたしを文字どおり獲物のように追いつめ、罠《わな》にかけた。二年遅れで、わたしはジャウルの妻、子供たちの母の座に着こうとしている。皮肉きわまりないことに、一度は自ら進んで着きたいと願った座に。

空港でパパラッチに取り囲まれ、警備員の〝壁〟に守られなければならなかったときのことを思い出すと、口の上にうっすらと汗が浮かんだ。自分たちの結婚がこんなにも早く世間の注目を集めるとは思いもしなかった。落ち着き払っていたジャウルとは対照的に、クリシーは怖くなった。

とはいえ、この二十四時間は不安な出来事の連続だった。ジャウルとともにマルワンへ行くという彼女の決断に、チェザーレとリジーはクリシーが予想したほど驚かなかった。姉と義理の兄は、クリシーとジャウルが幼い子供たちのために結婚生活をやり直そうとしていると考えたのだ。

〝たとえうまくいかなくても、努力はしたと胸を張って言えるし、またこっちへ戻ってくればいいんだから〟とリジーは言った。クリシーが〝こっちへ戻ってくる〟という選択肢を二年前に放棄してしまったことを知らずに。イギリスへ戻ってくるには、ふたりの子供をマルワンに残してこなければならない。それは彼女が絶対に選べない道だった。

クリシーは家財をまとめて倉庫に預け、アパートメントは賃貸物件として不動産会社に託した。残されたわずかな時間のあいだに、姉とショッピングに出かけ、フォーマルな装いにふさわしい服を買った。夕方には父がロンドンに到着したので、ジャウルも加わってディナーとなった。クリシーの父のたびたびにわたる辛辣な発言を、ジャウルは穏やかにやり過ごした。帰り際にその点をクリシーに指摘されると、彼は声をあげて笑った。

〝気難しさという点で言えば、きみのお父さんの相手なんて公園を散歩しているようなものさ。ぼくの父は最低でも週に一度は激怒していた。こちらが何を言っても耳を貸さないし、よく侮辱的な言葉を投げつけた。当然ながら父はひどく大切に育てられたし、自分を全能の統治者と考えていたから、癇癪《かんしゃく》を抑えることなど学びもしなかった〟

ジャウルがあまりに率直に語ったので、クリシーは驚いた。

〝ぼくにとってはいい勉強になったけれどね〟

ジャウルがどのような環境で育ったかがぼんやりとわかり、クリシーはひどく落ち着かなくなった。彼女にはとうてい〝いい勉強〟とは思えなかったからだ。暴君との生活と言ったほうが近い。一度だけ会った怒れる男性を思い出しながら、クリシーは内なる震えを抑えこんだ。それほど偏屈で頑固な親のもとで育ったのなら、ジャウルの子供時代はクリシーが考えていたほど恵まれたものではなかったのかもしれない。

飛行機に乗る前に、クリシーはビューティーサロンへ出かけて、髪を切り、ネイルの手入れをした。人々がジャウルの妻として期待するような、手入れの行き届いた王族らしい女性になるために。

わたしが王族ですって？　クリシーは思わず天井を仰いだ。

二年前に一度は捨てられたにもかかわらず、クリシーはジャウルのもとに戻ることに同意した。なぜ捨てたのかについては、いまだなんの説明もされていないにもかかわらず。どうしてそんなことを許してしまったのか、自分でもわからなかった。双子の養育権を失う恐怖心から、そんな大きな疑問を棚上げにしてしまうなんて。それにジャウルはこの期に及んで何か隠している気がした。

きっと醜い真実に違いない。でも、わたしだってばかじゃないから、ありそうな筋書きは考えられる。ジャウルがわたしのことを愛していないのは明らかだ。わたしに対して抱いていたのは肉体的な欲望だけ。ベッドをともにするのを待たされたぶん、より強烈になった欲望。

結婚してすぐ、ジャウルは自分が大きな過ちを犯したことに気づいたのかしら？　わたしは彼が妻に求めるような女性とはまったく違うと？

それで父親にすべてを告白したとか？　そうでなければ、マルワンから帰ってこなかった理由がわからない。いま彼はかつてのわたしへのひどい仕打ちを恥じているのだろうか。もうきみには飽きたと直接伝える勇気すら出せずに捨てたことを？　わたしを金目当てのふしだら女のように父親に金で追い払わせたことを？　だから、ジャウルはあのときの行動についていまだになんの説明もしてくれないのだろうか？

見ていないふりをして、クリシーは夫の様子を観察した。好むと好まざるとにかかわらず、非の打ちどころのない高級ブランドのスーツを着たジャウルは、ゴージャスとしか表現のしようがなかった。伏せたまつげの奥から、彼の目が自分に注がれていることに気づいた瞬間、クリシーは胸をつかれた。突然、ジャウルのしなやかでつややかな体に組み敷かれる自分が目に浮かび、息が苦しくなる。同時に、心臓が早鐘を打ちはじめた。服の下では胸が張りつめ、頂が硬くなるのがわかった。

ジャウルのそばにいると、こういう反応が生じるのは息をするのと同じくらい自然なことだった。クリシーが注意深く張りめぐらした侮蔑の壁は、体の奥底で燃えあがる情熱の炎で早くも焼きつくされた。

これは紛れもなく欲望よ。それに突き動かされたジャウルを、心のなかで強く非難しているくせに。警戒を怠らないよう注意しなければ、わたしは愚かな魚のようにまたジャウルに釣りあげられてしまう。

でも、いったいどうして、わたしは自分でもいやになるほどこんなに欲望を感じるの？　ジャウルが再び現れるまでは、セックスなしでなんの問題もなく暮らしていたのに。けれどいまは、けっして消えない炎を体の内にかきたてられてしまったかのようだ。

激しい切望に動揺しながらも、クリシーはアドレナリンが放出されて高揚した気分に満ちた日々に戻っていた。欲望と心の動きがひとつになって、陶酔をいざなう。だけど、あの深みにもう一度はまってはだめ。彼女は心のなかで自らを戒めた。

プライベートジェットが着陸のために旋回を始めると、クリシーの緊張はいっそう高まった。マルワンで待っている新しい生活が不安でたまらない。異なる文化、わたしが話せない言語、そして王族の一員になること。わたしは本当に王妃なの？　これから何度も失敗するに違いなく、不安に駆られるのも当然だ。

しかも、クリシーは頭のなかではいまだヨークシアの貧しい農家の娘のままだった。大学まで行き、教師の資格を得たけれど、将来、国王の妻になる日が来るなんて想像したこともなかった。ジャウルと結婚したときでさえ、こんな将来は予想していなかった。あまりに先の、非現実的なことに思えたから。当時は、たとえどんなに健康で、そして実年齢より若く見えても、キング・ルットが七十代に入っていたことさえ知らなかった。そして、先王は重い心臓発作を起こし、唐突に亡くなってしまった。

「言っておくが、マルワンではぼくたちの結婚のニュースが非常に好意的に受け止められている」ジャウルがクリシーの気持ちを和らげようとするかのように言った。「宮殿は祝福の花や双子への贈りものであふれているそうだ」

クリシーにとってはうれしい驚きだった。「でも、国民は変だと思っているんじゃない？　あなたが結婚していた事実をいままで公表しなかったことを」

「父が西洋の女性に偏見を持ち、嫌悪していたのは有名だから、ぼくが公表を控えていたことに、国民は驚くほどの理解を示してくれている」ジャウルの口調からは皮肉が感じられた。

ナニーのジェインが女性客室乗務員と一緒に双子を連れてきた。双子は初めてマスコミの前に出るために繊細なアイレット刺繍《ししゅう》が施されたベビー服を着ている。クリシーはゆっくりと深呼吸をして、新生活をできるかぎり楽しもうと決意した。頭のなかで、その新生活からジャウルを完全に排除して。彼との結婚が永続するわけではないのだから。別居できるようになれば、同じ屋根の下で暮らす必要すらなくなる。そう考えながら、隣にいるジャウルのブロンズ色の横顔を見ても、なぜかその将来的展望に少しも気持ちが浮きたたなかった。

飛行機から降りる直前に、ジャウルがジェインの腕からタリフを抱きとった。「この子をみなに見せびらかしたい」

「でも、ロンドンでは誰にも写真を撮らせなかったじゃない」クリシーはびっくりした。

「あれはロンドンでのこと。ここはマルワンだ。この子を初めてじかに目にする権利は我が国民にある」ジャウルはためらいなく断言した。「この子は将来、国王になる世継ぎだ」

一行が飛行機から降りると、出迎えの人たちが近づいてきた。事故のないように、ジャウルのボディガードたちが扇形に彼らを囲む。どこかから軍楽隊の演奏が聞こえ、さらにテレビカメラが並んでいるのを見て、クリシーはどぎまぎした。

ＶＩＰの一団がジャウルと会話を始めると、にこやかな女性がクリシーに近づいてきて、膝を曲げてお辞儀をしてから、みごとな英語でソラーヤのかわいさを褒めたたえた。カメラのフラッシュがたかれ、クリシーは何事もないかのようにほほ笑みながら話を続けることにストレスを覚えた。国王一行とそれを囲む人たちの列はうんざりするほどゆっくりとしか前へ進まず、ようやく空港建物に入ると、そこは空調が効いていたのでありがたかった。屋内でもさらに写真が撮られ、子供と一緒に注目の的となるのは、クリシーにとって緊張の連続だった。しかし、純粋に歓迎されていることと、そして英語を話す人が多いのはうれしい驚きだった。

タリフがそわそわしはじめたので、ジャウルは会見をお開きにするときが来たと判断し、数分後には彼らはリムジンに乗って大通りを進んでいた。手を振り、歓迎してくれている人たちの多さに、クリシーは目を見張った。統治者として、ジャウルが国民から愛されているのは明らかだ。好奇心をそそられ、クリシーは窓外を見つめた。超モダンな建物が並ぶ通りは、どこの都市と言っても通りそうだが、ときおりイスラム教寺院の尖塔《せんとう》や、民族衣装をまとった男性の姿が垣間見え、都会的な風景にエキゾティックな趣を添えていた。

「宮殿はどんなところなの？」クリシーは沈黙を破って尋ねた。

「古風だ」ジャウルは彼女に警告した。「何もかもがヴィクトリア女王の時代から変わっていない。バスルーム、キッチン、インターネット環境を除いて。宮殿を住みやすい場所にしようとする王妃が、何代もいなかったから」

「その点を忘れていたわ」

「なんでもきみの好きなように変えていい。ぼくは住環境には無頓着なんだ……ロンドンの邸宅のようにとことん風変わりで居心地が悪い場合は別だが」ジャウルは皮肉っぽい口調で言った。

リムジンは市街地を離れて砂漠のなかのハイウェイを走りだした。夕闇が迫っている。しばらくして巨大な門とやぐらを備えた堂々たる高い塀が見えてくると、クリシーは思わず身を乗り出した。「あれが宮殿？　すごい建物ね。ひとつの町みたいな大きさだし、十字軍のお城みたい」

「もともと要塞の正面部分は実際に十字軍によって造られ、われわれがそこから十字軍を追い払った」ジャウルはおもしろがっている様子で説明を続けた。

「何百年ものあいだ、何代にもわたって増築を重ねてきた。ぼくでさえ足を踏み入れたことのない部屋や建物がある。かつては王室のメンバーそのものがもっと多かったし、当時は使用人や兵士も大勢一緒に住んでいたんだ」

自動開閉の門を通り抜けるとき、城壁を守る衛兵がリムジンに向かって銃を振り、歓呼を発した。

「それで、宮殿のいっさいは誰が取りしきっているの？」クリシーが尋ねるあいだに、リムジンは荘重な庭園を走り抜け、大きなドーム型のポーチがしつらえられた玄関の前でゆっくりと止まった。

「ぼくの第一顧問であるバンダルが名目上のトップだ。しかし、王室内のことを実際に差配してくれているのはザリハだ。彼女の姉はバンダルと結婚している」

華奢《きやしや》な体つきで、ブルネットの女性が笑みを浮かべて戸口に現れ、膝を折って敬意のこもった挨拶をした。そして非の打ちどころのない英語でザリハと名乗り、歓迎の言葉を述べると、ソラーヤを抱かせてほしいとクリシーに頼んだ。

エアコンによって冷やされた空気をほてった肌に心地よく感じながら、クリシーは円形の玄関ホールに足を踏み入れた。壁には真珠貝がはめこまれている。「貝……無数の貝」驚きを隠せなかった。「なんてきれいなの」

「あまりすてきではない場所もあるんですよ」ザリハが暗い顔で言った。

「妻に間違った印象を与えないでくれ」ジャウルが軽い口調で割って入った。

「あなた、驚くほどきれいな英語を話すのね」クリシーはザリハに言った。

「父がロンドンの大使館勤務だったことがあり、わたしはロンドンの学校に通いました」ザリハが答えた。

クリシーは通りかかった部屋をのぞくたびに感嘆の声をもらした。どの部屋もアンティークの家具であふれ返っている。なかには何世紀も前のものもありそうだ。「ヴィクトリア朝どころじゃないわ」クリシーはあっけにとられた顔でジャウルに言った。

「中世と言ったほうが近いわ」

「そろそろ改装するタイミングですね」ザリハが陽

気に口を挟んだ。

「われわれはまっすぐ私室に行く」

ザリハがクリシーと宮殿の改装について話を始めないうちに、ジャウルは妻の肘をつかんだ。

「承知いたしました」ザリハは再び膝を折ってお辞儀をすると、自分の仕事へと戻っていった。

「少し宮殿内を見てまわりたかったのに」クリシーはやや不満そうに言ったが、ジャウルに促されて角を曲がり、石の階段をのぼりはじめた。

「それはまたあとで。いまは話し合わなければならない大事なことがある」

クリシーにとっては予想外の重い口調でジャウルは応じた。そして二階に着くと、彼女に言った。

「宮殿のこの翼は完全にぼくたちだけのプライベートなスペースだ」

彼がひとつのドアを開けると、そこは見るからに急ごしらえの子供部屋で、ナニーのジェインが笑顔で前へ進み出た。彼女がこの部屋に満足しているのは明らかだ。

「きみとジェインは、宮殿の育児担当を一から教育しなければならないだろう。王室に子供がいたのははるか昔のことだからな」ジャウルはクリシーと手をつないで、広い廊下を先へと進んだ。通りかかったいくつかの大きな部屋を見ると、どこも現代的な家具が置かれていたので、クリシーはほっとした。階下では止まっているように見えた時間が、宮殿内のジャウルが使っている区域ではちゃんと進んでいるようだった。

ジャウルが勢いよくドアを開けると、そこはスモーキーブルーとクリーム色で調えられた優美な応接間だった。彼が後ろに下がったので、クリシーはすばやく彼の前を通ってなかに入った。彼のにおいが鼻をくすぐる。スパイシーなオーデコロンの混じった清潔で男性的な香りに、クリシーはうぶな高校生のように胸をどきどきさせた。上着を脱ぎ、ネクタイを緩めるジャウルから、あえて距離をおく。

「何か話し合うことがあると言っていたわね」クリシーは平静を装って言った。

「実は顧問たちから検討してくれと言われたんだ。国民がぼくたちの結婚をともに祝えるよう、マルワンの伝統に基づいた結婚式を挙げることを」

その提案にクリシーは驚いた。

「式当日は休日となる。式自体は非公開だが……写真を公表する」

「つまり、あなたと……もう一度結婚するように言っているの？」クリシーは愕然《がくぜん》としてきいた。

「そういうことになると思う」濃い色の瞳がきらりと輝いたかと思うと、黒く長いまつげの下に感情が隠れた。

クリシーは眉をひそめた。「一緒に暮らすのは、わたしたちの離婚が国民に受け入れられるようになるまでの期間だけなのに？」

たちまちジャウルの顔がこわばり、目が険しく細められた。「ぼくは離婚など考えていない。子供がふたりいるとわかった瞬間から、離婚は望まなくなっていた」

彼の言葉に動揺するあまり、クリシーはソファによろよろと腰を下ろした。「あなたがどうしたいかなんて関係ないわ。わたしにとって大事なのは、あなたがどうすることに同意したかよ。あなたはわたしが望むのなら、離婚してもかまわないと言ったでしょう」

「しかし、子供たちにはきみとぼくの両方が必要だ。ぼくは母なしで育てられた――母はぼくを産んだ日に亡くなったから。子供には母親と父親の両方が必要だ。ぼくはこの結婚生活を見せかけではなく本物にしたいと思っている」ジャウルは悪びれもせずに言い返した。

クリシーははじかれたようにソファから立ちあがった。「それじゃ、ロンドンでわたしに言ったことは嘘《うそ》だったのね。マルワンへ同行するようわたしを説得するために適当なことを言っただけで、離婚に応じる気はさらさらなかったんだわ」

ジャウルは全身をこわばらせ、クリシーが部屋のなかを行ったり来たりするのを見守った。「嘘をついたわけじゃない。離婚についてきみの気持ちが変わることを期待しただけだ。期待するのは嘘をつくのとは違うし、罪にもあたらない」

言葉遊びのようにしか聞こえない彼の言いぶんに、クリシーは苦笑せずにいられなかった。

「ジャウル、あなたはわたしをだますのがうますぎる。二年前もそう。わたしはあなたと結婚し、あなたを信頼した。その結果どうなったかは、おたがいよく知っている。信頼できない夫とはわたしが結婚を続けたがるはずがないんじゃないか——そんなふうにはまったく考えなかったの？　結婚式をもう一度挙げることが、わたしの気持ちを踏みにじることになるとは？」いらだちを抑えようと必死に努力しながら、クリシーは強い口調で尋ねた。「なにしろ、あなたはいまだに、二年前わたしを置き去りにして、その後まったく連絡をよこさなかった理由を説明せずに——」

ジャウルはしかめっ面で片手を上げ、彼女を制した。「クリシー、聞いてくれ——」

「いや」彼女はすぐさま遮り、顎をぐいと突き出した。「わたしの疑問にはすべて答えて。もう失うものはないんだから、正直に話せるはずよ。二年前、生涯愛しつづけると言っておきながら、あなたはわたしを捨てた……。それがふたりのあいだに横たわる真実」

「だが、実際はそんなんじゃないんだ」ジャウルはいらだちを募らせ、褐色の長い指でつややかな黒髪ををかきあげた。「それに、これほど時間がたってから話し合っても意味はない。ぼくは新たな気持ちでスタートを切るつもりでいる」

「二年前のことはわたしにとって、いまもすごく重要なの」クリシーは絶対にあとには引くまいと決意した。「あなたはわたしとの結婚が間違いだったと気づいたけれど、面と向かってわたしに言う勇気がなかったから――」

「違う！」嚙《か》みつくような激しさでジャウルは遮った。「オックスフォードにきみを残していったとき、ぼくは必ずきみのもとへ戻るつもりでいた。あのとき、ぼくは父から助力を求められ、それを断るのは不可能だった。マルワンの隣国で内戦が勃発し、何千人もの避難民が国境を越えてきたんだ。避難民キャンプは混乱をきわめ、人道支援を行うためにぼくの力が必要とされたんだ」

「二年前はそんなこと、ひと言も話してくれなかったじゃない！　あなたの義務も理解できないほど、わたしは頭がからっぽだと思われていたの？」

「まさか。帰りはいつになるかと、きみにきかれたくなかったんだ。ぼく自身、まったく見当がつかなかったから」ジャウルはしぶしぶ答えた。「ぼくは医療スタッフや兵士でいっぱいの輸送車に乗りこみ、国境へ向かった。そこへ隣国の対立派閥の一方がミサイルを発射し、国境を越えて飛んできた。そして輸送車隊を直撃した……」

あまりに衝撃的な話に、クリシーは再びソファにへなへなと座りこんだ。脚に力が入らず、心臓が早鐘を打ちだしていた。「つまり、あなたも……負傷したの？」

「ぼくは運がよかった」彼は顔をしかめた。「一緒にいた者は全員死に、ぼくだけ生き延びた。だが、大破した車から投げ出され、頭と背中に重傷を負い、数カ月にわたって昏睡《こんすい》状態が続いたんだ」

　ジャウルが姿を消した直後、クリシーは彼がなんらかの事故に遭ったのではないかと心配した。けれど、いつまでたっても彼からなんの連絡もなかったため、それは希望的観測にすぎないと切り捨てた。ジャウルの口から真相を聞かされてショックを受け、クリシーはめまいを覚え、吐き気に襲われた。

「でも、誰もわたしに知らせてくれなかった。何ひとつ。あなたの身に起きたことを、どうして誰も教えてくれなかったの？」か細い声で尋ねながら、クリシーはこの許しがたい出来事をなんとか理解しようと努めた。

「ぼくの負傷はごく限られた者たちしか知らなかったんだ。父が箝口令《かんこうれい》を敷いたから。もし知れ渡ったら、隣国や避難民に対する激しい反発が起こりかねなかった。ぼくの身に起きたことは、戦闘地域のすぐそばでは珍しいことではなかったし。父がきみに会いにオックスフォードへ行ったとき、ぼくはまだ昏睡状態だった」

「あなたは瀕死《ひんし》の重傷を負い、わたしを必要としていた……なのに、あなたのお父さまはわたしに教えてくれなかった！」クリシーのなかで信じられないという気持ちと怒りが急速にふくらんだ。「知らせたくなかったんでしょうが、わたしはあなたの妻だったのよ！　あなたに付き添う権利があった」

「父がぼくたちの結婚は違法だと考えていたことを忘れないでくれ。ぼくがきみとの結婚を父に話したのは、難民キャンプへ向かう前夜だった。父はきみとぼくの両方に激怒した」

「でも、お父さまがわたしに会いに来たのは、あなたがまだ昏睡状態だったときよ」目に嫌悪の色をたたえ、クリシーは彼に思い出させた。「あなたの意識がないことを都合よく利用したわけね。よくもそこまで恥知らずなまねができたものだわ」

「父はぼくを守ろうとしたんだ。とはいえ、ぼくは父の干渉をいいことだとは思っていない」

「あら、それを聞けてよかったわ」クリシーは皮肉を込めて言い返した。「あなたのお父さまは息子が妻を必要としているときに、その妻を追い払ったのよ。それが息子を守るためだったなんて……わたしにはとうてい思えない」

ジャウルは彼女が父から金を受け取り、言われたとおりにしたことを指摘したくなった。だが、いまの彼はクリシーが当時妊娠していたこと、子供たちを産んでくれたことを知っている。過去を違った目で見るようになっていた。シングルマザーとしてやっていくにはあの金がどうしても必要だったはずだ。もはや彼女を非難する気はなかった。

「それで、昏睡状態だったあなたは……」クリシーは硬い口調で話を元に戻した。ジャウルの父を侮辱したところで、もっと大事な問題がうやむやになってしまうだけだ。「いつ意識が戻ったの？」

「三カ月がたち、誰もがあきらめかけたときだ。最初はきみのことさえ思い出せなかった。覚えていることがほとんどなかったんだ」ジャウルは重い口調で打ち明けた。「頭部に重傷を負ったせいだが、記憶は徐々に戻ってきた。そして、父からきみに会い、金を渡したと聞かされた。ぼくたちの結婚は無効だったこと、きみがぼくを訪ねてこなかったことも」

クリシーは怒りのあまり顔面蒼白《がんめんそうはく》になった。ジャウルが入院していることを知っていたら、何があっても駆けつけたのに！「あなたのお父さまを恨むわ！」こらえきれず、激しい言葉が口からほとばしる。「わたしたちの結婚を故意に破綻させたんですもの。なのにあなたはいまだに父親を非難できない。あなたがわたしを必要としていたときに、わたしが二度とあなたの前に現れないように仕向けたのよ。それをどうして許せるの？」

ジャウルはいらだちもあらわにクリシーから離れ

た。「正直に言おう。回復途中はぼく自身、きみに会いたいとは思っていなかった。もっと体力が回復したら、会いに行こうと考えていた。だが、きみを訪ねられるくらい回復したときには、長い時間が経過していて、いまさら無意味だと悟ったんだ」

　クリシーは殴られたような衝撃を受けた。「無意味だなんて、信じられない。長距離の移動が可能になるまでどれくらいかかったの？」

「自分の足で立つことができるようになるだけで一年以上かかった」トラウマとなっている時期を振り返らなければならず、ジャウルの顔が引きつった。血の気も引いている。「背骨を損傷していたんだ。もう一度歩けるようになるかどうか、医師が判断するためにもさらなる手術が必要だった」

　世界が崩壊したように感じられ、何をするにも介助が必要で病院のベッドで鬱々としていたときに、新妻が逃げ出したと聞いても、ジャウルはまったく驚かなかった。ひとり生き残ったことに罪悪感を覚え、ひどく落ちこんでいたからだ。軍隊での同僚や子供のころから知っていたボディガードを、あの事故であっという間に失ってしまった。

　オックスフォードでの別れ方が悪かったこともジャウルは自覚していた。クリシーは置いていかれることに腹をたてていた。当時の彼女はさまざまな面で理想主義者であり、夢想家だった。自分と性格が大きく異なる彼女をジャウルは愛していたが、困難に見舞われた場合、彼女の性格は弱点にもなると考えていた。若き花嫁にとって、夫が突然、車椅子の生活になる以上に困難なことはない。最終的に、彼がクリシーに会うのを思いとどまった最大の理由は、ふたりの結婚は無効だったという父の言葉を信じたことだった。妻でないなら、彼女に対してなんの権利も持っていないのだから。

「でも、そのころには電話もかけられたし、面会も許されたはずでしょう？　どうしてわたしに連絡をしてこなかったの？」クリシーは責めるようになおも問いただした。

ジャウルの肩がこわばり、顎に力がこもる。「車椅子の生活だったぼくに……何を言えたと思う？　正直に言うなら……体が不自由な男としてきみと再会するのはいやだった。きみは父から五百万ポンドを受け取った。本当のところ、きみがぼくに求めていたのは金だけだった――そう思ったんだ」

彼の父親から金を受け取って逃げたと思われていたことに、クリシーは激しい憤りを覚えた。ジャウルにとっては、不自由な体と、二度と歩けないかもしれないというリスクをわたしにさらすよりは、そのほうが簡単だったのだろう。本来のジャウルは行動的な人で、とことんマッチョだ。自由に動くこともできず、心身ともに弱った状態にあったとき、彼はどんな気持ちでいたのだろう？

だがクリシーは、彼に同情したくなる気持ちを抑え、事実だけに集中することにした。ジャウルが自分のプライドを優先し、車椅子姿でわたしと会うのを避けたという事実が、何より悲しかった。

「あのお金は受け取らなかったのに……」クリシーはほとんど上の空でつぶやいた。

「そんなはずはない」

「いいえ。あなたのお父さまは五百万ポンドというばかげた金額の小切手をテーブルに置いていったけれど、わたしはそれを現金に換えなかった」

「しかし、再会したとき、きみは最初に言ったじゃないか、金なら充分に持っていると。てっきりぼくは――」

「あなたのお父さまが置いていった小切手のことじゃないの」クリシーは暗い顔で遮った。「姉とわたしが母から相続したギリシアの島をチェザーレが買い取ってくれたのよ。おかげでかなりの額のお金が入り、その一部でアパートメントを購入して、残りは来年二十五歳になるまで信託財産にすることにしたの。わたしが充分なお金があると言ったのはそのことよ。あなたのお父さまのお金にはいっさい手をつけていないわ」

ジャウルは呆然《ぼうぜん》とした。五百万ポンドという額には彼でさえ驚いた。人はクリシーに差し出されたよりずっと少ない額のために嘘をついたり、人を裏切ったり、果ては殺したりする。だからこそ、父の話を一度として疑わなかった。だが、これは確認する必要がありそうだ。クリシーがあの金を使わなかったというのは、本当なのか？

「父がきみを訪ねたのはいつだ？」

「あなたが出ていってからおよそ二カ月後よ。ものすごい見幕だった。あなたはお父さまが英語を話せると言っていたけれど、わたしの前ではひと言もしゃべらなかった。お供の人がいちいち通訳していたわ」

「父は誰かを同伴していたんだな、ボディガード以外に？　どんな男だった？」

「小柄で六十歳前後。山羊ひげを生やして眼鏡をかけていたわ」

父がクリシーと話した場に立会人がいたことを知り、ジャウルはしばし沈黙した。

「父の顧問だったユスフだな」彼はなんの迷いもなく断定し、近いうちにユスフを訪ねようと決めた。クリシーの主張は詳しく調べる必要があるし、クリシーには真相を知る権利がある。彼女が使わなかったのなら、その金はどうなった？　ぼくはなぜそのことを知らされなかったんだ？　小切手が換金されなかったことを、父は間違いなく知っていたはずだ。

クリシーはボクシングの試合を十ラウンドこなしたかのように疲労困憊《ひろうこんぱい》だった。二年前の真相を聞くうちに、ジャウルへの恨みや憎しみは消えていた。

彼に捨てられたわけではなかった。それどころか、ジャウルはわたしのもとへ戻るつもりでいたのだ。悲惨な事故と彼の父の嘘さえなければ、間違いなく戻っていただろう。

もし彼が戻ってきていたら、妊娠がわかったときに一緒にいてくれたら、どんな気持ちになっていたか、クリシーは想像してみた。すると、現実とはまったく異なる、限りなく幸せな光景が目に浮かび、強烈な後悔の念に打たれた。激しい苦悩にも。なぜなら、別れていたあいだ、ジャウルも彼女に劣らず惨めな気持ちでいたのではないかと思ったからだ。ジャウルの父はどんな権利があって、わたしたちをあんなにも苦しめたのだろう？

熱い涙が目の奥にこみあげ、クリシーはまばたきを繰り返して必死にこらえた。ひとりのときしか絶対に泣かないと決めているからだ。それは、二年前ジャウルが去ったあとに身についた悲しい習性だった。彼女が深く息を吸いこむと、窓際に立っていたジャウルがさっと振り向いた。

彼はユスフとの対決について考えていた。きっと重大な選択を迫られることになるだろう。クリシーとの結婚生活か、亡き父に対する敬意か。クリシーが真実を語っているとしたら、その真実はジャウルにとって耐えがたいものとなる。とはいえ、ジャウルは義務を果たし、信義を重んじるよう育てられた。どんな真実が明らかになろうと、誠実に行動しなければ。

「バスルームはどこ？」

クリシーに尋ねられ、ジャウルは彼女へと注意を戻した。ターコイズブルーの瞳が潤んでいるのに気づき、はっとして一歩前へ出る。

「階段をのぼってすぐのドアだ。だが、寝室のバスルームのほうが近い」ジャウルは漆黒の眉をひそめた。「きみは動揺して……泣いているんだね」

クリシーは操り人形のようにぎこちない動きで立ちあがった。「泣いてなんかいないわ！　ばかなこと言わないで。ただ過去のあれこれに……混乱しただけよ」

「すまない」ジャウルはクリシーの細い体に腕をまわし、震えを止めようとした。「事故のことを話せば、きみの心をかき乱すとわかっていた。だから、なかなか話す気になれなかった」

「でも、わたしには真実を知る権利があった」クリシーは顎を突き出した。そのせいで、目にたまった涙の隠しようがなくなった。

にわかにジャウルの口元がこわばり、美しい瞳が金色の輝きを放った。手の指の関節をクリシーの頬にそっと優しく触れさせる。「きみを傷つけてしまった」

真っ黒な髪は少し乱れ、顎にはひげが伸びはじめている。にもかかわらず、ジャウルは息をのむほどハンサムだった。彼の輝く目と視線が絡み合ったとたん、クリシーの鼓動は信じられないほど速くなった。ああ、ジャウルに抱きしめられたい……。

その願いが通じたかのように、ジャウルが彼女を筋肉質のたくましい体に抱き寄せた。続いて熱い唇が重ねられると、クリシーの体を稲妻のような喜びが駆け抜けた。

ジャウルは彼女を抱きあげ、隣の寝室に運んだ。ベッドに下ろされたクリシーは、シルクのような黒髪に指をくぐらせ、彼の顔を引き寄せた。

「キスして」彼女はかすれた声でささやいた。二年前にジャウルはもう少しで死ぬところだった。何か……なんでもいいから、それ以外のことを考えたい。もし死んでいたら、わたしは二度と彼に会えなかった。彼を抱きしめることも、息子を誇らしげに抱く夫を見ることもできなかったのだ。

8

情熱的なキスがクリシーの欲望に火をつけ、体の奥をうずかせた。

「いまきみを抱いたら、ぼくは二度ときみを放さなくなるぞ」吸いこまれそうな目に力を込め、声をかすれさせながらジャウルは警告した。「きみがかきたてる渇望を、ぼくは抑えこめない」

彼の顔を見あげながら、クリシーはジャウルが彼女の人生に戻ってきて以来初めて、胸がときめいていた。ジャウルはわたしを捨てたわけではなかった。いくつかの出来事が重なった結果、そうなってしまっただけなのだ。例の手切れ金のせいでわたしのことを誤解していたとしても、ふたりが結婚してまだ日が浅かったこと、ふたりの絆《きずな》がもろかったことを考えればしかたがない。父親が犯した罪をジャウルに償ってほしい？　ただひとりの肉親を愛し、信じたいと思った彼を責めたいと思う？

わたしは父と母の双方に傷つけられ、彼らとは考え方もまったく異なっていた。けれど、それでもふたりを愛していた。親を愛したい、信じたいという気持ちがいかに強いか、わたしは誰よりもよく理解できる。

ジャウルのセクシーな下唇に指先を這《は》わせると、彼の瞳が金色の猛々《たけだけ》しい光を放った。「抑えこむ必要なんてないわ」クリシーはそっと答えた。

「今回は急がないよ、いとしい人《ハビブティ》」

そう言ってジャウルがシャツを脱ぐと、クリシーは息が止まりそうになった。

「急いで……」喉がからからになるのを感じながら、彼をせかす。

ジャウルは子供のような無頓着さで服を脱いでいった。彼の体は芸術品だ。見る者の欲望をかきたてずにはおかない芸術品。クリシーは顔をほてらせながら靴を脱ぎ、ドレスの横のファスナーを下ろした。ジャウルの体は鍛え抜かれ、全身が筋肉と化して、腹部は六つに割れていた。

「前回は急いだ挙げ句、その直後きみに出ていかれた」ジャウルが皮肉っぽく言った。

「でも、あなたの愛し方は……完璧だった」クリシーは率直に言った。「ただ、あのときはものすごく混乱していたし、婚前契約書を見せられてますます動揺して――」

「もう過去のことだ……忘れよう。ぼくたちはこれから新たなスタートを切るんだ」

新たなスタート。どぎまぎしたものの、クリシーはその言葉を噛《か》みしめた。彼は離婚を望んでいない。このまま、結婚したまま、子供たちを一緒に育てたいと思っている。そのことになんら間違ったことはない。そうでしょう？　わたしも過去を忘れたら、もっと明るい将来が待っているのかしら？　試す価値はあるんじゃないの？　もう一度この結婚生活に賭けてみてはいけない理由があるだろうか。そうしたら、何か失うものがあって？

「新たなスタート……」クリシーは彼の言葉を、今度は声に出して繰り返した。

「ぼくたちには子供ができたんだ。そうするのが当然じゃないか？」ベッドに近づく彼の姿はピューマに似ていた。

ジャウルと一緒にいるのはとても自然に感じられる。ありえないほど美しい彼の顔を見つめているうちに全身を熱いものが駆けめぐり、クリシーは全身がとろけそうになった。

どういう性格の女だと思っているにしろ、ジャウルはまだわたしの体を求めている。それは少なくとも将来を築く土台にはなる。

ジャウルはじっくりと味わうようにクリシーを見つめた。「さあ。あとひとつだけ、解決しなければならない問題がある。きみは服を着すぎている」ハスキーな声で言うなりベッドに上がり、彼はクリシーのドレスの裾を持ちあげて頭から脱がせた。

クリシーは上気した顔にターコイズブルーの瞳をきらきら輝かせていた。

彼はブラジャーのホックを外して取り去り、放り投げた。「ぼくにきみを見せてくれ」

クリシーはとっさに体を覆いたくなったが、その衝動をこらえて枕の山に背中をあずけた。

あらわになった彼女の胸のふくらみを、ジャウルがうやうやしく包みこむ。「なんて完璧なんだ」彼はくぐもった声でつぶやいた。つんととがったピンク色の先端をつまんでから、降伏のうめき声をもらして顔を寄せ、それを口に含む。

あまりの快感に、クリシーは息をのみ、ジャウルの豊かな黒髪をぎゅっとつかんだ。全身が息づいて歌をうたいはじめ、じっとしていられなくなる。彼にかきたてられたうずきのせいで、腿をこすり合わせずにいられない。クリシーは彼に触れてほしくて腰を突きあげ、懐かしい筋肉質の平らな腹部に手を這わせた。それから下へと滑らせて大きくて硬い欲望のあかしをそっと撫《な》でる。シルクのようななめらかさ、鋼のような硬さに、彼女は酔いしれた。

「やめてくれ。ぼくはもう興奮しきっているんだ」ジャウルが息を切らしつつ言った。「果てるのはきみのなかでだ」

「急いで」クリシーはもう一度、さっきよりもせっぱつまった声で促した。再び腰を上へと突き動かし、ジャウルの分身の先端を指でもてあそぶ。

「ベッドのなかでぼくに命令するのは許さない」

かすれた声で放たれた彼の言葉に心がはずむのを

感じながら、クリシーは声をあげて笑った。「五分間、仰向けになってちょうだい……そうすれば、あなたはわたしに言われたことをなんでもするようになるから」挑発的にささやく。

「今夜はそうはいかない」

ジャウルの片手が彼女の腹部を滑り下りたかと思うと、すらりとした脚のあいだに添えられた。潤んだ入口を指先でたどられた瞬間、腰が跳ね、渇望があっという間に強まって、クリシーはもう少しで大きな声を出しそうになった。

ジャウルが体を下へとずらし、熱く潤んでいる箇所に舌を使いだすと、今度は実際にクリシーの口から大きな声がほとばしった。息が乱れ、喉を締めつけられ、この上ない喜びが彼女を包みこみ、そのほかのものをすべて締め出した。クリシーの頭が枕の上で左右に振られ、肌に汗が浮かんで、胸の頂がますます硬くとがる。ジャウルの指が体の奥深くへと差し入れられ、舌が巧みに彼女を高みへといざなう。ついにクライマックスを迎えたクリシーは、はるかかなたに投げ出されたように感じた。

「いまのは……すごかったわ」

クリシーが途切れ途切れに言うと、ジャウルは彼女を持ちあげて体の向きを変えさせ、膝をつかせた。

「それはぼくが喜びを与えることに集中したからだよ、ハビブティ」

クリシーの体勢が定まるや、ジャウルは背後から彼女を貫いた。限界まで彼を迎え入れる感覚はあまりに鮮烈で、さらなる喜びを求めて、あえぎ声が口からもれる。彼に深く突かれるたび、心臓が激しく打ち、快感がますます増した。ジャウルがテンポを速めると、クリシーは悩ましげな喜びの声をあげてすすり泣いた。背中を弓なりに反らし、彼を押し返す。クライマックスに達するなり、クリシーは快感と満足感、すさまじい情熱に満たされた。そして、間をおかずにジャウルが自らを解き放つうめき声を聞いた。

「今度こそ本当に〝すごい〟という言葉がぴったりだった」ジャウルは彼女を仰向けにしてから、喜びにわななく体を力強く抱き寄せた。

ジャウルの腕は、クリシーがいまにも逃げ出すのではないかと恐れているかのようにしっかりと彼女の体にまわされていた。しかし、クリシーはまさに自分が望む場所にいた。期待することは罪ではないとジャウルは言った。いま、彼女もまた期待せずにはいられなかった。

わたしはこの人を愛している。クリシーはそう認めると、過去の思い出と幻滅という心の重荷を下ろし、彼が約束した新たなスタートに気持ちを集中できるようになった。

「ところで……さっき言っていたもう一度結婚式を挙げる話だけれど」クリシーはジャウルに思い出させた。

「きみがいやじゃなければの話だ」ジャウルは慎重に応じた。クリシーが彼の顎の下に顔をうずめてきたので緊張する。これは愛情表現なのか、それとも顔を見たくないからなのか、どっちだ？

「大丈夫だと思う。とりわけ、わたしの夢の結婚式に近ければ」

「夢の結婚式？」ジャウルはまごついてきき返した。

「大使館で式を挙げたとき、あなたは注目を集めたくないと言った。だから、わたしが着たのはシンプルな黒のドレスだったでしょう。今度はちゃんとしたウエディングドレスを着たいわ……ああ、それと姉に参列してもらわなくては」

「それならすべて手配できる。西洋風のウエディングドレスはこちらでもとても人気がある」

「本当に？」クリシーは驚いて彼を見あげた。

「ああ。ただ急がなければならない。顧問たちは式をあさってに執り行いたいと言っているんだ」

「あさって?」クリシーは信じられないとばかりに、ジャウルの腕を振りほどいてベッドから出た。「リジーに電話をして知らせなくちゃ」

クリシーがあっさり同意したことにうれしい驚きを覚えながら、ジャウルもゆっくりとベッドから出た。隣室の電話で彼女が姉と話しているのが聞こえてくると、おのずと口元がほころんだ。妻が一糸まとわぬ姿で立っている光景に三十秒ほど見入ってしまう。すらりとした肢体、磁器さながらの光沢を放つ色白の肌。宮殿スタッフが急に入ってきてはまずいと思い、ジャウルはバスルームからタオル地のローブを持ってきて、クリシーが腕を通せるように広げた。すると彼女は微笑をたたえ、その目は磁石のように彼の視線をとらえて放さなかった。

ベッドルームに戻ると、ジャウルはジャケットから携帯電話を取り出し、ユスフにかけた。

ところが、父の元顧問とは連絡がつかなかった。ユスフの家の使用人は、〝ご主人さまはアメリカにいるお嬢さまを訪ねておいでです〟と言った。帰国するのは二週間後だという。

ジャウルは顔をしかめた。これだけ込み入った話を電話で片づけるのは適切とは思えない。ユスフの帰国を待つしかないだろう。そのあいだに、さらなる疑問や矛盾が心の奥に積み重なるのは間違いなかった。そのうえ、クリシーがわずかな誇張もなしに真実を語っていたと判明した場合は、自分こそが彼女の人生をめちゃくちゃにした張本人ということになる。そうなったら、ぼくはどうすればいいんだろう?

受話器を置き、クリシーは深々と息を吸いこんだ。わたしったら、はしゃぎすぎの高校生みたいな話しぶりだった。いったいどうしたというの?　自問しながら、彼女は窓際に立った。窓の外には石のバルコニーがめぐらされており、庭園の緑が見晴らせた。

わたしは頭がおかしくなってしまったの？　いまもジャウルを愛しているし、彼との結婚生活がうまくいくよう精いっぱいの努力をしたいと思っている。けれど……。

それはとても大きな〝けれど〟だった。浮かれた高校生のようなふるまいはやめて、現実的にならなければ。一度破綻した結婚生活に高すぎる期待を抱けば、ゆっくりと、しかし着実に幻滅していくのが目に見えている。

ジャウルはわたしを愛してはいない。性的に引かれ合うのと愛とは違う。たとえ出会ったときと同じくらい強い引力がいまだ存在していても。そもそもジャウルがわたしに会うためロンドンまで来たのは、正式に離婚するためだった。彼の気持ちが変わったのは、わたしに子供がいるとわかってからだ。

いま、結婚を継続しようとしているのは、わたしが子供たちの母親で、タリフがジャウルの跡継ぎだから。それだけのこと。恋愛や愛情といったものとはいっさい関係がない。

ジャウルは夫として父親としてふるまうつもりでいるけれど、それは保守的な国民の期待に応えるため、そして双子に安定した家庭を与えるためだ。どちらも賞賛に値する動機だとは思う。けれど、わたしが妻、王妃であることをジャウルが喜んでいるということにはならない。いま王妃を選べるなら、わたしを選ぶかどうかも。

結局のところ、ジャウルに選択の余地はなかったのだ。彼の情熱に惑わされてはだめ。ジャウルはとても情熱的だけれど、行動の基準となっているのは知性と現実性だ。一度は解消しようと決めた結婚に、彼は最悪の形でとらわれることになった。わたしと離婚すれば、国民に衝撃を与え、落胆させてしまうから……。

こうした仮説について考えをめぐらしているうちに、クリシーの背中にじっとりといやな汗が噴き出しはじめた。とはいえ、その仮説を否定するのは愚かだ。わたしとベッドをともにすることがジャウルにとって性的欲求を満たすという以上の意味があると考えたりしたら、もっと愚かだ。

大きすぎるバスローブのベルトをきつく締め、クリシーはベッドルームに戻った。すると、バスルームはふたつあることがわかり、ほっとした。いまこの瞬間は、ひとりきりになって心の平静を取り戻す必要があった。

ああ、それにしてもこの胸の痛みはなんて耐えがたいのだろう。

9

リジーに付き添われ、クリシーはイギリス大使館の玄関ホールを進んだ。髪は結いあげられ、短いベールをかぶり、危なっかしいほどヒールの高い靴がタイルの床をこつこつとたたく。

ドレスは体にフィットしたデザインで、息をするのもやっとだったが、控えめの照明のなかでも輝いて見えるほどみごとな刺繍《ししゅう》が施されている。クリシーは自分が一千万ドルもの価値があるような気分になった。彼女はまさに標準サイズだったうえに、高級ブランドのメーカーが何社も王妃に認められようと選《え》りすぐりのドレスを携えて駆けつけた。彼女が選んだドレスは、袖と身ごろがぴったりとしてウエストがさらにきゅっと締まったデザインで、そこから最高級のシルクを使ったスカート部分が優雅に広がっていた。

「すばらしくきれいよ」リジーが誇らしげにささやいた。「ジャウルがあなたとの結婚をより確かなものにしようとしてくれて、わたしはうれしくてしかたがないの」

クリシーの笑顔がかすかに曇った。結婚の誓いを新たにするのは、王族の役目を果たすという意味のほうが大きかったからだ。国王の結婚式を見ることをマルワン国民が望み、楽しんでいるのを、彼女は強く意識していた。クリシーがイギリス人であることから、午前中はイギリス大使館で式が挙げられ、その後、宮殿に戻ってフォーマルなウエディング・ブレックファーストの席が設けられる。午後は宮殿でマルワンの伝統にのっとった結婚式が執り行われ、続いて盛大な披露宴が開かれる予定になっていた。

義兄チェザーレとの会話を中断し、ジャウルは入場してきたクリシーに目を向けた。みごとなウエディングドレスに身を包んだ彼女は、この上なく美しかった。二年前、彼の要請で秘密裡《ひみつり》に挙げた結婚式がクリシーにとっていかに残念なものだったか、ジャウルは初めて理解した。夢見る乙女にとって、あれは現実的にすぎた。彼は既成事実が欲しかったのだが、おおっぴらに式を挙げてパパラッチに写真を撮られたりすれば、父を怒らせるだけだった。

ところが、公然とは反抗しないという選択は、結局のところ事態を悪化させ、ふたりの結婚は危険な秘密のままとなった。

大使館付きの牧師が近づいてきたが、クリシーはジャウルから目を離せなかった。力のみなぎる引き締まった体を淡いグレーのモーニングスーツに包んだ彼は、ほれぼれするほどゴージャスだった。

とはいえ、ジャウルがもっとすてきに見えるときをクリシーは知っていた。早朝にジーンズをはいて子供部屋の床に座りこみ、タリフとソラーヤと遊んでいるときだ。一日の仕事を始める前に。いまや父が顔を見せると、双子は興奮して喚声をあげるようになっていた。ジャウルと子供たちが遊ぶさまを見るたび、クリシーはいつも胸が温かくなった。しかしその都度、自分に言い聞かせた。気をつけないと、再び胸を引き裂かれる結果になるわよ、と。

式が始まり、ジャウルが彼女の手を握った。クリシーは二年前の結婚式当日、彼に指輪をはめられたときの喜びと安心感を思い出した。悲しいことに、その安心感は短命に終わったが。指輪は彼女がチェザーレの金庫から出して用意してあった。いまその指輪が再びはめられるべき場所にはめられた。

わたしたちはともに新たなスタートを切ろうとしているのだと自分に思い出させ、クリシーはほほ笑んだ。これまでのところ、ジャウルは非の打ちどころがなかった。彼の愛情や献身は必要ない。わたしは最高の母親、そして王妃になることだけを心がけよう。はかないロマンスを追い求めたりはしない。ジャウルはわたしにとって初恋の相手で、当時はふたりともまだ学生だった。あの若い日々をやり直すことはできないし、だいたい、当時に戻りたいと思う？　また愚かな喧嘩《けんか》をしたいの？　おたがい未熟で妥協することを知らなかったせいで繰り返された喧嘩を？

クリシーがジャウルについてすばらしいと感じているのは、彼がすっかり変わった点だ。事故のあとの不自由きわまりない生活の影響かしら？　わたしが覚えていたジャウルよりもずっと辛抱強くなり、傲慢さが薄らいだ気がする。

宮殿へと戻るリムジンのなかで、ジャウルはカリスマ性を感じさせる笑みをクリシーに向けたあと、褐色の手を上げて沿道の観衆に応えた。

「これでひとつ終わった。式はあともうひとつ。今日が終わるころには、おたがい結婚したんだと充分すぎるくらいに感じているはずだ」

クリシーの目がおかしそうにきらめいた。「そうね……」

「今夜から数日にわたって、砂漠を訪れることになる。族長たちに挨拶し、きみを紹介しなくてはならない。我が国は急速に近代化が進んでいるが、誰もが出身もしくは婚姻によって部族とつながりを持っている。彼らから支持を得ることは大きな意味を持つ。きみの通訳としてザリハが同行することになっている」

「わたし、アラビア語を学ばないといけないわね」

「砂漠ではあまり役に立たない。部族は古い方言で話すから」ジャウルは妻の手を握った。「きみが何事にも意欲的でとてもありがたいと思っている」

「よき王妃になるためなら、なんでもするわ。あなたと子供たちに恥ずかしい思いはさせない」

「立派な目標だな。しかし、ぼくにはもっと個人的な目標がある」

クリシーはジャウルの手からそっと手を引き抜いた。「あら、そうなの？　あなたがこの結婚を個人的なものと考えているなんて信じられないわ。今日の式は、国民を喜ばせるために計算しつくされた宣伝活動でしょう」

「建て前がそのまま本音であってもいいじゃないか。人前で見せている喜びが必ずしも偽りとは限らない」

「シンプルに行きましょう、ジャウル。それぞれの役目を果たすためにベストを尽くし、結果がどうなるか見守ることにしましょう」クリシーは軽い口調で提案した。

「きみが望むままに」結婚した当時の率直でかっとなりやすいクリシーはどこへ行ったのだろう？　ジャウルはいぶかった。かつてなら、そんなつまらない目標では満足しなかったはずなのに。そうとも、ぼくに愛と献身を要求し、それが充分に与えられなければ声を荒らげる。彼女の変身ぶりは、ぼくに捨てられたと思い、シングルマザーとして苦労した結果なのだろうか？　つまりはぼくの責任ということになるのか？

宮殿では西洋料理が供された。タリフとソラーヤも子供用の椅子に座ってテーブルについたが、食事を終えるとすぐさま床に下ろしてくれとせがんだ。しかし、いったん床に下ろされると、タリフはテーブルの下を這《は》いまわっては靴紐《くつひも》やズボンを引っぱり、参列者を困らせた。大いにおもしろがりながらも、ジャウルはテーブルの下から息子を引っぱり出してナニーに預けた。

ソラーヤは母の膝の上で眠たそうに丸くなっている。ザリハがクリシーに小さくうなずいてみせ、二回目の結婚式の準備を始める時間だと知らせた。クリシーはすぐ後ろの席に控えていたナニーに娘を渡し、リジーに付き添われてテーブルを離れた。

スイートルームで、クリシーよりも年上の女性の一団が待っていた。王妃の着替えを手伝うために、各部族が代表を派遣してきたのだ。クリシーはウエディングドレスを脱ぎ、浴室に足を踏み入れた。古風で巨大な浴槽には薔薇《ばら》の花びらが浮かび、ハーブの芳香が漂っていた。

リジーは彼女のために用意された椅子に腰を下ろし、ため息をついた。「なんともまあ、エキゾティックね」

クリシーが浴槽につかっているあいだに、髪が香油につけられ、何度もすすがれた。湯から上がると、彼女は大きなタオルに包まれ、マッサージ台へといいざなわれた。そこでは潤いを与えながらのマッサージが巧みに行われ、同時にヘナ・アーティストによって手と足に複雑な模様が描かれた。髪と肌の隅々まで念入りに手入れが施されるあいだ、いつの間にかクリシーはうとうとしていた。目が覚めたのは女性たちが震えるような声で歌うのが聞こえてきたときだった。

「王妃さまの幸福と多産を願って詠唱しているのです」ザリハが説明した。「双子をお産みになった王妃さまは、すでに一歩先を進んでおいでですけれど……」

髪が乾かされ、化粧が施された。ザリハから渡された衣装はターコイズブルーのシルクにビーズが縫いとられたトップスとそろいのロングスカートだった。続いて大きな宝石箱からトルコ石とシルバーのアクセサリーが出されてテーブルの上に並べられる。銀貨を打ちのばしたヘッドドレスがクリシーの額につけられた。

わたしがマルワンの伝統に敬意を示すことで、喜ぶ人が大勢いる。そのことを意識しながら、クリシーは誇りを持って衣装を身につけた。マルワンの社会は急速に変化しつつあり、テクノロジーの発達した近代的な世界への仲間入りを目指している。一方、その過程で固有の文化が失われることを恐れてもいた。隣室でプロのカメラマンによる慎重な写真撮影が行われたあと、クリシーは式典のために階下へ案内された。

式典の行われる部屋に足を踏み入れた瞬間、ジャウルの目にクリシーの姿が飛びこんできた。マルワンの伝統衣装をまとった彼女は磁器の人形そのものだった。息をのむほど美しい。ジャウルの下腹部がまるでティーンエイジャーのような反応を示した。すぐさま彼は顔をそむけ、自制を取り戻そうとした。

クリシーのように激しくぼくの胸を揺さぶる女性はいない。クリシーはぼくがただひとり愛した女性だ。彼女を失ったときはどんなにつらかったか。

「奥方は写真よりも実物のほうがいっそうお美しいですな、陛下」隣にいた高齢のシークが花嫁を褒めたたえた。「陛下は非常に幸運なお人だ」

一度は彼女を手に入れ、そして失った。はたしてそれが幸運と言えるだろうか？　子供をだしに戻ってくるよう強要したことが？　ジャウルは良心の呵《か》責《しゃく》を覚えた。ぼくは子供たちの幸せを優先させた。生まれたときに母を亡くしたぼくとは異なり、ふたりが母親に愛され、支えられて育つように。しかし結局、ぼくが差し出した条件ではクリシーをつなぎとめることができなかったら？　もう一度彼女を失うかもしれないと考えると、胸のなかに巨大な穴があいたように感じた。百パーセント確実に彼女がぼくのそばにとどまりたいと思うように努力しなければ。

クリシーは室内をすばやく見まわしてから、ジャウルに目を戻した。伝統衣装に身を包んだ彼を見るのはこれが初めてだ。金の縁取りがされた黒いマント、ベージュの麻の服、金色の紐で留められたヘッドドレス。ブロンズ色の肌と黒髪が引き立ち、エキゾティックに見えるのと同時に危険な美しさをたたえている。クリシーは息を深く吸いこんで呼吸を整えなければならなかった。

「ジャウルって、少しチェザーレに似ているわ」リジーがからかうように耳元でささやいた。「何を着てもホットに見えるのよね」

伝統にのっとった結婚式は短時間で終わった。ふたりの手が儀式的につながれたあと、再び離された。イギリス大使館で交わされた結婚の誓いの代わりに、より重々しい祈りの言葉が詠唱される。式の厳粛さにいささか怖《お》じ気《け》づき、クリシーは助けを求めるようにジャウルを見た。すると、彼はクリシーの肘に手を添えてくれた。まだふたりの一挙一動が注目されているため、公然と愛情表現をするのはためらわれたからだ。

「終わったよ」ジャウルが静かな声で花嫁に言った。膝を擦りむいたあと、絆創膏《ばんそうこう》をはがされるのにびくついている子供をなだめるかのように。

いつの間にか夜の帳《とばり》が降りていた。宮殿のいちばん広い中庭に火がたかれ、カラフルな電球がヤシの木を飾っている。金箔《きんぱく》の張られた玉座のひとつに、ジャウルがクリシーをいざなった。周囲では、湯気の立ちのぼる皿を持った使用人がせわしなく行き来している。

「ぼくがきみに食べさせてやろう」そばに控えていた使用人を手を振って追い払い、ジャウルは料理がたっぷりと並んだテーブルに近づいた。

先祖伝来の宮殿で行われた結婚式に、ジャウルは深く感動していた。クリシーはぼくの妻で、彼女を守るのはぼくの義務だ。最初に結婚したときは果たせなかった義務。事故そのものはぼくの責任ではないし、避けられないことだったが、クリシーを悲しませたことは事実だ。妻をめとった男は、たとえ悲劇が起きようとも、妻の生活と安全が守られるように備えておかなければならない。ぼくが若く、無責任で浅はかだったせいで、クリシーがその代償を払う羽目に陥った。彼女には二度とぼくと結婚したことを後悔させせない。

ジャウルが料理を食べさせてくれるとき、クリシーは招待客の視線を強く意識した。

「ご自身よりも奥方さまの欲求を優先されることで、陛下は深い敬意を示しておいでです」ザリハが説明した。

音楽が始まり、アクロバティックな踊りが披露された。続いて詩が朗読され、祝辞が述べられ、喜劇役者によって寸劇が演じられた。ジャウルが通訳してくれても、どこがおもしろいのか、クリシーにはさっぱり理解できなかった。フラッシュがたかれ、ビデオカメラがまわされ、すべてが静かに記録されていく。気温が下がってきて、薄手の衣装の下で、クリシーの腕に鳥肌が立ってきた。

するとと、ジャウルが彼女を立ちあがらせ、華奢《きゃしゃ》な肩に彼のマントをかけた。「出発の時間だ」

四輪駆動車の隊列が表で待っていた。クリシーは先頭の車に乗りこみ、ボディガードが後続の車に分乗するのを見守った。「以前、あなたのボディガードをしていた人たちは？」

ジャウルの顔から血の気が引き、目に苦悩の色が浮かんだのを見て、クリシーは即座に理解した。

「例の事故で？」ハキムとアルタイルという兄弟のことが思い出された。

ジャウルが無念そうにうなずいた。

クリシーは手を伸ばし、彼の手をしっかりと握った。「とても残念だわ」あの兄弟がジャウルと幼なじみであったことを思い出し、心を込めて言う。

車列は轟音《ごうおん》をあげてでこぼこ道を走り、砂漠に入った。クリシーが何度か車から転げ落ちそうになったので、ジャウルが守るように力強い腕をまわしてくれた。

「目的地はまだ遠いの？」

「もうすぐだ。通常よりも宮殿に近いところにテントを張ったから」

到着すると、ジャウルは巨大なテントが作る影のなかへと車から降りた。テントはなかと外から煌々《こうこう》と照らされている。

「ここでは何ひとつ不自由しない暮らしができる」クリシーが車から降りるのに手を貸しながら、ジャウルは説明した。「子供たちは明日こちらへ来ることになっている。寝ているところを起こすのは忍びないからね」

テントはクリシーが予想していたものとはまったく違った。まず、とても広々としていて、いくつかの空間に仕切られていた。壁にはビーズとウールの装飾品、床にはみごとなラグと毛皮、そしてシルクの膝掛けにクッション。「わたしが考えていたキャンプとはぜんぜん違うわ」

「おなかはすいているか？」尋ねながら、ジャウルは帳の後ろのドアを開けた。

「いいえ、これ以上入らないくらいにいっぱいよ」

ジャウルに続いて入ると、そこは手前の部屋以上に豪華に飾られた寝室だった。「快適さを追求するためにはお金に糸目をつけないのね……」

「だが、バスルームはひとつだ」ジャウルはもうひとつ帳に隠れていたドアを開け、バスルームを彼女に見せた。「ここでの暮らしは宮殿に劣らず快適だ。ぼくの先祖は何代にもわたって、春と夏の終わりに砂漠を訪れた。部族の長老たちに会うために」

クリシーは鏡を見ながらヘッドドレスを外した。ほかのアンティークのアクセサリーと同じく、とても重かったからだ。そして頼まなくても、ジャウルがネックレスの留め金を外してくれた。

「あなたはどちらの衣装が好みだったの？　ウエディングドレスか、この……」

「白いドレスのきみもすてきだった、ファッションショーでキャットウォークを歩くモデルみたいで。けれど、この衣装を着たきみを見たときは胸が高鳴ったよ」ジャウルは褐色の長い指をクリシーの肩に滑らせた。「きみの目の色とぴったり合っているし、魅惑的な体の線はかすかにうかがえる程度だ。そのほうがぼくの好みなんだ」彼はハスキーな声で打ち明けた。「自分で考えていた以上に、ぼくは先祖と似通っているのかもしれない。百年前だったら、きみをベールで覆って、ぼく以外の者の目には触れないようにしただろう……」

　彼の言葉に、頬がかっと熱くなった。ジャウルはウエディングドレスのほうを好むとばかり思っていた。クリシーは驚くと同時にとてもセクシーな気分になった。「ベールですって？」からかうように尋ねる。

「きみの美しさは男を骨抜きにする」ジャウルは言いながら、クリシーの白い肩に熱い唇を這わせ、彼女を背中から抱き寄せた。「きみは出会った瞬間にぼくを骨抜きにした。しかし、あのときはタイミングも場所も、そして一緒にいた相手もまずかった」

「そうね」ジャウルの手が近づいてきたせいで、クリシーは胸が張りつめるのを感じた。加えて、触れられたいというとても基本的な欲求のせいで。

　それにしても、彼との出会いはこれ以上ないほど気まずいものだった。彼女のルームメイトと前夜ベッドをともにしたばかりの彼と出会ったのだから。

　その後、ネッサはすぐに新しい男性とつき合いはじめたけれど。

　ジャウルが喉にキスをしながら彼女をベッドに横たえると、痛いほど官能的な震えがクリシーの体に走った。ジャウルは彼女の手を取って指を広げさせ、薬指に指輪をはめた。

「これは何？」クリシーは息をのんだ。燦然《さんぜん》と輝く指輪が結婚指輪と並んでいる。

「ピンクダイヤモンド、きみに劣らず完璧な宝石だ。ぼくからの結婚祝いだよ」

「わたしはあなたにプレゼントなんて何も考えていなかったわ」クリシーはうめいた。

「きみはぼくにタリフとソラーヤを産んでくれた。かけがえのない贈りものだ。いくら感謝しても足りない」

　ランプの明かりのなかでクリシーの目がきらきらと輝いた。ジャウルが本心から言っているのがわかったからだ。だが、何気なくシーツに手を滑らせるなり、彼女は眉をひそめた。見ると、ピンクの薔薇の花びらがベッドにちりばめられている。「こうすると赤ちゃんができやすくなるとか？」疑わしげな口調できく。

「この土地で薔薇は昔から崇《あが》められてきた。マルワンの新聞はすでにきみを〝我らがイギリスの薔薇〟と呼んで賞賛している」

クリシーは声をあげて笑い、目をくるりとまわした。

「嘘《うそ》じゃない。きみは本当に美しい」

ジャウルの濃い色の瞳が金色に輝くのを見て、クリシーは突然、体の奥底に炎が上がったかのように感じた。彼の官能的な魅力に口がからからに乾き、心臓がどきどきしはじめる。いつもそうだ。ジャウルとひとたび視線が合っただけで、わたしは彼のとりこになってしまう。

長い指が彼女の頬に添えられ、ジャウルの唇がふっくらとして柔らかな彼女の唇に重ねられる。そのとたん、熱く激しい喜びが生じてクリシーの下腹部が収縮し、脚の付け根が熱を帯びて潤んだ。

「ジャウル……」赤みを増した唇のあいだから、震える声がもれる。

「とてもきれいだ……そしてとうとうぼくのものになった」ジャウルはうなるように言って自らのヘッドドレスを外してから、クリシーを膝に抱きあげて背中の小さなボタンに手をかけた。

「結婚したのは絶対に間違いないわね？」ジャウルに触れられると考えただけで、体に火がついたようだった。「二度も式を挙げたんだから。否定のしようがないわ」

「ぼくは二度ときみを放さないよ、いとしい人《ハビブティ》」ジャウルはかすれた声で言い、あらわになった胸のふくらみを両手で包んだ。硬くなった頂を指で刺激し、彼女をベッドに横たえる。それもつかの間、スカートと下着を巧みに脱がせた。続いて靴も。

クリシーはジャウルが衣類を乱雑に脱ぎ捨てるのを見守った。一度として自分で片づける必要のなかった彼はだらしなく、それがかつてはいらだたしかった。なのに、いまは懐かしさも手伝って苦笑せずにいられない。ブロンズ色のたくましい彼の体は、恥ずかしげもなく完全に高ぶっていた。

「きみが欲しくてたまらない……」

ベッドに横たわりながら、クリシーはクレオパトラのようになった気分だった。裸身をさらしていることが生まれて初めて気にならなかった。わたしは完璧ではない。それは確かなのに、ジャウルはいつも激しく反論する。わたしにはジャウルしかいない。わたしに欲望を抱かせることができるのはジャウルだけだ。わたしのことをこの世に遣わされた女神であるかのような目で見てくれるのも。

彼が隣に来たかと思うと、熱いまなざしを注ぎながら、渇望もあらわに唇を重ねてきた。ジャウルの下で、クリシーは体を開いて彼の腰に脚を絡ませ、いちばん強く欲望を感じている場所をジャウルの高まりと合わせようとした。

「またぼくをせかすつもりだな」ジャウルがとがめるように言った。「今晩は特別な夜なのに」

「あなたと過ごす夜は毎晩が特別よ」クリシーは腰を浮かせ、女として持てる武器を総動員して誘惑を試みた。

つかの間、ジャウルは彼女から身を離し、避妊具をつけてから戻ってくると、熱く潤んでいるクリシーを愛撫《あいぶ》して、彼女がもだえずにいられなくなるまでじらした。ついに彼が入ってきたとき、クリシーはすさまじい喜びに上体をのけぞらせた。

「そうよ！」あえぎ声で言う。

ジャウルはいったん腰を引いてから再び入ってき

た。彼が腰を動かすたび、喜びが増し、汗が浮き出て、鼓動が激しくなる。

いっそうクリシーのなかに深く入れるように、ジャウルは彼女を枕に押しつけ、すらりとした脚を自分の肩にかけさせた。

「きみといると……頭がおかしく……なりそうだ」ジャウルの声が切れ切れになる。自制を失いつつあるあかしだった。

彼の腰の動きがどんどん速くなっていき、情熱と野性的で強烈な快感がふたりを満たしていく。ついにのぼりつめたとき、ジャウルもクリシーもエクスタシーの炎に包まれた。

クリシーはジャウルの肩に頬を寄せた。「わたし、あなたを信頼できるようにならなければ」警戒心が消えていたので、考えたことをそのまま口にしてしまう。「頭ではわかっているの……あなたは自らの意思でわたしから去ったわけじゃないって。だけど、わたしは昔から男性を信頼することがなかなかできなくて……」

ジャウルは彼女の乱れた髪を優しく撫《な》でた。「どうして？」

「わたしが子供のころ、母は何人もの男性と暮らしたの。どの人も大酒飲みかギャンブル好きで、母のお金を盗んだり、母を殴ったりした」

ジャウルは衝撃を受けた。クリシーが生い立ちについてあまり話したがらなかったことに遅ればせながら気づき、その理由がわかった気がした。「それできみについて納得のいく点がいくつかある。きみは以前からぼくのことをあまり信用しようとしなかった。いつも最悪の事態を想定していた」

「母が最後に結婚した相手が最悪だったの……」

「どんなふうに？」ジャウルは先を促した。

「言えないわ。下劣すぎる話だから」クリシーは突然、ジャウルから身を引きはがした。

ジャウルは即座に彼女をもう一度しっかりと抱き寄せた。「ぼくには何を話しても大丈夫だ。お母さんの過ちはきみの過ちじゃないし、ぼくはそのせいできみを責めたりしない」

「亡くなる前、母は義理の父に娼婦《しょうふ》として働かされていたの」吐き気を覚えながら、クリシーは打ち明けた。「昼間のうちに男の人が家を訪ねてきて。姉のリジーはこのことを知らない。当時、放課後はアルバイトをしていたから。わたしはまだ七歳だったから、お昼には家に帰っていたの。一度わたしがトイレを使うために二階に上がったら、母が男の人とベッドにいて、ものすごい騒ぎになったわ」

ジャウルは彼女の顔を上向かせた。ターコイズブルーの目を見ると、そこには防御壁が張りめぐらされているのがわかった。「何があった?」

「義理の父に殴られたの。何が行われていたか、わかったのはもっと大きくなってから。以来、放課後は毎日、自分の部屋に入れられて鍵をかけられるようになって……義理の父が怖くてたまらなかった」

「きみがそんな経験をしたなんて、言葉にできないほどつらい」その義理の父親を見つけ出して殺してやりたい、とジャウルは思った。幼く、無垢《むく》で繊細だったクリシーを怯《おび》えさせるなんて。「それに、きみが恥じる必要はまったくない」

「でも、そうは思えなくて」クリシーは正直に言った。意を決して、ジャウルの美しい目をもう一度見る。嫌悪の色が浮かんでいないかと恐れながら。幸い、そこには気遣わしげな表情しかなかった。「今度は何かあなたが恥ずかしいと思っていることを話して……」これ以上何も追及されたくなくて、彼女はジャウルの気をそらそうとした。

「ぼくの初体験の相手はドバイの高級娼婦だった」ジャウルはうんざりした口調で言った。「それも、セックスを知るべき年齢をとっくに過ぎてからだった」

「どうしてそんなことに？」クリシーは好奇心をそそられた。

「ぼくが初めて本当の自由を味わったのはイギリスの大学に留学してからだったんだ。それまではふつうの生活をいっさい経験したことがなかった」

クリシーはジャウルの肩に頭をあずけ、反省の念に打たれた。初めて会ったとき、わたしはなんてひどい誤解をしてしまったのだろう。典型的なアラブのプレイボーイだと決めつけたりして。初めて束縛から解放されたときに少しばかり羽目を外したからといって、誰が彼を責められるだろう。自分だって聖人でもなんでもないくせに。

最初に結婚したときはおたがいを知らなさすぎたことをクリシーは痛感した。けれど、いまはジャウルをより深く理解できるようになった。そう思うと、心が安らいだ。

翌朝、火の横でコーヒーを飲んでいるジャウルのもとへ、バンダルが現れた。

バンダルはその日の予定と急ぎの用件のリストをジャウルに渡してから、一通の封筒を差し出した。

「昨日、外交用郵袋で届きました。ユスフからで、個人的かつ極秘の内容と思われます」

ジャウルは体をこわばらせ、険しい表情で封筒を受け取り、ひとりになるやいなや封を切った。テントの奥でクリシーがシャワーを浴びながら調子外れのハミングをしているのが聞こえたが、このときばかりは笑顔になれなかった。彼は父の顧問だった男からの短い謝罪文を読んだ。

そこにはジャウルが最も恐れていたことが書かれていた。クリシーの話はすべて事実だったと認める言葉が。ユスフは過去のクリシーに対する扱いを恥じるあまり、結婚式に出席できなかったのだ。ジャウルはボディブローを見舞われたかのような衝撃を受けた。じっと座っていることができず、はじかれたように立ちあがる。クリシーは実際にオックスフォードのジャウルのアパートメントから放り出されたのだ。実際にロンドンのマルワン大使館へ行き、行方不明の夫について問い合わせをした。そして、父が与えた小切手を換金することはなかった。

自分がいなくなってからの経験を、クリシーはいくらか誇張しているのではないかと、ジャウルはひそかに期待していた。しかし、クリシーが王妃としてジャウルに迎えられたことに対するユスフの反応を見れば、もはや何が真実かは疑いようがなかった。

ユスフがキング・ルットのためにクリシーに何をしたのか、ジャウルはユスフ本人の口から詳細を聞きたかった。しかし、それはユスフがマルワンへ帰国するまで待たねばならない。それに、いちばん重要な真実はすでに明らかだ。妻からどれだけつらい思いをしたかを聞かされたとき、彼はその言葉を疑った。妻を信頼する気持ちに欠け、父に対して過度な忠誠心を抱いていたことが原因だった。自分が妻に選んだ女性に対する忠誠心はどこへ行ったんだ？

父が何度も繰り返し嘘をついていたのは明らかだ。息子の結婚をなかったことにするためなら、何を言おうがしようがかまわないと思っていたのだろう。ジャウルはぞっとした。自分が尊敬し、大切に思っていた人物が、息子の愛する女性を排除するために、そこまで利己的になれるとは。

日が高くのぼりはじめ、早朝のひんやりした空気が暖まりはじめた。ボディガードが心配そうな目つきで見ているのも気にせず、ジャウルは砂の上を行ったり来たりした。

彼はいまや、避けがたく衝撃的な結論に達していた。ぼくはクリシーの人生をめちゃくちゃにした。最悪なことに、一度ならず二度までも。一度目は彼女と結婚し、妊娠させておきながら、なんの援助もない状態で置き去りにした。二度目はマルワンへ来て結婚をやり直すよう脅迫した。そんな重大な過ちを犯した男は、いったいこの先どうすればいいのだろう？　自分にはもったいない女性にしがみつく権利がぼくにあるのか？

クリシーは最初こそ怒りと恨みを抱いていたものの、ぼくに許しと理解を示すまで譲歩してくれた。だが、彼女はぼくに借りや恩があるわけではない。そうだろう？　ぼくは彼女の許しに値するようなことを何ひとつしていない。

高潔な男なら、彼女に自由を与えるだろう――そう考えると、熱い日差しのなか、褐色の肌に汗が噴き出てきた。高潔な男なら、自らの過ちを即座に認め、彼女に選択の自由を与える。ぼくのもとにとどまるか、それとも……。

自分が高潔な男ではないことをジャウルが思い知ったのは、人生で最も屈辱的な瞬間だった。かたわらにクリシーも双子もいない生活など、考えてみることすらできなかったからだ。

ぼくは過ちを犯した。ひどい過ちを。ぼくにできるのは、今後はもっとましな生き方をするということだけだ。そう思っても、判断を誤ったという屈辱は、まるで巨大な石が沈んでいるかのように、ジャウルの胸をとてつもなく重くした。

木陰の椅子にクリシーが腰を下ろし、そこへ朝食のフルーツとパンが運ばれてくるのが見えた。輝く髪は下ろされ、美しい顔にはほんのわずかの化粧も施されていない。細い体はカーキ色のカプリパンツとシンプルな白いＴシャツに包まれている。

彼女はぼくの妻だ……しかし、いつまで？　ジャウルのしなやかでたくましい体が苦悩のあまり極限まで硬直した。

10

砂漠で過ごす時間はまもなく終わろうとしていた。この遠乗りからキャンプへ戻ったら、一行は宮殿に向けて出発する。今回の砂漠行きにあたっては、すばらしい馬がそろっている宮殿の厩舎《きゅうしゃ》から、ジャウルの愛馬とみごとな牝馬《ひんば》を連れてきており、ふたりは毎日、夜明けと日没に遠乗りに出かけた。農場育ちのクリシーは馬好きというジャウルとの共通点がうれしく、彼との静かな時間を満喫した。しかし、ジャウルの様子がどことなくおかしいという気持ちを、クリシーはぬぐえずにいた。彼はどこまでも優しく、細かい気遣いを示してくれているにもかかわらず。

　ジャウルは長時間、会合に出席しなければならなかった。族長たちが毎朝やってきては一日中滞在していく。そのあいだ、クリシーは族長の妻や家族と過ごした。人々と会い、その暮らしぶりについて知るのは楽しかった。また、ザリハに通訳をしてもらって、子供たち相手にお話し会を開いて、彼らを楽しませもした。

　ジャウルはそうした会を文句なしの大成功と評し、人々に対するクリシーの気安い接し方を賞賛した。マルワンの幼児教育に関して専門家たちと協力し、推進計画を立ててはどうかとまで言った。それこそきみの専門分野なのだからと。ジャウルの提案に、クリシーは喜びと誇らしさで胸がいっぱいになった。それでも、ふたりのあいだには何かしっくりいかないものがあると確信していた。

　このところのジャウルからは、以前はなかったよそよそしさや自制が感じられた。結婚式の夜以来、彼はクリシーと愛を交わそうとしなかった。夜遅くまで、訪問者の相手をしなければならなかったのは事実だ。彼がベッドに入るのは真夜中を過ぎてからで、それにもかかわらず、朝はいつもどおり夜明けとともに起きだす。けれど、最初の晩を除くと、彼はクリシーにまったく触れなかった。

それどころか、クリシーが当惑するほど遠慮がちな態度をとるようになった。もともと欲望がきわめて強いジャウルが。

たとえば昨夜、彼女がベッドのなかで彼に寄り添うと、あたかも陽光に溶かされるのを恐れるつらら にでもなったかのように微動だにしなかった。クリシーは自分から誘いかけてみようかと思ったが、礼儀正しくおやすみと言われてしまい、その思いつきを引っこめるしかなかった。

もしかしたら、とクリシーは不安に駆られた。いまはわたしがいつでもそばにいるから、前ほど魅力を感じなくなってしまったのかしら、と。一方、彼女の分別は、朝から夜まで丁重にふるまい、外交手腕を発揮しなければならない夫は相当に疲れている可能性が高いと指摘した。さまざまな部族の長との話し合いに、一日平均十八時間も費やしているのだから。

わたしが彼に対して絶対にしてはいけないことがある、とクリシーは自分に言い聞かせた。それは不安感や妄想に惑わされ、ごく些細《ささい》なことからありもしない問題をでっちあげること。わたしたちの結婚生活はうまくいっている。そうでしょう？

とはいえ、二度目の結婚式を挙げた夜、彼女が感じたと思った絆《きずな》はまたどこかへ消えてしまったようだった。

宮殿に帰り着くと、玄関でバンダルが待っていて、すぐさまジャウルに何か話をしはじめた。エキゾティックな顔を紅潮させて、ジャウルはそっけなく冷ややかな声で顧問に返答した。

「何かあったの？」クリシーは心配そうに尋ねた。

ジャウルの口元がこわばった。「祖母がマルワンに到着し、ぼくに会いたがっているそうだ。町のホテルに泊まっている」

「それはまた驚きね。もうかなりのお年でしょう」クリシーは言った。

「ローズという娘と一緒らしい。どうやら、祖母は再婚したらしい。祖父と違って」ジャウルはひと言つけ加えずにいられなかった。

「彼女に対するおじいさまとお父さまの感情を考えると、あなたにとっては気まずく、居心地が悪いかもしれないけれど……」

ジャウルは凍りついたかのように身をこわばらせた。「祖母たちに会うつもりはない。バンダルには、丁重に断って適切な贈りものをするよう指示した」

クリシーはジャウルの腕をつかんで、玄関ホールに面しているいくつもの応接室のひとつに引っぱりこんだ。「まさか本気じゃないでしょう？」

ジャウルは顔をしかめて彼女を見下ろした。「わかってくれ、クリシー。レディ・ソフィーについて、ぼくは何ひとついい話を聞いていないんだ。彼女はひどいトラブルメーカーだということしか。ぼくはいま、対処するべき問題が山積みになっていて、彼女みたいな人間と関わっている暇はない」

ジャウルがあまりにきっぱり祖母と叔母を拒絶したことがクリシーを不安にさせた。遠くから訪ねてきた年老いた祖母と会うためにわずかの時間も割けないなんて、ほかにどんな大きな問題を抱えているというのだろう。けれど、それを尋ねて話題を変えてしまうのはためらわれた。

「ジャウル、お願いよ、考え直して」

「きみの意見には敬意を払いたいと思っているが、この件だけは譲れない」彼は歯を食いしばるようにして、荒々しい声で言った。「きみには関係ないことだ」

「レディ・ソフィーはタリフとソラーヤにとっても直系の血筋に当たる方よ。わたしにも大いに関係あるわ」

ジャウルはいらだたしげにぎらりと目を光らせ、口を固く引き結んでドアへと一歩踏み出した。「この件についてこれ以上きみと話し合うつもりはない。ぼくの気持ちとそのように感じる理由はすでに話してある」

「わたしがあなたの代わりにソフィーに会うわ」

次の瞬間、ジャウルが目にも留まらぬ速さで振り向いた。「いや、だめだ。そんなことはぼくが禁じる」

「禁じる？」クリシーはささやきに近い小さな声できき返した。わたしの夫はいったいいつから、自分には妻の行動を禁じる権利があるなどと考えるようになったのだろう。

「ああ、禁じる」ジャウルはもう一度言い、大股に立ち去った。

勝手に禁じればいいわ。クリシーは心のなかで苦々しくつぶやいた。いまは十六世紀じゃないのよ。妻が夫の命令に服従していた時代とは違うんだから。

ジャウルはわざわざ遠方から飛行機に乗って訪ねてきたふたりの女性に会わなければならない――それがクリシーの考える礼儀だった。一方、祖父と父から祖母に対してひどいイメージを植えつけられたことを考えると、彼の態度も理解できた。勇気を失わないうちに、クリシーは自分が正しいと思うことをしようと決意し、ザリハに頼んでバンダルをつかまえ、ジャウルの祖母の滞在先を突きとめた。

二時間後、クリシーはホテルのスイートルームの入口で上品な身なりの中年女性に迎えられた。その女性は〝ローズです〟と挨拶し、ジャウルの代わりに訪ねてくれたクリシーに礼を言った。

「電話でお話ししたとおり、母は日増しに体が弱っていて、あなたが会いに来てくださると知って、大変な喜びようなの」

「家族の不和を解消するために、わたしに何ができるかはわかりませんけれど」クリシーは残念そうに言った。

「あなたとジャウルが結婚したという記事を読んで、母はいても立ってもいられなくなってしまって」ローズは打ち明けた。「イギリス女性と結婚したことで、孫の態度に変化が生じるだろうとすっかり信じてしまったんです」

なかに通されると、ふんわりとした白髪の小柄な老女が、節くれ立った手で杖《つえ》をつかみ、ハイバックチェアに腰かけていた。目は淡いブルーだ。

「わたしがソフィー、あなたの夫の祖母です」彼女は短く自己紹介をした。

クリシーは手を差し出した。「クリシーです」

「わたしについて孫からどれくらい聞いているのかしら？」

「ほんのわずかです」率直に答える。「まずはジャウルの家族にまつわるわたしの体験からお話ししたほうがいいかもしれません」

お茶が運ばれてきて、クリシーは包み隠さず話したほうがいいと考え、ソフィーの亡き息子、ルットを相手にどれだけ苦労したかを話した。

クリシーの告白が終わると、ソフィーはため息をついた。「悲しいことだけれど、わたしはたとえ成長した息子と会う機会があったとしても、息子を好きになったとは思えません。あなたの夫の祖父に当たるタリフが、わたしに対する反感をルットに植えつけたからです。わたしの言い分に息子が耳を傾ける可能性はまったくありませんでした。それどころか、ルットはわたしを嘘《うそ》つきだと非難して。けれど、わたしは嘘つきなどではありません。タリフと結婚したとき、わたしは十九歳でした」

「まだ十代だったんですか？」クリシーは驚きながらも、ロンドンの邸宅の風変わりな室内装飾に納得がいった。あれは湯水のごとくお金を使えるようになった十代の少女の手によるものだったのだ。

ソフィーはほほ笑んだ。「ええ、でも、わたし自身はとても成熟していると思っていたの。十代なんてそんなものでしょう。わたしの家族は結婚に大反対だった。だけど、わたしはタリフに夢中で、彼はとても西洋的な進歩主義者に見えた。彼はわたし以外に妻はめとらないと誓ったから、わたしはほかに心配することなんて何もないと思ったの。でも残念ながら、英語が流暢《りゅうちょう》で、ヨーロッパ風の服を着こなしていても、その人柄まで知る手がかりにはなりませんでした」

クリシーはひたすら耳を傾けた。

「ハネムーンを終えてマルワンへ戻ったとき、わたしのおなかにはすでに子供がいました」遠い昔を思い出しているのか、レディ・ソフィーはいったん言葉を切った。「そのとき、すべてが変わってしまった。夫は突然わたしと距離をおくようになり、寝室も別々になって……」

「喧嘩《けんか》でもなさったんですか？」

「いいえ。夫がハーレムに大勢の愛人を囲っていることが明らかになったのです」

ショックを受け、クリシーの目が大きく見開かれた。「愛人？」

「タリフは先祖伝来の生活スタイルを捨てるべき理由はないと言い張りました」ソフィーは静かに言った。「彼がほかの女を囲うことを、わたしが受け入れられない理由がわからないと。わたしは彼の妻であり、王妃であり、まもなく世継ぎの母になるのだからと。そのことをわたしは光栄に思い、現状に満足するべきだと考えたのです」

「なんてこと」クリシーには十九歳の少女がどんなにつらい思いをしたか、かろうじて想像できる程度だった。そんな状況で、自分を支えてくれる人もなく、ひとりぼっちだったなんて、ぞっとする。「それで、あなたはどうなさったんですか？」

「ハーレムの女性と手を切るよう懇願したけれど、彼は拒否しました。とても頑固な性格で。何カ月も、わたしたちは宮殿の同じ翼で他人のように暮らしつづけました。ルットを出産すると、タリフはそのままの彼を受け入れるよう、わたしに迫りました。ほかに妻はめとらないと約束しただけでも充分に大きな犠牲だと主張して。当然ながら、わたしははねつけた。数週間後、父が急死し、わたしは葬儀に参列するためイギリスに戻りました。タリフはわたしがルットを連れていくのを許さなかった。わたしがイギリスにいるあいだに、タリフから電話があり、マ

ルワンでの暮らしにどうしても耐えられないならもう戻ってくるなと」

「あなたには選択肢がなかったわけですね」クリシーは静かに応じた。「なんてひどい」

「わたしが屈服せず、マルワンへ戻ろうとしなかったので、タリフは息子をわたしに会わせるのを拒みました。わたしが息子に再会したのは、彼が二十代になってから。彼はわたしの話に耳を傾けはしたけれど、信じようとしなかった。とてつもなくお堅い息子で、〝愛人〟という言葉を聞いただけで、わたしをいやらしい嘘つきと罵り、父の思い出を汚そうとしていると非難した」

クリシーはため息をついた。「ジャウルに話します。彼は父親とはまったく違いますから」

「それは確かなの？」レディ・ソフィーが心配そうな顔できいた。「外見だけ見ると、ジャウルは彼の祖父に生き写しと言ってもいいわ。それに、愛人の

ような繊細な問題を口にするのは、国王が全能であるこの国ではタブーなのよ」

お茶の礼を述べてから、クリシーは帰途に就いたが、頭のなかは混沌《こんとん》としていた。レディ・ソフィーの話を、クリシーは信じた。でも、いまはもうハーレムなど存在しないと確信できるだろうか。わたし自身がその存在を恐れる必要があるということはないの？　ジャウルはベッドでの巧みな技を、人の口にのぼらない秘密のハーレムで大勢の女性相手に磨いたということはないかしら？　もしかして彼が妻とのセックスにいちじるしく興味を失った理由はそれ？　いいえ、ありえない。そんな疑いを抱くわたしがおかしいのだ。そうでしょう？

あまり西洋的でなかった祖父と同じく、ジャウルが愛人を囲っている可能性はどれくらいあるのだろう。現代ではあまり高くないはずよ、と理性は彼女に告げていた。

宮殿に戻って三十分ほどして、子供部屋にいたクリシーがふと目を上げると、ドア口にジャウルが立っていた。

「わたしがどこに出かけていたかは知っているわよね」クリシーはため息をついて立ちあがった。そしてジャウルのあとから隣室に入った。

「きみはぼくの意向を無視して出かけた。当然ながら、不愉快に思っている」ジャウルはそっけなく言った。癇癪《かんしやく》を起こさぬよう歯を食いしばって彼女を見下ろしている。

自分が悪く聞かされて育った祖母と妻が親しくするなど、ジャウルが望むはずもなかった。祖母がクリシーに彼の家族に対する憎悪を植えつけるのではないかと恐れるのも当然だ。さらに、夫は今日長いこと待ったユスフと会うことになっている。だから、ぴりぴりしているのも理解できる。自分が知らないことは何ひとつないと確信できるまで、ジャウルがわたしと腹を割って話すことはないだろう。

「わたしがレディ・ソフィーを訪ねたのは、どうにかして……家族の不和を解決できないかと思ったからなの」

「情け深いな。彼女はぼくの家族についてなんと言っていた？」

クリシーは深く息を吸い、勇気を奮い起こした。

「あなたのおじいさまは、彼女と結婚しているあいだにハーレムで愛人を囲っていたそうよ」

ジャウルが驚きの表情でクリシーを見た。「彼女は……そんなことを言ったのか？　本気で？」

彼が信じていないのは明らかだったので、残念に思いつつもクリシーは淡々と答えた。「わたしは彼女の話を信じたわ」

ジャウルは突然、烈火のごとく怒りだした。「そんなのは最低の欺瞞《ぎまん》……言語道断の中傷だ！」

「そうかしら？」クリシーはほとんどささやくような声になった。「だって、おばあさまの話を聞いてから、わたしはあなたに尋ねなければと――」

「ぼくにそんなことをきいてみろ！」

ジャウルに怒鳴られ、クリシーはショックのあまり口をつぐんだ。

顔から血の気が引いていたが、クリシーはまだ質問を発していなかった。しかし、ジャウルは彼女が何をきこうとしているのか正確に察知したうえで、激怒していた。彼女がいままで見たことがないほどに。

「父の主張が正しかったことを、きみがいま証明した。父の母親は身の毛もよだつ嘘つきだ」

「そのとおりなら、お父さまはその才能を自分の母親から受け継いだのね」クリシーはためらうことなく挑むように言った。「あなたのお父さまも真実が大好きとは言えなかったでしょう」

ジャウルは両手をこぶしに握った。父を弁護することはできなかったし、弁護するために嘘をつこうとも思わなかった。父は確かにひどい嘘をついた。レディ・ソフィーについてルットが言ったことをクリシーが信じないのも理解できた。

「宮殿にはハーレムなど一世紀以上前から存在しない」ジャウルは険しい声で言った。「一九三〇年代にまだそんな生活様式が存在していたなんて、ほのめかすだけでもばかげている。しかし、きみの気が楽になるなら、今日の午後、ユスフに事実を確認しよう。彼はいまも王家の歴史に関する権威として認められていて、ユスフが書いた本は非常に高く評価されている」

「おばあさまが嘘をついているという前提には立たないで」クリシーは夫がときどき驚くほど世間知らずになるのが心配だった。「あなたの言う本というのは、本になる前にお父さまが読んで、まずい部分は省かれている可能性がある。批判的なことは書かれていないはずよ」

その可能性にはジャウルもすでに気づいていた。彼は黒いまつげを伏せた。「きみは正しい。けれど、ユスフはぼくに真実を話すだろう。ただし、ぼくの妻があなたもハーレムを持っているのかと尋ねた事実は、けっしてなかったことにできないぞ」

クリシーは頬を染め、恥じ入った。「わたしは尋ねたりしていない――」

「だが、尋ねたくてうずうずしていた」ジャウルは辛辣に遮った。「ぼくに対するきみの信頼はまだその程度なのか？　だいたい国民が許すと思うか？　放蕩《ほうとう》生活を送っている人間が国王の座に着いていることを？　我が国は進歩的な国と見なされるのを望んでいるし、女性たちがますます発言権を増している。ぼくは言行一致を求められている。公務においても、プライベートにおいても」

ジャウルの言っていることはごく常識的な内容で、

つかの間でもばかげた疑念を抱いたクリシーは耐えがたいほど恥ずかしくなった。さらにショックだったのは、ジャウルの目を傷ついたような表情がよぎったことだった。彼は怒ってもいるけれど、幸い彼の怒り方は彼の亡き父親とは違う。感情を制御できなくなったりはしない。たとえ癇癪を起こしても言葉には気をつける。だが、マイナス面もあった。それはすべてを咀嚼《そしやく》し終えるまで黙りこんでしまうところだ。

「ごめんなさい」ジャウルがくるりと背を向けて立ち去ろうとしたので、慌てて言う。「わたしがばかだった……。だけど一瞬、確かめなくてはいけないと感じたの」

「父がどれほど潔癖だったか知っていたら、きみはそんな必要を感じなかっただろう。父は宮殿の内外を問わず、あらゆる種類の不道徳をなくそうと努める、禁欲的な統治者だったんだ。ぼくが国王になって最初にしたことのひとつは、公共の場で音楽と踊りを禁止する法律を廃止することだった」

ジャウルが部屋から出ていくと、クリシーはソファにどさりと腰を下ろした。よく考えもせずにジャウルの力になれればと思って行動を起こしたのに、実際は彼を傷つけ、不快にさせてしまった。わたしに挑発的なことを言われても自制心を失わなかったジャウル。一方、ばかげた空想を抑えることも口を慎むこともできなかったわたし。ジャウルの態度がとても寛大だったことが、何よりクリシーを恥じ入らせた。こんなばかな女を彼は二度と愛してくれないかもしれない。

父の顧問だった男と、ジャウルは二時間話した。ユスフは在職中ずっと秘密にしてきたことを洗いざらい告白することができて、すっきりした様子で帰っていった。対照的に、ジャウルは愕然《がくぜん》としつつ、怒りと憎しみを抱えていた。

　そして鍵が届くやいなや、宮殿の広大な敷地を歩き、いちばん隅にある階段を駆け下りた。使用人が巨大な鍵と格闘して扉を開けると、ジャウルはボディガードに下がっているよう手ぶりで示し、ひとりで建物のなかに入った。

　建物が非常に大きかったことに、ジャウルはさらなる衝撃を受けた。がらんとした部屋をいくつも通り、中庭を歩いて、噴水や浴場を見てまわった。何もかもが良好な状態で保存されていて、歴史的な遺産を保存することに対する父の熱意が一族のいかがわしい歴史を葬り去りたいという衝動に勝った事実に、ひどく驚かされた。ユスフの話を聞いて、彼が強く感じたのは激しい怒りだった。しかし、それは台座の上に置かれた大きなベッドを見るまでのことだった。ベッドのまわりの壁に描かれた壁画が目に入るなり、怒りに満ちたジャウルの目が大きく見開かれた。

　この不道徳な芸術作品を見たとき、あの堅苦しい父はどのような反応を示したのだろう。どぎまぎしたあとで、ジャウルはたくましい体をよじるようにして大笑いした。

　クリシーがゆっくりと湯につかってバスルームから出てくるとすぐに、一通のメッセージが届いた。ジャウルの筆跡にすぐ気づき、彼女は急いで封を切った。

〝きみの夫とハーレムで一夜を過ごしてほしい〟

　驚きからくすくすと笑わずにいられなかったが、クリシーの体に温かな安堵《あんど》が広がった。冗談を言うほど、機嫌が直ったんだわ。彼はすばらしいユーモアセンスの持ち主だ。頬を染めて、彼女は引き出しからいちばんセクシーなランジェリーを選び、その上に青いシンプルなテイラード・ドレスを着た。これなら、まさか下にこんなランジェリーを身につけているとは予想もしないだろう。

それにしても、ハーレムでの一夜ですって？　いったいどういう意味なの？

ジャウルのボディガードがひとり、クリシーを夫のところへ案内するために待っていた。延々と続く廊下をいくつも曲がり、石の階段をいくつも下りて、ようやく目的地に到着した。大きくて悪趣味な扉が立ちはだかっている。ボディガードがそれを開けて後ろに下がったので、クリシーはなかに入った。ボディガードが神妙な顔を保とうと苦心しているのを不思議に思いながら。

なかは至るところに蝋燭《ろうそく》がともされていた。高い円天井と細かいモザイク模様の壁に影が躍り、噴水からあふれる水がまるでダイヤモンドのように輝いている。それは信じられないほど美しい光景で、クリシーはジャウルが彼女のためにしてくれたことだと直感した。

涙がこみあげてきたとき、ジャウルが柱の後ろから現れた。きわめてエキゾティックな周囲とは対照的に、色あせたジーンズにボタンをいくつか外した白いシャツという格好だ。シャツの白さがブロンズ色の肌と乱れた黒髪を際立たせている。一瞬、クリシーはタイムスリップしたような錯覚を覚えた。目の前にいる彼はクリシーが覚えている学生時代のジャウルにそっくりだった。

「ここはどこ？」

「アル・ザイード家の暗き秘密の中心だ。今日まで、ぼくでさえ存在を知らなかったハーレムだ。もちろん、ある時点まであったことは知っていた。けれど、父の潔癖さを考えると、とっくの昔に取り壊されたものと決めつけていた」

クリシーは彼の背後にある巨大なベッドを見つめた。「あのベッド、上で乱痴気騒ぎができそう」考えるよりも先に言っていた。「何か知っているわけじゃないけれど……その……乱痴気騒ぎについて」

「壁を見てごらん」

ちらちらと影が躍るなか、クリシーは壁画に気づいた。裸の男女が複数、破廉恥なプレイにいそしんでいる。クリシーの頬がみるみる紅潮した。「驚いた……」

「父がこの場所を取り壊さなかったことに唖然《あぜん》としたよ。しかし、父は祖父を崇拝していたからな」ジャウルはため息をついた。「タリフが猥褻《わいせつ》な趣味を持っていたと知ったあとで、父はどうやってその崇拝を保ちつづけたのか。想像もつかない」

「わたしもよ」クリシーにはなぜジャウルがここに連れてきたのかわかった。彼は真実を知り、即座に包み隠すことなく潔い行動をとったのだ。間違いがわかったら、ジャウルはそれを隠したり言い訳を試みたりはしない。

「ソフィーの娘のローズに電話をして、謝罪したよ。祖母に連絡をとるのに、こんなに長い時間がかかって申し訳ないと」

「あなた、ローズに電話したの……もう？」クリシーは驚きもあらわに尋ねた。

「前世紀に入っても、ハーレムはここにあったんだ。祖母は嘘つきではなかった。しかし、今日の午後ユスフから聞くまで、ぼくはその事実を知らなかった。ユスフは王家の秘密をすべて知っている。祖母がどんなにひどい扱いを受けたか知らされ、ぼくは愕然とした」

とっさにクリシーは一歩前へ出て、励ますかのようにジャウルの腕に手を添えた。「残念だわ、ジャウル」

クリシーに触れられるのが耐えられないかのように、ジャウルは一歩後ろに下がった。「何が残念なんだ？　ぼくの結婚をぶち壊すためなら、父はどんなことでもした。それを見抜けなかったぼくのばかさ加減がか？　クリシー、ぼくは命を預けてもいいと思うほど父を信頼していた、気難しく、ひどく支配的ではあったけれど、大事な点では間違いなくよき父でもあったんだ」

共感を示したのに拒絶され、クリシーは身をこわばらせた。「それにお父さまを愛していたのよね。当然だわ。わたしも子供のころ、母を愛していた。ものすごく惨めな子供時代だったのに。どんなにひどい親でも、子供は親を愛するものよ。ただ、わからないのは、あなたのお父さまが、悪かったのは父親だと知りながら、自分の母親とわたしをどうしてあそこまで拒絶したのかということ」

「父は楽な道を選んだんだ。恥ずかしい事実をけっして認めようとしなかった。文化の相違のせいにしてしまえば、自分の父親を崇拝しつづけることができたし、ぼくが西洋文化の影響を受けないようにすることを正当化できた。父はおそらく、ぼくがタリフから色好みという致命的な弱点を受け継いだのではないかと考えたのだろう。イギリスに留学するために父と闘わなければならなかった理由がようやくわかった」

「お父さまと……闘わなければならなかったの？　そんな話、初めて聞くわ」

「ぼくは自分を恥じていたんだ。立派な息子は、自分よりも分別と知恵のある親を尊敬するべきだと教えられて育ったから」ジャウルはしぶしぶ打ち明けた。「けれど、寄宿制の士官学校を終えて軍隊で経験を積んだあと、ぼくは自分自身で選択する自由が欲しくてたまらなくなった」

「当たり前よ」クリシーの声には心がこもっていた。ジャウルの亡き父がいかに尊大な暴君だったか、あらためて知らされて。「それにお父さまに反抗したあなたは立派だと思う。大学に入ってすぐ、少し羽目を外したのも当然よ。イギリスに来るまで、あなたの生活がどんなに窮屈なものだったか、いま初めて知ったわ」

ジャウルは動揺していた。こんなぼくを、クリシーはまだ励まそうとしてくれている。彼女の期待を最悪の形で裏切ったのに。「しかし、あんなふうに羽目を外したせいで、ぼくは危うくきみを手に入れられなくなるところだった。きみに間違った印象を与えて」

こみあげる涙をまばたきで必死に押しとどめながら、クリシーは噴水のタイル張りの縁に腰を下ろした。「あなたをいつまでも拒みつづけることなんてできなかった……惹《ひ》かれる気持ちが強すぎて」

「きみほど欲しいと思った女性はほかにひとりもいない」ジャウルは柱の横に置かれたテーブルの上にかがみこみ、置かれていたグラスに飲み物をついで彼女に渡した。「愛した女性はきみだけだ……」

グラスを受け取るクリシーの手が震えた。急いでひんやりと甘いフルーツジュースを喉に流しこむ。ジャウルがわたし以外に誰も愛したことがないだなんて、こんなにうれしいことはない。

ジャウルはそわそわと髪をかきあげた。「きみを愛していながら、ぼくはきみを裏切った。妊娠したきみをひとりロンドンに置き去りにしてしまった。父の嘘を信じたばかりに」

クリシーの心臓は激しく打っていた。「ジャウル……どうして今夜になってこんなにも多くのことが明らかになったの？」

「ユスフは父と一緒にオックスフォードにきみを訪ねた。そのせいで良心がとがめ、何もかも話してしまいたくてうずうずしていたんだ。その日のことをユスフから聞かされたとき、ぼくはぞっとしたよ。妻が父からそんなひどい扱いを受け、それを防げなかったことが恥ずかしくて」

クリシーは人生最悪の日を思い出した。キング・ルットを前に、彼女は孤立無援だった。義父が息子の嫁としてまったく認めてくれなかったことに打ちのめされたのは言うまでもない。「あなたは入院していたんだもの。何もできるわけがなかった」

「ぼくはユスフから真実を聞かされた」ジャウルは苦悩の目でクリシーを見つめた。「だが……ユスフから聞いた真相を、ぼくはきみから聞いたときに信じるべきだったんだ」

「そうね」クリシーはいささかもためらうことなく認めた。「わたしはあなたに嘘をついたことは一度もない」一瞬の沈黙のあと、頬を赤らめて言い添える。「ええと……一度だけあるけれど、それについてはあとで話すわ」

「父の嘘を鵜呑《うの》みにしたぼくは傷つき、思い出のなかのきみを信じるのをやめた。一カ月前、きみと再会したとき、もっとよくきみの話を聞き、もっと深く考えるべきだった」

「わたしがお父さまからお金を受け取って姿を消したと聞かされれば、お父さまの言葉を信じたのもしかたないわ」

「どこがしかたないんだ？」自嘲するように言い、ジャウルはクリシーのグラスを取りあげて脇に置いた。「きみはぼくの人生そのものだった。ぼくの妻だったんだぞ。きみに対する忠誠が第一でなければいけなかった。ぼくのために言い訳を考えるのはやめてくれ。きみがいちばんぼくを必要としていたときに、ぼくはきみを支えられなかった。これ以上ないほど、きみを悲しませ――」

「何もかも、お父さまの仕業よ。お父さまがわたしたちを別れさせ、嘘をつき、傷つけた。責められるべきはあなたじゃない。あなたは昏睡《こんすい》状態にあって、そのあとは手術を受け、リハビリに多くの時間を費やした。あなたはわたしのために、あるいはあなた自身のために闘える状態になかった」

「ぼくはきみに謝り、這《は》いつくばりたいのに、きみはそうさせてくれない」涙がにじみ、ジャウルの目がきらきらと輝いた。

「わたしはあなたに這いつくばってほしくなんかない。罪悪感なんて感じてほしくない」

「ぼくが感じているのは罪悪感じゃない……恥だ。ぼくはきみを悲しませたのに、きみを失うことが耐えられない。きみと夫婦でいるためなら、なんだってする」

彼の感情の高ぶりが伝わってきて、クリシーはもう少しで笑みがこぼれそうになった。「それなら気づいていたわ。わたしが離婚を選びそうに見えたとき、あなたはすぐに、婚前契約書を持ち出してきたでしょう」

「あれはただの脅しにすぎなかった」ジャウルは告白した。「あの婚前契約はイギリスではなんの効力も持たない。きみは誰からも法的なアドバイスを受けずに署名したし、当時のきみはとても若かった。あの契約には記載されている紙ほどの価値もないことを、ぼくは知っていた」

今度はクリシーが驚く番だった。口元がこわばる。「あなたのはったりに気づくべきだったわね。でもわたし、あれ以上、あなたに抵抗したくなかったのかもしれない。その可能性については思いつかなかったの？」

ジャウルは目をしばたたいた。「しかし、どうして抵抗したくなかったんだ？」

彼の物わかりの悪さに、どうしてわたしはここまで寛容でいられるの？

クリシーは愛という言葉を口にしたくなかった。そこで話題を変えるために、彼女は軽い口調で尋ねた。「こんなに多くの蝋燭を、誰がともしたの？」

「ザリハが蝋燭と軽食の用意をしてくれたんだ。火をともしたのはぼくだ。噴水はいい状態に保たれていたから、スイッチを入れるだけでよかった。ほかの女性の使用人はここへ入れるわけにいかなかった。壁画に大変な衝撃を受けるはずだから」

クリシーはあまたの蝋燭を見渡しながら、笑みを隠した。彼が自らここまでしてくれたことに心を動かされていた。「壁画はショッキングだけれど、こんなふうに蝋燭がともされていると、とても美しい場所ね」

クリシーのふっくらしたピンクの唇にうっすらと笑みが浮かんだのを見て、ジャウルは彼女の柔らかさ、温かさ、強さを求める気持ちが切ないほど高まるのを意識した。父にクリシーがどんなにひどい目に遭わされたか。それを知るまで、ジャウルはクリシーの真の強さをわかっていなかった。クリシーを守れなかった自分にあらためて怒りがこみあげ、褐色の手が固くこぶしに握られた。この罪悪感はけっして克服できそうにない。

「動けるようになったらすぐ、きみに連絡するべきだった」またたく明かりのなかで、ジャウルのハンサムな顔が緊張感から引きつった。「しかし、きみはぼくのものではなくなったと知りながら、きみに会うのは耐えられなかった。認めるのはつらいけれど、それが少なくとも当時のぼくの偽らざる気持ちだった」

「そんなにわたしを思ってくれていたの？」

ジャウルは信じられないと言わんばかりの顔でクリシーを見つめた。「きみを愛していたんだ。心の底から！　ところが、病院でひとり伏せっているあいだに、きみを信じられなくなってしまった」

後悔の痛みにクリシーは貫かれ、ジャウルの父親に激しい怒りを覚えた。わたしはもう彼のことをなんとも思っていないと息子に信じこませ、言いようのない苦しみを味わわせたのだから。

〝きみを愛していたんだ。心の底から！〟

彼の告白に、クリシーは胸が苦しくなった。「何をおいてもあなたのもとに駆けつけたわ、もし本当のことを知っていたら」

「いまはそれがわかる。だからこそ、ぼくは死ぬほど苦しいんだ」

「だけど、もう過ぎてしまったことにこんなにエネルギーを費やしても意味ないわ。そこから前へ進まなくては」

「父の嘘のせいでぼくたちはあまりにも多くのものを失った。なのに、どうしてそんなことができるんだ？　かつてきみはぼくのものだった。百パーセント、純粋に。いつかまた、きみがそんなふうに感じられる日が訪れることを、ぼくは夢見ていた。しかし、理性的に、そしてフェアになろうとしても、どうしても考えてしまうんだ……」またこぶしを握りしめ、彼女に背を向ける。「いや、言えない……こんなにも嫉妬深く、所有欲に満ちた考え方は間違っている」

クリシーは眉をひそめた。「いったいなんのこと？」

「こんな話はしないほうがいいんだ。起きてしまったことはどうしようもない。そのために、いまあるものを台なしにしてはならない」ジャウルはそう言いながらも、行ったり来たりして落ち着かない。

嫉妬？　所有欲？　彼が何を言っているのか、急に思い当たり、クリシーは頬が燃えるように熱くなった。「もしかして、あなたと離ればなれになっているあいだ、わたしがほかの男性とつき合っていたという話？」

「その話はやめておこう」彼は慌てて言った。「きみは独身だと思っていたんだし、それはきわめて自然な……」

「その、自然だったかもしれないけれど、わたしは誰ともベッドをともにしなかったわ」クリシーは急いで事実を告げた。「したと言ったけれど、あれは嘘だったの。そんな時間があったはずないでしょう。あなたがいなくなってから最初の一年間は、ほとんどが妊娠中だったし、次の一年は双子を抱えて必死に働いていたのよ」

「きみは……ぼくに嘘をついたのか？」ジャウルは信じられないという声で尋ねた。「こんな大事なことについて？」

クリシーは顔をしかめた。「武器として利用したの。わたしがあなたについた唯一の嘘はそれ。わたしはてっきり、あなたこそ――」

ジャウルがつかつかと近づいてきたかと思うと、彼女の腕をつかんだ。

「していない。愛人も恋人もいなかったし、一夜限りの関係もなかった。いっさい」

クリシーはびっくりして目を見張った。「だけど……どうして？」

「車椅子の生活が終わったとき、ぼくは決めたんだ。きみとのことがあったから、もう女性とつき合うのはやめよう、いっそ結婚してしまったほうが安全だと」

少しこわばっていたクリシーの肩からいったん力が抜け、すぐにまたこわばった。ジャウルがほかの女性と関係を持たなかったと知って安心したものの、彼が〝一度嚙《か》まれたら二度目からは用心するようになる〟ということわざどおりの反応を示したことが明らかだったからだ。彼が誰と結婚するつもりだったのか知りたい。「それで、わたしの後任に選ばれたのは誰だったの？」

ジャウルの顔が赤くなった。「誰も選んではいなかったが、国民が待ち望んでいるのは知っていた。正直に言うと、クリシー、ぼくはきみほど強く惹かれた女性はひとりもいないんだ。ぼくはきみにふさわしくない男だ。だが、ぼくの心は以前からずっときみのものだった――初めて会ったときから、これからもずっと。きみを失ったと思いこんでから、ぼくは長いあいだ落ちこみ、きみに対するような気持ちをほかの女性に抱くのが怖くなった」

　クリシーは両手を上げ、ジャウルの見るからに誇り高そうな頬骨をそっと包んだ。「わたし、あなたをいつまでも愛しつづけると思う。あなたと再会したとき、正直な話、最初はあなたのことが憎かった。でも、わたしもあなたとのことをまだ乗り越えられていなかったの」

「クリシー――」

「何も言わないで。わたしをこんな気持ちにしてくれる人はあなた以外にひとりもいない。それに、あなたもわたしを愛してくれているのよね？」

「愛している。心の底から、いとしい人《ハビブティ》」ジャウルの目には疑いようのない幸福の色が浮かんでいた。

「婚前契約を引っぱり出してきてきみを脅した日に、ぼくは自分がいまなおきみを愛していることに気づいた。生まれてこのかた、あんな卑怯《ひきょう》なまねをしたことはなかったから。そのうえ、自分の行動を恥じ入りもしなかった」

　クリシーは彼の首に腕をかけた。「正しい目標を追求するためなら、非情になるのも許されるわ」

　ジャウルは彼女を抱きしめた。とたんにクリシーの体の芯は熱くなった。

「とはいえ……何が正しい目標かは誰が決めるんだ？」彼はファスナーを下ろしてクリシーのドレスを肩から落とした。

　ドレスが足元に落ち、フリルのついたシルクのランジェリーがあらわになると、ジャウルは賞賛の声をもらし、彼女を白いリネンのシーツが敷かれた乱痴気騒ぎサイズのベッドまで抱いて運んだ。

「ぼくにとっての目標はただひとつ。きみにいつまでもぼくの妻、ぼくの子供たちの母親でいてもらい、きみをとことん幸せにすることだ。最後にはふたりが別れていたときのことを忘れてしまうくらいに」

「それはすばらしい目標だと思うわ」ジャウルが冷静さをかなぐり捨て、急いでシャツを脱ぐのを見守りながら、クリシーは目を輝かせた。「この一週間はベッドでわたしとのあいだにものすごく距離をあけていたことを考えるととりわけ……わたし、幸せとはほど遠かった」

「ぼくの体はきみを求めて燃えていた。けれど、ユスフからの手紙を受け取って……」

「手紙？」

　ジャウルはユスフの手紙について説明した。「あの手紙を読むなり、ぼくはきみを完全に誤解していたことを知って、もはや何ひとつ当たり前のものとして受け取れなくなった」

　クリシーは敬愛のこもった手つきで夫の筋肉質の腹部に触れた。「わたし、てっきりあなたに飽きられたものと――」

「冗談だろう！」ジャウルは妻を押し倒し、覆いかぶさった。早くも欲望のあかしは極度に張りつめていた。「きみが欲しくなくなるなんてありえない。ただ、ぼくはきみの愛に値しない男だとわかり、きみを抱くのがためらわれた」

「愛は人を寛大にするし、わたしはあなたをものすごく愛しているの」

「ぼくもきみを愛してる。自分がこんなにも誰かを愛せるとは思いもしなかった。この愛はこれからも変わらない。永遠に」


　元ハーレムでの信じられないほどロマンティックな和解から三年後、クリシーは中庭でおもちゃの車をめぐって言い合いをしている双子を眺めていた。

四歳になったタリフとソラーヤは元気いっぱいで、

両親がしっかりと手綱を締める必要があった。彼女は立ちあがって、ふたりに喧嘩《けんか》をやめるようぴしゃりと言った。仲よく使えないなら、そのおもちゃを取りあげてしまいますよ、と。子供たちが自分たちで解決策を見つけようと話し合うのを見るのは楽しかった。

ペパーミントティーと小さなケーキを味わっているとき、リジーから電話がかかってきた。かすかにそれとわかる程度のおなかのふくらみを撫《な》でながら、クリシーはつわりが三カ月で終わったことをありがたく思った。

実のところ、二度目の妊娠は一度目に比べてかなり楽で、それはストレスのない現在の生活のおかげに思えた。この週末は姉が家族と父を連れてマルワンを訪れることになっている。住む場所は遠く離れていても、相変わらず姉妹は仲がよかった。

幼児教育の推進に深く関わることになったため、クリシーにとってマルワンに来て最初の一年は飛ぶように過ぎた。ジャウルの臣下はとても親しみやすく、親切だったし、彼女もときにはジャウルと一緒に公式の場に外交官や国外からの重要人物と並んで出席したが、ほとんどの時間はひたすらジャウルの妻として過ごした。子供たちと過ごす時間と家庭生活がふたりにとっては何より大切だったからだ。

クリシーはシャワーを浴びて着替えるために、一家のプライベートな空間がある翼に戻った。ふたりのあいだの壁がようやく完全に取り払われた夜を記念して、ジャウルと彼女は毎年、かつてのハーレムで一夜を過ごすことにしているのだ。あの場所でふたりはたがいの愛を再確認した。あの部屋で新たなスタートを切り、誓いを守りつづけているふたりにとって、すばらしい記念日の過ごし方だった。

夕闇が迫るころ、食事が用意され、ジャウルは蝋燭に火をともしはじめた。壁画には覆いがかけられ、使用人がショックを受けたり、不愉快な気持ちになったりしないよう配慮してある。ここハーレムで結ばれた関係のなかにも、愛が存在したことはあったはずだ。ジャウルはそう考えたかった。しかし、祖父のタリフが、彼を愛する妻とのあいだに結べたかもしれない絆よりも、薄っぺらな肉体関係を選んだ理由はどうにも理解できなかった。

祖母とはとても短い時間しか一緒に過ごせなかったことを思うと、ジャウルの顔が陰った。

レディ・ソフィーは昨年、就寝中に静かに息を引き取った。それまで、ジャウルはロンドンの彼女の家をたびたび訪れた。亡き父は彼女の存在を何十年も無視しつづけたが、その埋め合わせをできるかぎりしたいと考えたからだ。

巨大な扉につけられた鉄の輪が鳴らされ、ジャウルがまだ半分も行かないうちにもう一度打ち鳴らされた。妻のせっかちさをよく知る彼はにやりとした。


「まだ蝋燭をともし終わっていないんだ」彼は前もって妻に言った。

「わたしも手伝うわ」ジャウルの輝く目をのぞきこむたび、クリシーはいまでも膝から力が抜けそうになった。

「きみは妊娠中なんだ。足を高くしてくつろぐ以外は何ひとつさせないぞ」

「何も？」クリシーはからかうように聞き返しながら、靴を脱いで腰を下ろした。

「本当に大事なことのためにエネルギーを蓄えておくんだ」ふたりを待つベッドをちらりといたずらっぽく見ながら、ジャウルは彼女の横にひざまずいた。手を伸ばし、クリシーの中指にサファイアが輝くプラチナの指輪をはめる。「この一年もすばらしい一年だった。ありがとう」

クリシーはびっくりして、最新のプレゼントをまじまじと見た。「もうわたしに宝石は買わないって約束したじゃない」

「いや、約束はしなかった。口論を避けて沈黙したまでだ」

「あなたってときどきものすごくずる賢くなるのよね」クリシーはジャウルの額にかかった漆黒の髪をそっとかきあげた。

「そしてきみはそれが気に入っている」ジャウルは妻の手首の内側にキスをしながら、かすかにふくらんでいるおなかを優しく撫でた。「愛しているよ、ハビブティ」

「ええ」クリシーはジャウルといる安心感にどっぷりとひたった。

「赤ん坊が生まれるのがうれしくてしかたがないんだ」ジャウルは打ち明けた。「双子のときはいろいろな経験をしそこねた。今度は片時もきみのそばを離れず、一緒に大切な時間を過ごすよ」

「あなたは気絶するか何かして、わたしに恥をかかせるんじゃないかしら」愛情のこもった目で夫を見つめながら、クリシーはからかった。

しかし、これに関してはジャウルの勝ちだった。次男誕生の際、立ち会った彼は最後まで気を失ったりしなかった。プリンス・ハフィズは三千二百グラムの健康な赤ちゃんで、母親から目の覚めるようなブルーの瞳を受け継いでいた。骨格はイギリス人の祖父をそこはかとなく感じさせるところがあった。タリフは弟にテディベアを、ソラーヤは自分で描いた絵を弟にプレゼントした。

両親がハフィズを抱いて、初めて公式の写真撮影に臨んだとき、ロイヤルファミリーは全員が幸福感と満足感に包まれていた。

愛してると言えなくて

Gabe's Special Delivery

タラ・T・クイン

青山　梢 訳

タラ・T・クイン

情感豊かな作風で知られ、USA トゥデイ紙のベストセラーリストにも載る大人気作家。その作品はイギリスで高い評価を受ける。全米や地方のテレビ番組にもしばしば出演している。

主要登場人物

ベイリー・クーパー・ストーン……美術教師。
ガブリエル・ストーン……ベイリーの夫。書店経営者。愛称ゲイブ。
ミニヨン……ベイリーとゲイブの娘。
エバン・クーパー……ベイリーの父親。大佐。
イブ……ベイリーの友人。ヒーラー。
ロニー・ウィンストン……ベイリーの勤める学校の経営者。
マリー……ゲイブの書店の店長。
ブラッド・サマーズ……ゲイブの弁護士。

1

二〇〇〇年、バレンタイン・デー

　シカゴ市交通局のレッドラインが駅に止まると、ベイリー・クーパー・ストーンは傍らの座席からベビーキャリヤーをそっと持ち上げた。生後一カ月にも満たない娘は、まだ三キロと少ししかない。それなのに電車を降り、駅から通りへと向かうベイリーの足は、なかなか前に進まなかった。彼女は心に重い荷物を抱えていたのだ。

　それでも、正しいことをしているのだからと思いながらベイリーは歩き続けた。今日のことはこれまで何度も何度もイブと話し合ってきた。父に相談していれば、父だって賛成してくれたはずだ。まだ赤ん坊には会ってくれてはいないけれど。

　病室のベッドで押し寄せる痛みを待ち受けながら、泣きくずれて来てほしいと頼んだときも、父は来てくれなかった。父が電話口にとどまっていたのは、相手がベイリーだとわかるまでのほんのわずかな時間だった。父には対処しなければならない、はるかに急を要する問題があったのだ。

　エバン・クーパー大佐は要職にある。軍の攻撃部隊を統括し、人々から尊敬されているし、権力者でもある。多くのアメリカ人の命が父の手にゆだねられている。ベイリーは父を誇りに思っていたし、たくさんの重要な問題に父が心を傾けなければならないことも理解していた。どうしたら自分のほうを向いてもらえるのか、それがわからなかっただけだ。父の愛は手にしていた。でも父の時間はベイリーのものではなかった。

父はゲイブに好感を持っていた。

　これまでの人生のなかで、ベイリーが父親を心から喜ばせたのはたったの二回だけだった。芸術家になるのではなく、芸術を教えることを選び、国内でも有数の芸術学院で職を得たとき。もう一回は、父にゲイブを紹介したときだ。

　キャリヤーのなかで眠る赤ん坊を抱え、街路樹の並ぶリンカーン・パーク・ストリートを歩きながら、父がゲイブを気に入ったのも当然だとベイリーは考えていた。ゲイブと父はよく似ている。ベイリーが感じていた以上によく似ていた。そして、彼女はそのことに気づくのが遅すぎた。

　ベイリーは首を振り、赤ん坊を引き寄せた。いまはそんなことを考えてはいられない。ベイリーは丈の長いアーミー・ジャケットを赤ん坊に着せかけた。そうすれば、赤ん坊をこれからもずっと自分だけのものにしておけるとでもいうように。もう一度ふたりきりになれるとでもいうように。でも無理なことだとわかっていた。ミニヨンとふたりきりの夢のような生活は、つかの間のひとときにすぎない。それは最初からわかっていた。

「あの人はあなたを愛してくれるわ、ミニヨン」ベイリーは小さな声で言った。激しく揺られながら運ばれていても、赤ん坊はすやすやと眠っている。二月の風がこんなに冷たいというのに。

　神さま、お願いです。どうかあの人がミニヨンを愛してくれますように。ベイリーは心のなかで祈った。この子の母親が犯した罪のせいで、あの人がミニヨンを責めたりしませんように。ミニヨンが受けるにふさわしい愛情のすべてを、あの人が与えてくれますように。

「あの人はあなたを愛してくれるわ」ベイリーはさっきよりも大きな声で、今度は確信を込めて繰り返した。

ジェイムズ・ボールドウィンの『すてきな五十の物語』をそらで覚えているような人が、古典を読み、スパイ小説よりもおとぎばなしを好む人が、心からの変わらぬ愛を与えられないわけがない。愛を求めている相手がベイリーでないかぎり……。

角を曲がると、とても短いあいだだったけれど幸せに暮らしていた家が目に入り、ベイリーは足を止めた。もっと遅い時間に訪ねるつもりだった。ところがゲイブの仕事が終わる時間を聞き出そうと、出版社の営業を装って書店に電話をしたときに、彼が休みを取っていることがわかったのだ。それを知ってすぐに家を出てきた。

もうミニヨンをゲイブに会わせてもいい時機だ。ミニヨンという名前の由来を彼はわかってくれるだろうか。踊るような歩き方と魅惑的な瞳と陽気な性格で人々の心をとらえた少女〝ミニヨン〟の話を覚えていれば、わかってくれるはずだ。きっとゲイブは少女に心を引かれたウイルヘルムのようになる。この子を追い返せるわけがない。自分の子供を追い返すことなんてできないはずだ。

「わたしってばかよね」彼の家に――ふたたびすべてを変えてしまう瞬間に歩み寄りながら、ベイリーはつぶやいた。「あの人があなたを拒んだら、わたしはあなたをずっと独り占めできるわ。うしろめたさも感じないでね」

ベイリーは、それ以上のことは考えられなかった。そうなってほしい。

でも、赤ん坊の柔らかい頬と、その頬にそっとかかるまつげを見つめていると、ベイリーは自分が本当はそんなことを望んでいないのだとわかった。

ミニヨンが自分と同じように、父親に認められようと必死になって、父親の愛を渇望しながら成長していく姿を想像すると、ひどく胸が痛んで涙があふれた。

ミニヨンのために、すべてを手に入れてあげたい——希望に満ちた将来、夢をかなえるはしご、父親の愛に守られているという安心感……。

事実を告げないで何かをするなんてこれが最後だから、せめてゲイブに許してほしい。

ベイリーはこっそりと忍び寄り、窓辺の低木の茂みに身を隠した。しばらくそこにたたずみ、家のなかの物音に耳を澄ました。凍てつく外気のなかに自分の吐く息が蒸気のように立ち上るのが見える。

ベイリーは隅々まで手入れの行き届いた冬の庭を見まわした。不安で、孤独で、何カ月もの苦悩のせいで心細くもなっていた。心を配って書いた手紙が目につくところにしっかりと留められているかどうか、もう一度赤ん坊を確かめた。

片方の耳を家のほうに傾けて物音を気にしながら、ベイリーはゆっくりと玄関に進み、赤ん坊の包みを置いてベルを鳴らした。そうして、今朝何度も計画をおさらいしたときに自分に言い聞かせたとおり、急いで茂みの陰に逃げ込んだ。ミニヨンが安全だとわかったらすぐに、ベイリーはたったひとり、どんよりとした冷たい二月の朝に姿を消すつもりだ。胸の痛むバレンタイン・デーにぴったりの計画だった。

ゲイブがこの計画を知ったら、快くは思わないだろう。それはわかっていた。でも彼はミニヨンのことは愛してくれる。

ベイリーは気丈だった。これまでの人生でいちばんつらかった八カ月を乗りきってきたのだ。けれど、ふたたびゲイブの姿を目にして取り乱さずにいられるほど強くはなかった。

今日はミニヨンの……ゲイブとミニヨンのための日だ。父と娘の日。今日という日は、ふたりにふさわしいすてきな特別な一日であってほしい。わたしのことで影響されたりせずに——そしてわたしをとがめるゲイブの思いにわずらわされることもなく。

それは先延ばしにしてもらわなければならない。

そのとき、ついにかちりと音がして玄関の扉が開いた。ベイリーは息がつまり、ほとんど呼吸ができなくなった。

ベイリーが置いた包みに、ゲイブが手を伸ばした。

「いったいこれは……」

茂みの陰でさらに身を沈め、ベイリーは震える両膝を冷たく硬い地面についた。何カ月もの時が流れたというのに、ゲイブの手を目にしただけでこんなに胸が苦しくなるなんて、信じられない。心の準備はできているつもりだった。涙が頬を伝い、ベイリーは姿を消すという計画の次の段階を忘れてしまった。

ベイリーはその場にうずくまったまま、消し去ることのできない感情にのまれていた。あの手が、あの学者のような手が、優しく熱くわたしに触れたのだ。あの指が、わたしの体を正確に調律された楽器のように奏でたのだった。そして、ゲイブに出会うまで抱くこともなかった感情を、わたしの人生に運んできたのだ。ゲイブの優しさは、わたしの心を温め、とりこにした。

そしてゲイブの冷たい論理が、ベイリーの心を凍らせ、粉々にして捨て去った……。

これほどの月日が経《た》ってもなお、その痛みはベイリーの身をすくませ、彼女は立ち去ることもできずにいた。

2

十一カ月前

「すみません。お邪魔したくないんですけど、わたしとコーヒーを飲んでいただけないかと思って」

ゲイブ・ストーンはぎくりとして顔を上げ、目の前の輝かしい光景に目を向けた。

頬をつねって、夢でないことを確かめたくなった。ほんの一瞬前まで、彼は自分が生まれ育った書店の中世文学のコーナーにひとりきりだった。それなのにいまは……。

「僕と？」どうにか言葉を絞り出した。

「そうよ」琥珀《こはく》色の長い巻き毛が肩にはらりと落ちた。

うなずいたとき、波打つように揺れた髪の動きにゲイブは心を奪われた。彼女の体にゆるやかに巻かれた布にも心を奪われた。こういう服はなんと呼ぶのだろう。もしかして、重ね着ドレス？　それともサロン？

「僕といっしょにコーヒーを飲みたいって？」今度はきちんと文章で尋ねることができた。彼女はシェークスピアの『夏の夜の夢』に出てくる妖精《ようせい》の女王ティターニアを思わせる。

「でもね、ジュースとか何かほかのものがよければ、それでもいいの。あなたがコーヒーを飲まないのなら、ね。ただテーブルにいっしょに座るだけで何も頼まなくてもかまわないわ」彼女は眉を寄せ、顔をしかめてみせた。

ゲイブは自分が話す番だと判断し、口を開けてみたが、気のきいたせりふはいつもながらひとことも思いつかない。この不思議な女性といっしょにどこかに座れたらどんなにうれしいだろうと、そればかり考えていた。彼女が動くと、ちりんときれいな音までした。

いつもの朝と同じように店を見まわっていたときにチョーサーの『カンタベリー物語』が目に留まり、ゲイブはしばし足を止めた。その本を読んだのはもうずいぶん前のことで、また読み返したいという思いに駆られたのだ。歴史物語が自分の目の前で現実のものになるとは夢にも思わなかった。

「初めて誰かと知り合いになるときって、いつもなんだかぎこちないものよね？」

気づまりな状況を抜け出す方法をゲイブが思いつく前に、彼女が口を開いた。どうやらゲイブの返事がないことにも気づかないらしく、彼女は先を続けた。

「つまり、数えきれないくらいよくあることだって言いたいの。誰かに興味を抱いてみたものの確信が持てないってこと……」

この僕に興味を持っているのか？

「そういうときには、こんなふうに社交的な儀式みたいなことをして、その人の生活やその人の頭のなかを少しだけのぞいてみなくちゃいけないわ。でも目にしたものが気に入らなかったら……」彼女が肩をすくめ、また美しい髪が揺れた。「気まずいことになるし……もしかしたらもっとひどいことになるかもしれない。後戻りしようとして、その人を傷つけてしまうことだってあるわ。わたしの言いたいこと、わかるかしら？」

ゲイブはうなずいた。実に信じられないことだが、うなずいていた。

「そうでなければ」彼女はゲイブのほうに目を向け、顔をしかめたまま話を続けた。「目にしたものがすごく気に入って、いますぐ飛び込みたいと思うけれど、彼のほうが気に入ったかどうかわからない。わたしに近づいてほしいと思っているかどうかもわからない。もしかしたら、彼にはもう別の誰かがいて、どんなに気に入ってもわたしにはどうしようもないのかもしれない。

「誰もいないよ」ちくしょう。なんて愚かなことを口走るんだ！

相手の顔が輝いた。「本当？」

「本当さ」彼女がどうしてこんなに驚くのかゲイブにはわからなかった。こっちが話し上手でないことはもうわかったはずだ。

「わたしのほうにも誰もいないわ」笑みを浮かべ、彼女は言った。

会話がとぎれた。本来ならここで気のきいた冗談を言わなければならないのだ。いつもここでしくじってしまう。ゲイブは深刻に物事を考えがちだった。どれほど努力しても冗談は身につかない。彼は彼女がそのまま立ち去るのを待った。

「それで、わたしといっしょにコーヒーを飲んでくれるの？　それともだめなの？」

妖精の女王の肩越しに、マリーが近づいてくるのが見えた。有能な従業員で、店長でもあるマリーは、ゲイブが売り場にいるあいだはどんな小さな問題もすべて彼が対処するべきだと考えているらしい。ゲイブがこの大きな書店の三階にあるオフィスにいるときには、マリーは自分でうまく問題を処理するのだが。

「そのう……」

「いいのよ、無理しなくても」目の前の魅惑的な女性は、ゲイブが上の空になった理由を明らかに誤解していた。「もう必要なだけわたしのことをのぞいたはずだから――」

「違うんだよ！」ゲイブはこれほどすばやく返事をしたことはなかった。

マリーは、心理学とセルフヘルプのコーナーで、客に引き止められている。

「コーヒーでも……」ゲイブは口ごもった。「なんでもかまわない」

「あら」女性の顔に笑みが戻った。「よかった」彼女はそのままストーンズ書店の二階にあるカフェに向かいそうになったが、ゲイブがついてこないとわかり足を止めた。「いまは都合が悪いの？」

マリーはもうすぐ客との話が終わりそうだ。ほかにも二十人の従業員が店内を歩きまわったり、カフェで給仕をしたり、あるいはゲイブに相談を持ちかけようと待ち構えている。

「どこか、別の場所にしないか。人目のないところに」

「通りの向かいのコーヒー・ショップはどう？」

「いいね」

ゲイブは本を書棚に戻し、彼女に続いてエスカレーターに乗って一階に下りると、建物の外に出た。こんなことは毎日しているとでもいうように。そう、まるで前に一度でもしたことがあるかのように。

ベイリーはこの数カ月で初めて緊張から解き放たれ、信号を無視して車をよけながら、飛びはねるようにミシガン・アベニューを渡ってコーヒー・ショップに向かった。今日はうららかな三月の日で、コートなしで外を歩けるほど暖かだった。

ガブリエル・ストーンのような男性が、なんの理由もなく自分と時間を過ごすことをこれほど簡単にオーケーしてくれるとは、思ってもいなかった。彼はとても理知的で、責任感があって、誠実……。まだよく知らなくても、ベイリーにはそのことがわかっていた。

仕事をしているゲイブを観察したし、評判も聞いた。それにイブもそう言っていた。

ベイリーはいかにも整然としているこの男性とは正反対だった。ひとつの感情から次の感情へと飛び移りながら人生を駆け抜け、あまりにも激しい感情をすぐ表に出し……そして物事をだいなしにしてしまう。でも、今度はきっと違う。もう大きな過ちは犯さない。イブのおかしな〝予言〟にも、いくらかの真実が潜んでいるのかもしれない。このわたしだって、いちばん年上でいちばん信頼できる友人を信じて行動を起こしてしまった、ただの愚か者ではないのかもしれない。

「ところでゲイブ」ベイリーは自分のためにコーヒー・ショップのドアを開けてくれているゲイブを肩越しにちらりと見た。「コーヒーは好き？」

ゲイブはうなずいた。

「どこに座る？」

「ここでいいよ」ゲイブは行きあたった最初のテーブルで足を止め、ベイリーのために椅子を引いた。

ベイリーは腰を下ろした。ゲイブのしぐさは父を思い起こさせる。子供のころ、どんなときでも変わらない父の礼儀正しい振る舞いは、とても気分がよかった。おとなになってからのベイリーは、女王さまタイプの女性でも、世話をしてあげたくなるような物静かで頼りない女性でもなかった。そうは言っても正直に言えば、今日はいつもと違って大切にされるのも悪くないと思っていた。

「ここはラテがとてもおいしいの」ゲイブが眺めているメニューは見もせずに、ベイリーは言った。メニューの代わりにゲイブを眺めた。背が高い。洗練された上品なスタイルにカットされた黒髪。頼れそうな広い肩。彼はメニューから顔を上げたが、何も言わない。「ラテはコロンビアのエスプレッソで、ちょうどいい分量のスチームミルクが入っているの。わたしはいつも少しだけシナモンをかけるわ」

「ここにはよく来るの？」

「ストーンズ書店に来たときはいつも。都合さえつけば、少なくとも週に一回は」

「店で君を見かけたことはないけどね」

ベイリーはにこりと笑った。「いつも隅に隠れて本を読んでいるから」

ゲイブはうなずき、茶色の瞳でまた少しだけベイリーを見つめると、立ち上がってカウンターに向かった。ゲイブは注文をし、ふたり分の代金を支払った。

ベイリーは足首まである綿のスカートのポケットから五ドル札をテーブルに出し、コーヒーを運んできたゲイブのほうにすべらせた。

「ごちそうになるつもりじゃないのよ」ベイリーは自分のこの〝試み〟のせいで、ゲイブに経済的な負担をかけたくなかった。

「はい、どうぞ」彼はお金に目もくれなかった。

父から何度となく聞かされたレディーの作法をようやく思い出し、ベイリーはさりげなくお札をポケットに戻そうと努めた。そうしながらも、ずっとゲイブを眺めていた。

ゲイブこそがベイリーにふさわしい男性だとイブは断言した。ベイリーの願い事への答えであり、彼女の抱えている問題の解決策なのだ、とイブは言ったのだ。

ベイリーは心のなかでは、わけのわからない超自然的な思想のせいでイブのなかにまだ少しは残っていた常識がついに失われてしまったのだろうかといぶかっていた。でもゲイブに近づくようにとベイリーに告げたとき、イブは少しも浮き世離れしているようには見えなかった。ゲイブ・ストーンこそがベイリーにふさわしい男性だと、一点の曇りもなく、かたくなに信じているように見えた。

ゲイブは正体がつかめない。誠実そうで、尊敬できそうで、すごくすてきな人。でも口数はベイリーが飼っている亀《かめ》のグラディスと同じくらい少ない。いつもならベイリーも自分とちょうどよい組み合わせだと思うところだ。

家でグラディスを相手にひとりで話しているのも好きだけれど、いまは彼のことを知る必要がある。ふたりのあいだに通い合うものがないのなら、急いで次の計画を考えなくてはならない。

「本が好きなの」ベイリーは小さな声で言った。ゲイブは本について何か話してくれるはずだ。数えきれないほど本を持っているのだから。「特におとぎばなしが好き。きっとあなたは、そのう、三十にもなった女がまだおとぎばなしが好きだなんて、ばかみたいだと思うでしょうけど」

「そんなこと思わないさ」

ゲイブがほほ笑んだ。その笑顔は、飲んでいるラテよりも熱くベイリーの体をほてらせた。

「どうしても離れられないの」思いもよらない自分自身の反応を隠そうと、ベイリーは言った。

彼女が首を振ると耳の三連のリングがちりんと鳴り、カップを口元に持ち上げるときに鳴るブレスレットの音と重なった。ベイリーはこのささやかなシンフォニーが好きだった。父と違って、ゲイブにとってはこの音が耳障りでなければよいのにと願った。

「緑色の小さなハードカバーの本を買ったのよ。五十年も前のもので、『すてきな五十の物語』……」

「ジェイムズ・ボールドウィンだね」ゲイブはうなずき、手にしたカップからゆっくりとコーヒーをすすった。

「知ってるの？」信じられなかった。珍しい本なのだ。

「初版は一八九六年だよ」

「初版本を持っているの？」

「二冊持っている」

「本当なの！　見たいわ！　この本は数えきれない

くらい読んでいるの。あなたも読んだ？」

「ああ」

「それなら『アンドロクレスとライオン』の話も知っているのね？」

ゲイブはゆっくりと一度だけうなずいた。

「いちばんのお気に入りなの」ベイリーは興奮し、夢中で先を続けた。「思い出すわ。まだ小さかったころ、カーペットに絵の具をこぼしたり何かに夢中になって夕食の時間を忘れたりして父によく怒られたものよ。あのころ父は中佐だったの。食事の席についたときに糊《のり》やなんかで服が汚れていたり踊っていたせいでポニーテイルから髪の毛が飛び出していたりすると……ありとあらゆることで父に怒られたわ」ベイリーの声はだんだんと小さくなった。

ゲイブがじっと彼女を見ている。

「どうかしたの？」知らないうちにクリームのかたまりがついていたのかもしれないと口元をぬぐい、ベイリーは尋ねた。

「息継ぎはしないのかい？」

「ごめんなさい」ベイリーは下を向き、それから顔を上げた。

まだ最初のデートだというのに、わたしはもうだいなしにしようとしている。興奮すると早口でしゃべりすぎることは、これまでに数えきれないくらい注意されている。子供のころ父から何度も言われていた。それに友達にもずっとからかわれてきたのだ。

「止まらなくなってしまうの。ほんとにごめんなさい」席を立てるチャンスを見つけたらすぐに立ち去ろうとゲイブが心に決めている場合に備えて、ベイリーはもう一度あやまっておいた。

「いや、とんでもない。いいんだよ」

ゲイブはわたしの反応に驚いている。本気で言っているようだ。彼の目でそれがわかる。

「それで？」

なんと言われてもやはりベイリーはベイリーなので話を続けた。「とにかく父に怒られると、何も言えなくなるし、体がこわばってしまうし、本当にいやだった。すごくいやだったわ」ベイリーは母親を覚えていなかったけれど、母がいなくて寂しかったことはよく覚えている。「そんなとき、〝アンドロクレス〟に出会ったの。それからはもう父に怒られてもあまり気にならなくなった。勇気をもらったのね。あの話を数えきれないくらい何度も読んで、わたしがいい子でいて勇気を持ってさえいれば大丈夫だってわかったの。誰もわたしにそれ以上は望めないでしょう。それにわたしがわたし自身であるという理由だけで、いやな思いをさせる権利は誰にもないのよ。たとえ父にだって」

「お父さんはきみにつらくあたっていたの？」

「そうじゃないの。父はただ骨の髄まですっかり軍隊に染まっていて、命令するのに慣れていただけ。そんな論理で行動する人が、いつも頭より感情でものを考えるような子供を育てているところを想像できる？」

「その経験によってお父さんの人生に新しい側面が加わったと思うな」

ベイリーは考えた。そして自分はゲイブの答えが気に入ったと判断した。もちろんその新しい側面がよいものかどうかはわからないけれど……。

「父はわたしのことが理解できなかった。それは確かね」ゲイブが父のほうに賛同したいかもしれないと思い、彼に時間を与えてからベイリーは先を続けた。「わたしは母に似ているのだと思うわ。名前も母につけてもらったのよ」

ゲイブは目をぱちくりさせた。「君の名前は知らないよ」

「ベイリー。ベイリー・クーパーよ」

「それでお母さんは……君を理解していたの？」

ベイリーはかぶりを振った。「わたしが三カ月のときに亡くなったわ。腎臓《じんぞう》が悪かったのに危険を承知でわたしを産んだの。出産は無事に切り抜けたけれど、二カ月後に腎不全になって。でもわたしは母に似ているのよ」

「どんなところが？」ゲイブはテーブルに肘をつき、身を乗り出した。

彼の視線を浴びて、ベイリーは体をほてらせていた。ゲイブは本気で話を聞いてくれている。危険だ。実に危険だわ。

「母は芸術を愛していたのよ」

「きみは芸術家なの？」

「服装でそう思った？　そうよね？」ベイリーはまた軽く肩をすくめた。初めはまわりへの反抗のつもりでこういう服を着るようになった。だが年を重ねるにつれ、この服装は自分の胸の内にある抑圧を拒む精神の表れなのだとわかってきた。鏡をのぞいて体をおおう華やかな色彩を見るたびに、ふくらはぎや胸や、肩や腕に絹や綿の肌触りを感じるたびに、ほとばしる喜びを感じた。

「好きだな」

ベイリーは驚き、手にしたコーヒーカップを宙に浮かせたままゲイブを見つめ、やがてほほ笑んだ。

「本当に？」

堅実で厳格で、まったく芸術家とは言えない父のような人たちが、自分のことを少し風変わりだと考えるのは、ベイリーはじゅうぶん承知していた。

ゲイブはうなずいた。「そういう服は、なんと呼ぶんだい？」

笑みを浮かべたままベイリーは答えた。「普通のスカートとタンクトップよ。そこにスカーフだとか、アクセサリーだとか、ショールを加えてるだけ。その日の気分によってね。今日はスカーフを何枚か」

「どうやって落ちないようにしているの？」

もちろん結んである。でも眉を寄せて顔をしかめた彼の表情があまりにもキュートだったし、あまりにも目つきが真剣だったので、味もそっけもない真実を告げて彼の好奇心の芽をつんでしまいたくなかった。

「魔法よ」まじめくさってベイリーは言った。

ゲイブはうなずいて椅子に深く座り直し、胸の前で腕を組んだ。ベイリーは大学の美術のクラスで、一度ならずヌードモデルを経験したことがあった。けれども、いま、彼の視線が気になって落ち着かなくなってきた。

「それで、あなたはどうしてそんなに肩幅が広くなったの？」沈黙が気まずく感じられてきて、ベイリーは尋ねた。「小さいころからずっと本を運んでいたから？」

「ああ」

「本当に？」ベイリーは身を乗り出し、テーブルに腕をのせた。「それじゃあ、ストーンズ書店の経営は家業なの？」

「僕はあの店で生まれたも同然なんだ」

「同然って？」

「母が店で働いているときに、陣痛が始まった」

「まあ」

あの店は、彼こそベイリーが探し求めている相手だとイブが断言した男性の、誕生の地とも言える重要な場所だったのだ。ベイリーはお気に入りの書店に対して、いままでとは違う思いを抱いた。

「当時からストーンズ書店という名前だったの？」

ゲイブがまたうなずいた。「父方の祖父が始めたんだ」

「それじゃあ、あなたのご家族が最初からのオーナーなのね」

ゲイブがまたうなずく。「あそこは建築家と祖父が直接契約を結んで建てたんだ」

「まあ、おじいさまはジョン・ミード・ハウエルズをご存じだったの？」

シカゴの芸術家であれば皆、市内で有名な建造物のことや、たくさんの建築家のことを知っている。彼らが設計した建物は、ストーンズ書店のあるダウンタウンのループ地区や、目抜き通りのマグニフィセント・マイルに並んでいる。ベイリーはそういった建築家たちをすべて知っていて、生徒たちにも教えていた。なかでも好きなのが、ジョン・ミード・ハウエルズの設計した建物だった。

「祖父はニューヨークでハウエルズと知り合いになったらしい」

「すごいわ！　トリビューン・タワーも設計したのよね？」ゲイブがうなずくのも待ちきれず、ベイリーは先を続けた。「ハウエルズがデザインのコンペに参加してトリビューン・タワーを建てる権利を勝ち取ったのは知っていた？」

「いや」

「ハウエルズはわたしを奮い立たせてくれるの」たいていの人は関心を持ってくれないのに、自分が魅了されている事柄にゲイブが興味を抱いていることがうれしかった。「彼には夢があったし、勝負をかける勇気も、物笑いになってもいいと思う大胆さもあったの。それで彼は勝ったのよ！」

ゲイブはほほ笑んだ。

「ストーンズ書店はミシガン・アベニュー橋が開通したあとで最初にできた建物のひとつなのよね」

「なんでもよく知っているんだね」

言葉数は少なかったが、感嘆の念は明らかに本物だった。ゲイブの熱い視線を浴びて、ベイリーは体じゅうがぞくぞくした。ミスター・ガブリエル・ストーンに近づこうと決意してこういう展開になったけれど、今度ばかりは本当に正しい決断だったかもしれない。

3

　これほど急いで事を進めるつもりはなかったのに、ベイリーは翌朝にはまたストーンズ書店に行き、ゲイブを探していた。ゲイブといっしょにいることがとても自然に感じられた。彼と過ごした時間のおかげで、昨日は一日じゅう気分よく過ごせた。それがただの妄想にすぎないのか、見極めなければならない。季節外れに暖かい春の陽気に浮かれすぎたせいなのか。ゲイブ・ストーンが並外れてハンサムなせいなのか……。

　昨日からゲイブのことが頭から離れない。じっとわたしを見ていた彼のまなざし。わたしの胸をどきどきさせる彼のしぐさ。わたしの話を夢中で聞いているように見えた彼の態度。イブは正しかったのかもしれない。とても信じられないけれど、本気でそう思い始めている。ゲイブこそがわたしの願い事への答えなのかもしれない。

　ところが、店内をくまなく歩きまわってもゲイブの影も形も見えず、ベイリーはひどくがっかりした。ここで会えるものだと思い込んでいたのだ。またばったりと顔を合わせ、さりげなくランチに誘えるだろうと期待していたのに。

　あてが外れ、もしかしたらゲイブはわざと自分を避けているのかもしれないと考えた。そう思うと身がすくんだ。でもすぐに、ばかなことを考えるのはよそうと思い直した。彼には仕事がある。店内を歩きまわって書棚の本を読んでいることが、書店のオーナーの仕事ではないのだ。

　どうしたらいいの？　このまま帰ってしまうの？　彼に会うために、レッドラインに乗ってここまで来たのに？

　わたしはいつも事を急ぎすぎるのだとあらためて自分に言い聞かせながら、ベイリーは一階に下りる階段に向かった。明日また、それでもだめならあさってでも、またここに来ればいい。市内のすべての公共交通機関に三十日間好きなだけ乗れる乗車券を持っている。

　いずれゲイブは店に現れるわ。昨日あれほど簡単に見つけられたのだから、もう一度出会うのがそれほど難しいわけがない。

　問題はあまり時間がないことだ。何カ月ものあいだほうっておいた、ロニーの最後通牒《つうちよう》の期限がすぐそこに迫っていた。子供のころから心のバランスをくずしていたベイリーが、ようやく心を満たしてくれるものを見つけた。それがロニーの寄宿学校、ウィンストン芸術学院だった。不安な心を抱えていたベイリーはそこで初めて、自分を駆り立ててくれる情熱――美や色彩への強い欲求を、自分のなかに見出《みいだ》し、その気持ちがそれからの人生を助けてくれた。教師として戻ってきたいまは、仕事が情熱を表現する手段になっていた。

　だがロニー・ウィンストンの最後通牒は、そのすべてを奪い去ろうとしていた。ベイリーからだけでなく、以前の彼女と同じように学院で学ぶたくさんの子供たちからも。

　ベイリーは一階に戻り、念のためにもう一度通路に目を走らせた。

　もしも学院に来ていなかったら、ベイリーはきっと十代で自殺していたか、麻薬常習者になっていた。ロニーの芸術学院は、唯一彼女が溶け込める場所だった。生まれて初めて自分の家にいるような、ふさわしい場所にいるような気がした。自分自身のなかでバランスがとれたように感じられ、そう思うことでその後の十五年を乗りきることができた。

学院はベイリーに、自信と、自分の才能は限られているのだという事実を受け入れる心の強さを与えてくれた。自分の天分は若い芸術家の作品に秘められた美と力を見極める能力にあるのだとわからせてくれたのだ。

どういうわけかベイリーは、自分自身からは決して引き出せなかった力を、ほかの人からは引き出すことができた。そして、学院はふたたび彼女の家になった。

書店の出口近くまで来たとき、ベイリーはわずかに向きを変え、レジやパソコンの端末が置かれたカウンターに向かった。

「ミスター・ストーンはいらっしゃいますか?」ベイリーは、カウンターのしかつめらしい顔つきの女性に尋ねた。

女性は受話器を手に取った。「どちらさまでしょうか?」

ベイリーはちらりと出口に目をやった。そのまま帰るべきだった。あわててはだめなのに。始まりもしないうちに、もう壊そうとしている。

「ベイリー・クーパーです」

「ご両親や家族のことを聞かせて。きょうだいはいるの?」テーブルの向かいに座っているゲイブ・ストーンにベイリーは尋ねた。彼と会うのはこの四日間で四回め、今日はベイリーの大好きなレストラン〈ベニガンズ〉に来ていた。

「いや」

ゲイブはおいしそうにサンドイッチをほおばった。肉もチーズも体によくないとベイリーは思っていたけれど、猛然とかぶりつくゲイブの食べっぷりは気に入った。この三日間、毎日会っていたものの、ずっとコーヒーだけだった。今日のランチは彼からの誘いだ。

「きょうだいはいないということ？　それとも家族のことは話したくないの？」

「家族はいないんだ」

「ご両親はふたりとも亡くなられたの？」とたんに彼が気の毒になった。ベイリーは父にはいつもうんざりさせられてばかりだけれど、父のいない人生は想像できなかった。

ゲイブは肩をすくめた。「ふたりとも年を取っていたから」

「おいくつだったの？」彼のお皿からフライドポテトを横取りしたいと思いながら、ベイリーは自分のアボカドサラダをつつきまわした。

「僕が生まれたとき、父は五十一歳で母は四十四歳だった」

「まあ」ベイリーはそのことについてしばらく考えた。「お兄さまもお姉さまもいないの？」

「いない」

「学校はどうだったの？　あなたのことだから、きっと数えきれないくらい友達がいたんでしょうね」

「その言葉をよく使うね」

「どれ？」

「数えきれないって」

「そうね」ベイリーはにこりと笑った。「なんでも大げさに考えるせいだと思うわ」ゲイブが学校の質問に答えていないことに気がついた。「わたしは学校が大嫌いだった」

ゲイブはお皿から顔を上げた。「なぜ？」

「どうしてもなじめなかったの。ひとつには、あまりにも引っ越しが多かったからね」

「ほかにも理由があるの？」ゲイブの視線は彼女がまとっている何層もの布地を突き抜けてしまいそうだった。

「取り留めもなくいろいろなことを考える癖があったのよ。だから先生から質問をされると、いつも何をきかれているのかさっぱりわからなかった」

　ゲイブは納得したというようにほほ笑み、目で先をうながした。

「それに、普通の子供たちとは違うことに興味があったのね」ベイリーはアボカドをフォークに突き刺した。「休み時間はキックボールや縄跳びをするより絵を描《か》いているほうがずっと楽しかった。整列しているときに、よくタップダンスを踊ったわ」ベイリーは我慢できなくなり、ゲイブのフライドポテトをひとつつまんだ。彼は気づかなかったらしい。

「友達は？」

　ベイリーがかぶりを振ると、イヤリングがちりんと鳴った。「多くはなかったわ。父親が軍人だから、二年か三年ごとに引っ越しだったの。もっと頻繁なときもあったし」冷たい水で渇いた喉を潤す。「それに、ほかの子たちと違って、クールに決めてなくちゃいけないと思わなかったのね。わたしは自分が着たいものを着ていた。色がちぐはぐなときもあったし、流行とはまるでずれていたわ」ベイリーは上目使いに彼を見て、にこりと笑った。「そんなことをして父を困らせたかったのかもしれないわね。それに子供にふさわしい音楽も聞かなかったし、ふさわしい場所にも出かけなかった。だから友達は多くなかった」

　娘に見切りをつけた父に学院の寄宿舎にほうり込まれ、そこでイブに出会うまでは、親しい友達はひとりもいなかったのだ。

「僕もだよ」

　ベイリーは驚いて、ゲイブをまじまじと見つめた。

「学校でいちばん人気のある男の子じゃなかったの？」

　そうだろうと決め込んでいた。どこからどう見ても、そうとしか思えない。服装も、ヘアスタイルも、秘められた自信も、体格も。

ゲイブは皮肉っぽくにやりと笑った。「とんでもない」

「それに、フットボールチームのスター選手だったように見えるけど？」

「そうだったよ」

「そうだと思ったわ！」

その事実を知って本能的に失望を覚え、ベイリーはそれを無視しようとした。これまでに出会ったフットボールのヒーローたちは皆、自分自身にのぼせ上がっていた。だからベイリーの話し好きな性格は、彼らをいらつかせた。彼らが自分のことを話す時間がなくなってしまうからだ。そのために何度か残酷な悪ふざけの標的にされたこともあった。

そうは言っても競争相手はたくさんいた。チアリーダーに、追っかけの女の子……ダンスパーティーのクイーンも。みんなキュートな女の子たちだった。申し分のない容姿をしていて、申し分なく常識的に振る舞う人たちだった。

ゲイブは自分自身にのぼせているようには見えない。それに彼ほど口数の少ない人には会ったことがなかった。もちろんグラディスは別にして。

こんなゲイブがわたしのような風変わりな美術教師に夢中になるとはとても思えない。

「きっとクラスの女の子全員とデートしたんでしょうね？」ゲイブがそうだと答えるのを聞きたくなくてすぐに続けて言った。「土曜の夜は家にいたことがなかったし、自分で宿題をする必要もなかった。ただ放課後はいつも誰かとピザ屋で過ごしていた。ただひとつの問題は、ランチのテーブルにファンの子が座りきれるだけのスペースがなかったこと――」

「本当に想像力があるんだね」

「ってことは、事実ではないということ？」

「宿題は自分でしたよ」

笑いはしたものの、ベイリーは少女たちがねたましかった。それにがっかりもしていた。「でも、それ以外はあたっている。そうでしょう？」

ゲイブは長いあいだベイリーを見つめていた。真剣な目をしている。「違うよ」まるで何かの結論に達したとでもいうように、ようやく彼はそう答えた。「グラウンドでは悪くなかった……」ゲイブは話し始め、また口ごもった。「本当のことを言えば悪くないどころじゃなかった。オール・アメリカンの代表に選ばれたこともある」

「そうだと思ったわ」ベイリーは椅子に沈み込み、また同じせりふを繰り返した。

「でもグラウンドを離れると……」ゲイブは視線を落とした。「まったくさえなかった」

とても信じられない。「そのルックスで？」ベイリーは鼻を鳴らした。

「あまりにも無口だったんだ。いまもだけど」

その点についてはベイリーも否定できない。「それで？」

「女性たちは楽しませてもらいたいと思っていた」

「高校ではそうかもしれないけど、大学ではどうだったの？　大学の女の子は無口でもかまわないと思うはずよ。そのあなたのルックスなら……」

ベイリーが何を言おうとしているのかがわかり、ゲイブはまぎれもない男としての満足感に目を輝かせた。ベイリーは口をつぐんだ。

「三年のときにはほとんど毎日、違う女の子と会っていた」ゲイブは素直に認めた。

ゲイブのほうは少しも決まり悪そうではなかったが、ベイリーは頬が赤くなるのを感じた。きっと女の子たちが運よく経験できたことを、あまりにも鮮明に想像しすぎたせいだ。ゲイブはすてきな体をしている。

「三年のときだけ？」利口な女性ならば話題を変えていただろう。でも残念なことに、ベイリーはいつもそうはなれなかった。

その話題はうんざりだとでもいうようにゲイブは肩をすくめ、グラスを持ち上げるとゆっくりコーラを飲んだ。コーラを飲むときに動く喉の筋肉をベイリーは見つめていた。その動きさえ、いまはセクシーで……。

「僕が話すことに女の子たちは興味を持ってくれなかった」

「どうして？」少しでも彼のことが知りたくて、ベイリーは身を乗り出した。

「大学にいるほとんどの女の子が、エマソンの書簡にそれほど夢中ではなかったんだよ。中世史にも、おとぎばなしにも、言語の勉強にも……」

「体を使う言葉はどうだったの？」

「それなら僕もうまく対処できる分野だったけれど……」

控えめな表現にちがいない。

「でも、その前とあとに何をしたらいいのかわからなかった」

「きっと恐ろしいくらい頭の悪い女の子を選んでいたのね」

「たぶんね」ゲイブの唇にうっすらと笑みが浮かんだ。「四年になるころには、名字さえ知らない女の子たちと意味のない一夜を過ごすことに疲れてしまっていた」

「それじゃ、わたしのときには名字がわかっているかどうか念を押さなくちゃね」

ベイリーは自分が言っていることに気づき、愚かな口に蓋《ふた》をしたくなった。ゲイブのような男性に迫るのはまだ早すぎる。いつも、よく考える前に言葉が口から出てしまう。頭で考えるのではなく、本能と感情で話してしまうのだ。父は娘のその癖を直そうと一生懸命だった。

ゲイブはお皿を脇《わき》に押しやり、勘定書を手に取った。そうしながら、じっとベイリーを見ていた。ベイリーはひたすらサラダを食べ続けた。いま自分がどれほど悲惨な状況に陥っていても、世界でたくさんの人が飢えているのだから食べ物を粗末にするわけにはいかない。

「数学の時間に絵を描いていたって昨日話してくれたよね？」ゲイブは椅子の背にもたれ、両手でグラスをはさんでベイリーが食べるのを見ている。

「そうよ」

「絵を描くことが君の専門なの？」

ベイリーはむしゃむしゃとレタスを食べながら、彼がまだ話を続けてくれたことにほっとし、どのように答えようかと考えていた。好印象を与えたかったけれど、嘘《うそ》はつけない。

「それほどうまくはないわ」

「でも、芸術家だろう」

「正確には絵の先生よ。ループにあるウィンストン芸術学院で教えているの」

ゲイブはひゅうと息をもらした。「それはすごい」

「わたしには見抜く力があるの」ベイリーは肩をすくめ、自分でも理解しきれていないことを説明してみた。「きれいなものや、すばらしいものが見えるのよ。ただそれを、心のなかで見えてるままに表現できないだけ。でもね、ほかの人の作品に隠れているそういう力を見極めることはできるし、ほかの人からはうまく引き出せるみたいなの」

彼はまだじっとベイリーを見つめているけれど、何を考えているのかはわからない。

「前はダンスもしていたわ」

ダンスでさえ、教えることほどには彼女を満足させてくれなかった。

「ダンスでは心で見えるものをうまく表現できたの。ニューヨークのブラッドフォード・ダンスカンパニーのメンバーだったわ」

「この前シカゴに来ていたじゃないか」ゲイブは感心したような表情で言った。「すばらしい公演だった。満席だったしね」

ベイリーはぽかんと口を開けた。学院の生徒以外で、知り合いのなかにモダンダンスに詳しい人はいない。イブでさえこの偶然の一致には驚くはずだ。

「あなた、モダンダンスが好きなの？　信じられない。本当に？」

「本当さ。誓ってもいい」

〝誓って〟という言葉を聞いて、背筋がぞくぞくした。どれほどその言葉を聞きたいと思っていることか――教会の牧師の前で。ロニーの要求に応じるためだけではない。自分の一生の仕事を確保するためだけでもない。もちろん、ロニーの最後通牒の要求を満たしてふさわしい男性と結婚すれば、そのすべてが現実のものになる。だが、いまベイリーを先へ先へと駆り立てている力は、そこから出ているのではなかった。

すぐれたモダンダンスの芸術的な意味について自分が二分間も語り続けているのに気づくと、ゲイブはびっくりした。ベイリー・クーパーといっしょにいると舌がなめらかになるらしい。

「ダンサーの持久力や体力には驚かされるよ」

それにダンサーはものすごくセクシーだ。まるで、ベイリーのように。

「毎日、何時間もレッスンをしているから」ベイリーが口をはさんだ。「バレエ、コンディション作り、技法のレッスン、それにリハーサルもあるわ。一日が終わると体じゅうが痛くて、いったんベッドに入ったらもう二度と出られなくなりそう。でもレッスンを続けていると信じられないくらい高揚した気分になる瞬間があるの。自分の望みどおりに体が動いてくれたときや、体のなかで何かが起こって自由に飛びまわれたときに」

ベイリーはすごくきれいで、すごく情熱的だ。その情熱がほとばしり、自分に注がれる幻想を描いて、ゲイブはたちまち下半身が熱くなった。

「どうしていまはニューヨークでダンスをしていないんだい？」

「交通事故に遭ったのよ」なんでもないことのようにベイリーは言った。「ダッシュボードに膝をつぶされたの」

「なんだって！」

「平気よ」

ベイリーがほほ笑むと、ゲイブは息ができなくなった。知り合って四日で、もう彼女のほほ笑みに参ってしまっていた。

「回復はしたの。でも一日に数えきれないくらいグラン・プリエのポーズをするのはもう無理だった。グラン・ジュテもね。いずれにしてもニューヨークでは生きていけなかったと思うわ。人込みが嫌いだった。不人情なのも耐えきれなかったし。それにあの事故のおかげで天職を見つけることができたわ」

「天職って？」

「教えることよ」ベイリーはにこりと笑った。

夢を見ているのだろうかとゲイブは思った。これまでの人生で、彼女の向かいに座っているいまほど晴れやかな気持ちになったことはなかった。どうしたら彼女にここにとどまっていてもらえるのか、ただそれがわからない。


その夜リンカーン・パーク地区にある自宅に戻り、ゲイブは週に五日通ってくる家政婦のミセス・インゴールが作っておいてくれたキャセロール料理をオーブンに入れた。そしてグラスにワインを注《つ》ぎ、食堂のテーブルにナプキンと食器を用意すると、娯楽室のパソコンに向かった。

ほんの数秒でインターネットのチケット予約ページにアクセスできた。それから数分のうちに、これからシカゴにやってくるモダンダンスの公演のリストを見つけ出した。財布からクレジットカードを取り出し、それぞれの公演を二枚ずつ購入した。万一に備えて。

翌朝、ゲイブはニューヨークにある有名な出版社の広報担当の女性と電話で話していた。その月の下旬にゲイブが主催することになっている、本のサイン会について検討していたのだ。『ニューヨーク・タイムズ』のベストセラー・リストに何度も名前がのったことのある気難し屋の作家タリア・ネルソンは、いくつかの要望を出してきた。サインをするときには座らないというので、講演用の机か、立ったままサインができる背の高い机を用意しなければならない。店に出るのは三十分間だけ。ただしそれを何度か繰り返すことには同意した。古本へのサインはしないらしい。それに、指定されたブランドの水を、切らさず用意しなければならない。

店に出ている三十分のあいだに、彼女はいったい何度トイレに通うことになるのだろう、とゲイブが考えているとき、マリーがオフィスのドアから顔をのぞかせた。

ゲイブは電話に向かって話しながら、マリーを手招きした。「問題ありません。ご要望どおりに準備しましょう」

彼はマリーにぎょろりと目をまわしてみせ、〝タリア〟と口の動きで伝えた。

電話を終えるまで、マリーが袋を持っていることに気づかなかった。

「ミス・ベイリー・クーパーがこれを」

ゲイブは椅子から立ち上がり、マリーが机にたどり着く前に戸口まで出ていった。「ベイリーはどこに？」彼は尋ね、廊下に飛び出した。

「帰られました」マリーはゲイブのうしろ姿を見送った。

ひどくまぬけに見えたにちがいないと感じつつゲイブはオフィスに戻り、椅子に座ると、サイン会に関していくつかメモをした。

マリーが机の上に袋を置いた。

「タリアの件は予定どおりですか？」マリーが尋ねた。タリアの出版社はこの地域にあるほかの書店とは取り引きをしようとせず、地方まわりでシカゴに寄るときもタリアが顔を出すのはゲイブの店だけと決まっていた。

大型書店にいがちな時間雇いの単なる店員とは違って、ゲイブの店の従業員は本を知っていて、きちんと本を売っている。タリアの出版社はそれを知っていた。

「予定どおりだよ。今月の終わりだ」

マリーはうなずき、サイン会用に注文する本の冊数について簡単に打ち合わせをした。それからもう一度、机に置かれた鮮やかな色の贈り物の袋を興味ありげに見てからオフィスを出ていった。

マリーが階段を下りる足音が遠ざかると同時に、ゲイブは袋のなかを探った。

指がいくつかの小さな包みを探りあてた。ひとつずつ取り出すのももどかしく、すべてを机の上にぶちまけた。ひとつめの包みを開けると、セラミックのリング状の物体が出てきた。上下にへこみがあり、テニスボールの上にのせるとちょうどよさそうだ。ゲイブは眉をひそめた。いったいこれはなんなのだろう？

輪になった紐《ひも》の先にぶら下がった、キーホルダーくらいの大きさのテラコッタ製フットボールもある。よく見ると開けられるようになっていた。

次はプラグ付きの小さなポット。ミニサイズのフオンデュ鍋《なべ》だろうか？

最後に、液体の入った小さなガラス瓶を見つけた。それだけだ。〝ネロリ〟と、ラベルにはそう書いてある。それだけだ。それ以上の情報はない。使用法も、説明もなし。そういったものがあれば何に使うのか手がかりになるのだが。

彼女は変わっている。これほど愉快な思いをしたことはない。ゲイブは理由もなく贈り物をもらったこともなかった。ガラス瓶を開けて匂《にお》いをかぎ、きっと自分に合う香りなのだろうと判断した。おそらく特別なコロンなのだ。その人に合う香水を調合してくれる店があると聞いたことがあった。

オイルを少しつけ、ベイリーはコロンを贈ってくれるほど自分に関心を持ってくれたのだと都合よく解釈した。そうだとしたら、彼女はセックスだけを求めているのかもしれない。そういうことなら、それはそれでかまわない。

ゲイブは調子づき、フットボールを手に取って何度も手のなかで転がし、それがなんなのか突き止めてしまおうと心に決めた。やがて男性用のピルケースなのだと判断した。イヤリング以外にそこに納まりそうな小さなものを思いつかなかったからだ。イヤリングは持っていない。

ゲイブは彼専用の洗面所から、はるか昔に使用期限の切れた古いアスピリンの瓶を取ってくると、錠剤をふたつばかりフットボールに入れ、蓋を閉めた。次にフットボールの紐を去年の夏ラフティングに出かけたときにつかまえてあとで剥製《はくせい》にした魚のえらに結びつけた。仕上げに魚の開いた口にフットボールをのせた。

セラミックの物体を、しみじみと眺める。それはゲイブの理解の範囲を超えたなんらかの芸術作品であるとしか思えなかった。年配の客からコロラド旅行のおみやげにもらった、ガラス球のなかで雪が舞うスノードームの置物にぴったりだったので、それにのせて画びょう入れとして使うことにした。リングをスノードームにのせ、備品室の箱から画びょうをいくつか取ってきてそこに入れ、そのアイディアにかなり満足した。

何に使っているのか、ベイリーには言わないでおこう。彼女の芸術作品が理解できないことを、知られたくなかった。それにしても、心で見えるものを意図したとおりに表現できないと言った彼女の意見は正しいと思わざるをえなかった。教えることを選んだのは、彼女にとっていちばんよい選択だったのだ。

ベイリーのような先生に教えてもらうことを想像しただけで体が熱くなる。ゲイブは彼女のいろいろな面に興奮を覚えていた。もちろん彼女の容姿——男をとりこにする体だ。自由奔放なところも好きだった。いつでも、何についてでも話せる才能はゲイブの口の重さをうまく補ってくれる。ベイリーのあふれるような感情も好きだった。彼女がいるだけでその場が生き生きとする。

彼女のような人には初めて出会った。

机の中央にはまだポットが残っていて、ゲイブを見上げている。きっと何か意味があるのだろう。特定の用途があるのだろうかと彼は頭をひねった。だが、何も思いつかない。そのとき、あたりをさまよっていた視線が部屋のミニバーに留まった。ブランデー・ウォーマーだ。そうにちがいない。この小さなポットはブランデーを一、二杯分入れるのにちょうどよさそうだ。

僕がブランデーを温めて飲むのが好きなことを彼女は知らないはずだ。ブランデーが好きなことさえ知らないはずなのに、自分の好みをぴたりとあててくれたことがゲイブはうれしかった。このポットはオフィスには置かないことにしよう。十四歳のとき両親から夜のたしなみに加わるように誘われて以来、夕食のあとにブランデーを楽しむようになっていた。心のこもったこの贈り物は家に持ち帰ろう。使うたびにベイリーを思うことにしよう。

4

「イブ、間違っていなかったって確信している？　ゲイブ・ストーンのこと」それから二日後、ベイリーはイブに尋ねていた。「痛い！　痛いわよ」イブはベイリーの体をこてんぱんに痛めつけている。「もちろん確信しているわ」

両手でこれほどの苦痛を人に与えているのに、イブの声がこんなに穏やかなのは納得できない。

「百パーセントの確信がないかぎり、わたし、あなたに何かを話したことはないはずよ」ベイリーのマッサージ師であり、ヒーラーであり、占星術師であり、いちばんの友人であるイブが言った。「じっと横になっていてちょうだい。そうでないと凝りをほぐしてあげられないわ」

　イブはベイリーの首筋と右の肩甲骨のあいだをさらに何度か強く押してから、ローズオイルを手に取り、ふたたびもみ始めた。ベイリーはイブのマッサージを快く感じながら、少しのあいだ静かに横たわっていた。

「ただ、わたし、どうしてもゲイブ・ストーンみたいな男の人が結婚するタイプの女性になれないのよね」しばらくしてベイリーが言った。「痛い！　もう何度か……へまをしているわ」

「続けてみたところで、失うものは何もないでしょう？」

　ベイリーの沈黙がすべてを語っていた。

「彼に恋をしたのね」

　イブが驚いたそぶりを見せないので、ベイリーは少し気が楽になった。

「怖いのよ」ベイリーは打ち明けた。そのときイブの手が新たな凝りを探りあて、ベイリーは体を震わせた。「ゲイブはほんの少しだけわたしに似ているところがある。でもほかは父にそっくり。だからわたしは絶対に彼の期待に応《こた》えられない」

「静かに」イブは穏やかな声で言い、ベイリーの背中を優しくもみほぐした。「ローズオイルがきいてくるのを待ちましょう。そんな不安はすべてローズオイルが鎮めてくれるわ。ゴルフボールみたいに固くなっているストレスを解き放つのよ」

「わかったわ。眠れるようにもなる？」

　この二晩というもの、うろうろと歩きまわってみたり、ゲイブは何をしているだろうかと考えてみたり、彼に電話をしたいと思ってみたりして眠れぬ夜を過ごしていた。一日めの夜はグラディスがつき合ってくれたけれど、昨日は甲羅から顔を出してもくれなかった。

「ええ、不眠症にもきくわ」イブの声の柔らかな抑揚そのものが緊張をほぐしてくれる。「それに、愛の力を高めてくれるのよ」

ベイリーはあわてて飛び起きた。「落としてよ！」そう言うと下半身にかけていたシーツをつかみ、背中をぬぐい出した。

イブはもう少しでヒーラーとしての役割を忘れ、笑い出しそうになった。もう少しで。

「よしなさい、ベイリー」イブがシーツを取り上げると、ベイリーはふたたび台の上に横たわった。

「わたし、これまであなたを間違った方向に導いたことがある？」

ひょっとしてそんなことも一度くらいはあったかもしれない、とイブは思った。ベイリーが覚えていないずっと昔に。父親に拒絶されて傷つきおびえきって、十四歳で学院にやってきたその日、イブの静かで神秘的な力がベイリーの心に届いたのだった。そのときからずっとベイリーはイブに頼ってきた。

ベイリーは黙ってシーツをかけてもらった。

「でも……」オイルを塗ったイブの手が肩甲骨に触れると、ベイリーはまた話し始めた。

「わたしを信じなさい」イブがさえぎった。「彼にネロリオイルをあげたの？」

「あげたわ。でも、どうして彼にネロリオイルが必要だってわかるの？　彼には自信も自尊心もありそうに見えるけど」

「ねえ、落ち着いて聞いてよ。あれも媚薬《びやく》なの」

「まあ」

ベイリーはそのことについてじっくり考えた。結婚しなくてはならない期限やら、ゲイブ・ストーンに惹《ひ》かれる気持ちやらで、さっきは〝愛の力を高める〟薬というイブの思いつきにオーバーに反応しすぎたのかもしれない。ゲイブも使っているのなら、こちらもできるかぎりの力を借りることにしよう。

「オイルで嗅覚《きゅうかく》が刺激されて、そのせいだけで彼がわたしに夢中になったらどうなるの？」

「魔法の薬じゃないわよ」イブは声をあげて笑い、ぴしゃりと言った。「自然に力を高めるだけ。さあ、終わるまでもうおしゃべりはなし。終わったらあなたの心が満たされるまで話をしましょう」

ふたりがそれほど長く話し続けていられるかどうか、ベイリーには自信がなかった。

「イブが感じていることをもう一度聞かせてよ」シャワーを浴び、服を着て、イブのハーブガーデンに敷いたブランケットに座ると同時に、ベイリーは話し始めた。申し分のない陽気だった。暖かいけれど、汗をかくほど暑くはない。「わたしとゲイブ・ストーンについて」

「いまがそのときなのよ、ベイリー」イブは真剣そのものだった。「あなたの心はパートナーを求めている」

それはベイリーにもわかっていた。「でも、どうしてゲイブなの？」

イブは花の茎をつないで鎖を作りながら、ベイリーを見つめた。「わたし、ゲイブのことを調べたの」

ベイリーは背筋を伸ばして目を見開いた。「何をした、ですって？」

「あなたが何もしないからよ。ずっと前にロニーから最後通牒《つうちょう》を言い渡されていたのに、あなたはすべてを――あなたにとって大切なものすべてを手放そうとしていた。守ろうという努力もしないでね」

「ゲイブのことを調べた？　透視や占星術はどうなったのよ？」ベイリーは不満そうに言った。

「超自然的な方法を何かで補ったとしても、まったく問題はないわ」イブは器用に茎を編み続けている。

「あなたはもう一年以上、毎週彼のお店に通っていた。それには何か理由があるにちがいないと思ったの」イブは長い黒髪を顔の両側に下ろしている。

「できる範囲で調べてほしいって何人かの友達に頼んだの。誰かに尋ねるとか、インターネットで彼のお店をチェックするとかって方法で。それでわかったことは、どれもこれもわたしの考えが正しいと告げていたわ。彼はあなたにふさわしい人なの、ベイリー。責任感があって、信頼できて、知的で――それに、すてきな体をしている。あなたが彼に気づいてなかったなんて信じられないわ」

イブには言えなかった。ベイリーはゲイブに気づいていたのだ。ただ、彼と親しくなる可能性があるなんて一度も考えたことがなかっただけだ。ゲイブのほうは間違いなく彼女に気づいていなかった。

「理解できないのは」脚を組んで座っているイブのジーンズの上に花の鎖が垂れている。「どうしてあなたが、そもそも、あのダンジだかなんとかいう路上生活者みたいな男に興味を持ったのかってことよ」

「わかっているでしょ」ベイリーはそっと目を伏せた。「それに、彼の名前はアロンジーよ。あのときはわたしの人生に男の人が必要だったからよ。孤独だったわ。それに彼なら父のような堅実な男性に関心を持ってもらえるとは思えなかったから、かえってよかったの」

「でもほとんど何も知らない相手だったでしょう？芸術家がいいのなら、どうしてもう少し近くに住んでいる人を選ばなかったの？　コロラドの芸術展で出会った自堕落な男なんかじゃなくて、もっとまともな関係を持てそうな男にしなかったの？」

そのとおり。あのことについては後悔している。イブにも想像がつかないくらい後悔している。でも……。「詐欺師だなんてわかるはずないじゃない？にせもののトルコ石を売る隠れみのとしてわたしを利用するつもりだったなんて、わかるはずないじゃないの」

「にせのトルコ石ですって？」もちろんイブは聞き逃さなかった。「彼がアクセサリーに埋め込んでいたのは、にせのダイヤモンドよ」

ベイリーは、あのころのことは考えないようにしていた。もう永遠に。「わたしは罪には問われなかったわ」自分に聞かせたくて、いちばん重要なことを口に出して言った。「疑いは晴らしたもの」イブにも念を押した。

だが無罪になったとしても、ロニーにとっては同じことだった。

「そうよ、ほぼ一週間留置場で過ごしたあとでね」イブが容赦なく言った。

「そのことは……」ベイリーは思い出して身を震わせた。不潔な環境、口汚い言葉、言い寄ってきた女。「ロニーが懐疑的になったからって、責められないわよ」

「でも、だからって学院をわたしに売るくらいなら閉鎖したほうがいいと言うの？」

自分の師がそんなことを思いつくとは、ベイリーはいまだに信じられなかった。何年ものあいだ、余ったお金はすべて、いつか学院を買い取るためにと貯金してきた。ベイリーがニューヨークから戻ってきたときから、そのことについてはロニーとのあいだで話がまとまっていたのだ。

「学院の名前は世界に知られている。一年に受け入れる学生はたったの二百人――多くてもね。授業料は五十人でもやっていけるくらい、ものすごく高いわ。それなのに、数えきれないくらいたくさんの子供たちが席の空くのを待っている。それを見捨てるなんて考えつくこと自体信じられない」

ベイリーは怒った。怒りが心の痛みを取り去ってくれた。

「ロニーはあなたを見捨てようとしている、そう言いたいのね？」イブが穏やかな声で尋ねた。花の鎖が膝の上でしおれてきている。

「そう」ベイリーはイブの目を見ることができなかった。いつもイブには奥深くまで見抜かれてしまう。

「でも、ロニーにはあなたを見捨てるつもりはないわ」

ベイリーは顔を上げた。「どうしてわかるの？」

「彼は、選択の余地がなくなったのはあなた自身のせいだと思っている。そして、あなたが学院を継ぐチャンスを手放すはずがないってわかっているの。あなたはあの学院で働いて、ほかでは得られない充足感を得ているのだから」

「それはそうだけど」ロニーも、はるか昔、学院にやってきた日のベイリーを知っている。「でも言っていることがわからないわ。わたしの足をすくうみたいな形で学院を閉鎖すると言い出すなんて、わたしを見捨てることにならないの？」

「ロニーにはこれもわかっているの。あなたの目の前にはこれまで切り開いてきた以上の人生がある。もうそろそろあなたも世間と触れ合って、いま見えているよりももっとたくさんの色を見つける時機だって。でもあなたは、自分では愛を見つけようともしないし、ふさわしい男性を見つけようともしない。だからロニーはきっと無理強いすることに決めたのね。あなたとバランスが合う人、その人の堅実さや理性があなたの衝動性とうまく釣り合うような人、そんな人といっしょになってほしいとロニーは望んでいるの。ロニーは正しいわ」

ベイリーはその論理をじっくりと考えた。それに、イブがこれまでに間違ったことを言ったことがあるかどうか、もう一度懸命に考えてみた。

「期限が来るまでに、あなたは自分が賛成できるような相手と結婚してくれる――ロニーはそう信じているわ。ウィンストン学院はなくならないってわかっているのよ」

ベイリーはほんの少し怒りを和らげたものの、不満そうなため息をもらした。「ロニーがあんなことを言うなんて、それでも信じられないわ。わたしがあと二カ月以内に結婚しなかったら、自分が引退するときに学院を閉鎖してしまうなんて。でも無理よ。二カ月で結婚するなんて！」

「ロニーが最後通牒を出したのは、いつだったかしら？」心得顔で言うイブの声音がベイリーをいらつかせた。

「十カ月前よ」

その言葉がなかなか口から出てこなかった。でも口のなかが乾いたのはそのせいではない。ふと、ゲイブ・ストーンのことを考えたからだ。何カ月も前にロニーに最後通牒を言い渡されてから初めて、ひょっとして期限に間に合うかもしれないと思った。だが、たとえロニーのためであっても、目標達成のための結婚なんて絶対にしないつもりだ。

それでも、ゲイブ・ストーンといっしょに暮らすことができて、学院も手に入れば……。ベイリーはどうにも興奮を抑えることができなくなった。

しかしそれも少しのあいだだけだった。興奮はやがて手足の感覚がなくなるような不安に取って代わられた。ゲイブを知ってからほんのわずかのあいだに、ベイリーのなかで彼の存在があまりにも大きくなっていた。大きくなりすぎている。それが問題だ。これほど心がもろく感じたことはこれまでなかった。

イブの助言がなかったら、決してゲイブを結婚相手の候補として考えたりはしなかった。イブの責任は大きい。すべてが失敗に終わったら、わたしはイブを問いつめるだろう。

でもそれは、立ち直るためにイブの愛と支えが必要だとわかっているからだ。

あれから二日間、ゲイブはオフィスで待ち受けている山のような仕事を片づけようともせずに、店の通路を歩きまわって過ごしていた。またベイリーが立ち寄ってくれたときに、彼女に会える機会を逃したくなかったのだ。贈り物のお礼のカードはウィンストン芸術学院宛《あ》てに送った。だが、ベイリーからの返事はなかった。

ゲイブはマーク・トウェインの『アーサー王宮のコネティカットのヤンキー』をぱらぱらとめくりながら、彼女に会えると本気で期待しているわけではないが……と思っていた。ベイリーのような陽気で快活な女性が自分のような男への興味を失うまでにそれほど長くはかからない。とりわけふたりはまだベッドをともにしたわけでもないのだから。ベッドでなら、ゲイブは女性をつなぎ止める自信があった。

「久しぶりね」

幻聴だろうかと思いつつ、ゲイブは振り返った。ベイリーがそこにいた。これまでに見たことがないくらい幅の広い、ありとあらゆる色彩を使ったパンツをはいて目の前に立っていた。妙な色合いのオレンジに染められた男物のTシャツを着ている。前に会ったときにも気づいていたとおり、ブラジャーはつけていない。

ゲイブはただじっと見つめていた。彼女への欲望といっしょに、安堵《あんど》感が体じゅうに広がっていく。

「わたしに会ってうれしくないの？」

何気ない口調を装っているのがわかる。ベイリーは本当に自分を気に入ってくれているのかもしれない。ゲイブは初めて、その事実を受け入れることにした。彼女の言葉に、ほかには何が隠されているのかと、瞳をのぞき込む。後悔？　かすかな不安？

「もちろんうれしいよ」ゲイブは言った。彼女の瞳が不安そうだったので、さらに言い添える。「君に会いたい一心で、僕はこんなふうに店をうろうろして、従業員を落ち着かなくさせていたんだ」

「そうだったの？」ようやく打ち明けたひとことひとことが、ベイリーの笑顔で報われた。

「ああ」

「さあ、わたしはここにいるわ」

「そうだね」

だがゲイブには、ベイリーが彼の腕に飛び込みたくなるようなしゃれた冗談は思いつかなかった。

「お散歩でもする？　ここからそう遠くないところに公園があるわよ」ベイリーはまだほほ笑んでいる。

「曇っているけど、そんなに寒くないわ。それに夕方まで雨は降らないそうよ。でも念のために傘を持ってもいいし、雨が降ってきたらやむまでどこかに隠れていてもいいわ。それとも……」ベイリーは足を小刻みに動かした。「そのまま濡《ぬ》れてていいし」

「それよりも僕の家に食事に来てほしいな」その言葉がどこから出てきたのか、ゲイブ自身見当もつかなかった。間違いなく、頭からではない。これでは途中の手間を省いて、いきなり寝室に誘ったも同然だ。

「うかがうわ」

その返事があまりにもつつましやかで、あまりにもベイリーらしくなかったので、聞き逃すところだった。

「来てくれるの？」ゲイブは聞き違ったのではないかと思い、確認した。

「ええ」

「今夜？」

夕食のメニューはわからないが、いずれにしてもミセス・インゴールはいつもふたり分用意してくれている。万一のときに備えて。それなのにミセス・インゴールがゲイブのところに来るようになって三年、一度も〝万一のとき〟は訪れなかった。一夜限りの遊びは何度かあったけれど、そんなときには相手の家に出向いた。これまで女性を家に招いたことはない。

「今夜なら都合がいいわ」

ベイリーがそう答えると、ゲイブはうろたえ始めた。招待を取り消すことはできるだろうか？　長い夜を自分の家で女性とどのように過ごせばいいのか？　どうやって彼女を楽しませるんだ？

「家に帰る途中で迎えに行ってもいいかな？」先約を思い出したと言うつもりだったのに、そう尋ねている自分の声がゲイブの耳に聞こえた。

「もちろん」ベイリーは早口で、家賃の安い地域にある住まいの場所を告げた。

「ループから遠くないね」ゲイブはポケットからペンを取り出し、自分の名刺に彼女の住所を書き込んだ。

「学院の近くにいたいから」

ベイリーの口調は、まるで学院が働く場所というよりも恋人であるかのようだった。古い煉瓦《れんが》づくりの建物に嫉妬《しっと》するとは、自分は正気を失った哀れな男に成り果ててしまったにちがいない、とゲイブは思った。

ロニーがこの家を見たら絶対に学院を売ってくれるわ。ゲイブが家と呼ぶ、大邸宅に等しい住まいを見た瞬間、ベイリーが考えたのはそのことだった。でもそれは、礼儀に外れた反応を示すほうが、おじけづくよりましだと思ったからだ。雨にかすんでいても、その家はなお美しかった。緑色のよろい戸と日よけを備えた白亜の館《やかた》は、数々の物語の舞台を思い起こさせた。

ベイリーは父と住んでいた家々を思い出した。父に何度も言われたものだが、ベイリーはこの家と同じくらいすてきだった家にふさわしい上品な身なりをしていなかった……。

人からどう思われようと気にならない。ともかく

『アンドロクレスとライオン』の物語を読んでからは、気にならなくなった。それなのに、なぜゲイブの意見は気になるのだろう？　どんな計画や目標よりもどうして大事なんだろう？

「ここにひとりで住んでいるの？」ゲイブに続いてガレージからキッチンに入りながら、ベイリーは尋ねた。

一家族用の住まいでこれほど広いキッチンは見たことがない。この家は父といっしょに住んでいたどの家よりも広い。ゲイブはここを維持するために何人もの人を雇っているはずだ。

「そうだよ」

その答えが気に入らなかった場合、引き返すチャンスを与えるとでもいうように、ゲイブは物問いたげにベイリーを見た。

正直なところ、今夜はほかの誰とも会わずにすむことがわかり、ベイリーはほっとしていた。

他人と違っていることがベイリーの長所であり、それが彼女に個性を与え、自分らしくあり続ける自由を感じさせていた。だがこの家にたたずんで、ふと恥ずかしさを覚えた。風変わりな服装や激しい感情が恥ずかしかった。ベイリーにとってただひとつ堅実なもの、彼女がただひとつきちんと成し遂げられること、つまり彼女の仕事が根底から危うくなっている、その事実が恥ずかしかった。

ゲイブが料理をオーブンに入れているとき、一瞬向こう見ずにも真実を打ち明けようかと考えた。でもそうなればアロンジーのことも話さなければならない。それに、留置場にいたことも。

そうなったら間違いなくゲイブを失うことになる。ゲイブのような堅実な男性は、前科者とはつき合わない。あの出来事があってから丸々二年のあいだ、父は口をきいてくれなかった。実を言うと、いまも父はあまり話をしてくれない。話すのはクリスマスに彼女が電話をしたときだけだ。

だめよ。ゲイブにアロンジーのことを話さなくてはならない理由はないわ。アロンジーは過去の人。わたしはすでに過ちを償い終えた。そんなことのせいで未来をだいなしにするなんて、道理に合わない。

でも本当にそうかしら？

ゲイブは混乱状態に陥っていた。チキン・エンチラーダをオーブンに入れ、冷蔵庫から新鮮なカットフルーツのボウルを出し、サラダをドレッシングであえたところで、彼は汗をかいていた。いつもは休みなくしゃべり続けるベイリーが、この家に足を踏み入れて以来、余分なことはひとことも発していない。これこそまさにゲイブが恐れていた惨劇だった。何年かぶりの本物のチャンスをものにして、夢にまで現れる女性を家に招いたのに、早くもしくじろうとしている。

ベッドに連れていくことしか思いつかない。エンチラーダができ上がるまで、ベイリーをどのようにして楽しませたらいいのか見当もつかないのだ。彼女が気を失うまでキスをしてみても、楽しませることにはならないだろう。ただ、うまくやれる自信はあった。でも彼女に触れたら最後、エンチラーダが焦げてしまうことも確かだ。夕食がむだになってしまう。そして今夜は、これまでに繰り返されたいくつもの夜と同じになる――ベッドに入り、ベッドから出て、さようならを言ってあとには何も残らない。

ゲイブはふたり分のアイスティーをグラスに注ぎ、ひとつをベイリーに渡した。そのとき思いがけなくひらめいた。

「おいで。君に見せたいものがあるんだ」

食堂から居間を抜け、玄関ホールの反対側にある娯楽室へと向かうあいだ、ベイリーはあたりを見まわしながらゆっくりとゲイブについていった。

「インテリアは自分でやったの？」

気に入ったから尋ねているのだろうか？　それとも気に入らないからだろうか？　ゲイブはいぶかった。

「違うよ。人にやってもらった」

「よかった」

気に入ったから？　それとも気に入らなかったから？　だが、答えを知りたいのかどうかゲイブにはわからなかった。

尋ねなくても、いずれにしろベイリーが答えを教えてくれた。「あなたらしくないわ。堅苦しくて、よそよそしくて、個性がない」

それはゲイブの目に映っている彼自身の姿に近かった。

「君だったらどんなふうにする？」ベイリーがとにかく話をしてくれている、そう思いながら彼は尋ねた。


娯楽室に入ったところで彼女が立ち止まった。

「もっと色を加えて、個性を出して、あなたらしい家にする。造花は処分するわね」

ゲイブは小さなテーブルに置かれている造花の飾りをつかみ、ごみ箱に捨てた。

ベイリーは笑いながら言った。「すぐにっていうつもりじゃなかったのに」

ベイリーは雑誌の山から、釣りと、パソコンと、経済の雑誌を選び、花のあったテーブルに広げて置いた。

ゲイブは気に入った。ふと、ベイリーにもらったコロンをつけ忘れたことを思い出した。匂《にお》いがあまりにも強いので最初の日しか使わなかったのだが、今夜もう一度試してみるつもりだ。

「それで、何を見せてくれるの？」緑色の革のソファや、大画面テレビなどが並んでいる壁際の一角を眺めながら、ベイリーは尋ねた。

ゲイブは机のうしろの書棚に歩み寄り、古めかしい一冊の本をそっと抜き取った。

「これだ」と言ってベイリーに渡す。

「すごいわ！　初版でしょう？」

ゲイブはうなずき、ベイリーがすぐに『アンドロクレスとライオン』のページを開くのを見てほほ笑んだ。昨夜ベイリーが恋しくなって、『すてきな五十の物語』を探したのだ。探しておいてよかった。

「あなたが好きなお話は？」お気に入りの物語に目を通し終えたベイリーは、にこにこ顔のまま尋ねた。

「その次にある話だよ」この本をそらで覚えているのはベイリーだけではなかった。

「ああ『ダモクレスの剣』ね」ベイリーは本のページを目で追った。「なぜ？」

「真実だからだ」ゲイブはベイリーと視線を合わせた。そのままじっと見つめ合う。「お金持ちであっても、偉くても、幸せにはなれない。幸せは人が運んでくる。この一週間ほど幸せだったときは、これまでの僕の人生にはなかった」

ベイリーの目に涙があふれた。

ゲイブはただ本能のままに手を差し伸べ、美しく柔らかな頬に流れる涙をぬぐい、それから彼女を抱きしめた。

ごく自然にゲイブは身をかがめた。ベイリーの唇は柔らかく、温かかった。その唇がまさにベイリーらしく、自由奔放に開いた。オレンジと紅茶の味がする。彼女は飢えたように激しくむさぼってくる。もっと欲しいとゲイブも思った。もっと彼女が欲しい。その情熱を――思いがけなくベイリーが自分の人生に運んできた喜びを、できるだけ味わいたい。

ゲイブの手は彼女の体の上を動き、あらゆる場所に触れ、まさぐり続けた。欲望は痛いほど高まっていた。

「待ってくれ」ゲイブはキスをやめ、体を離し、気恥ずかしくなるほど荒い息をつきながら自分をコントロールしようと努めた。

「いやなのね」ベイリーは目を曇らせてはいるが、あまり驚いてはいない。「わたしって、いつも行きすぎてしまうのよね。抑えようと思っても、ばーんって、自分でも気がつかないうちにこんなふうになってしまうの」

「違うんだ」ベイリーを抱き寄せて、彼女の考えがどれほど間違っているのか教えたかった。だが彼女に触れるわけにはいかない。「よかったよ」ゲイブはズボンの前を押し上げているふくらみを指さした。「よすぎたよ」

ベイリーは視線を落とし、赤くなって顔を上げた。

「まあ」

「でも、僕たちは正しく事を進めるんだ」ゲイブは彼女の手を取ってキッチンに連れていった。「僕たちは、まず食事をする」

ベイリーは笑いながら、不思議そうな目で彼を見つめた。「わかったけど……」彼女はいぶかしげに言いよどんだ。

「これまでに出会った女性とは、ほとんど、ただベッドに直行するだけだった。君とは違う。今夜はそんな夜にしたくない。ベッドをともにする前にふたりで何かをしたい。そのあとにも」

「わたしもよ」また彼女の瞳に涙があふれたが、今度はそれをこらえている。

ベイリーがほほ笑むと、ゲイブは彼女に触れないようにこらえるのが至難の業だった。

しかし、たとえ命を落としても、正しく事を進めるつもりだ。ゲイブのいまの状態を思えば、命を落としてもおかしくなかった。

5

食事はとてもおいしかった。そうにちがいないとゲイブは最初から確信していた。ミセス・インゴールのチキン・エンチラーダはいつもおいしいからだ。だが今夜、ゲイブは一口も味わっていなかった。

食事の動作はどうにかやってのけた。食べ物をかみ、のみ込んだ。ふたりは話もした。ゲイブの店の店長のマリーのことや、ベイリーの生徒のこと。ゲイブはかろうじて食事の時間を乗りきった。

「お皿はこのままにしておこう」ベイリーがフォークを置くと同時にゲイブが言った。ベイリーもあまり食べていなかった。

「いいわ」ゲイブが椅子を引き、ベイリーは席を立った。彼女の手が、ゲイブの服の下にもぐり込む。

「お皿を片づける代わりに何をするの？　お散歩？　雨もやんだし、あなたのお庭を見たいわ」

ゲイブはベイリーと食後のブランデーを楽しむつもりだった。あのブランデー・ウォーマーをもらってどんなにうれしかったか、彼女に伝えたかった。だが計画を立てたときにひとつの要素を加味するのを忘れていた。自分がどれほど強く彼女を求めているかを。

ブランデーは待てる。でも欲望は待てない。ベイリーを腕に抱き、唇を重ねた。質問への無言の答えだ。するとゲイブを誘い込むように彼女の唇が開き、彼はもうその誘いを拒むことなどできなくなった。

階段を上がり、主寝室へと進む廊下は永遠に続くように思え、足を運ぶごとに痛いほど期待感が高まった。絹のような彼女の手が、ゲイブの指のあいだをなめらかに動き、彼の手をきつく握りしめる。

彼女はキャンドルの店のような匂《にお》いがする。ゲイブを陶然とさせるその香りは、一日じゅう彼を魅了してやまなかった。

「これがあなたの世界ね」ゲイブに続いて寝室に入り、ベイリーは声をあげた。「大きなベッドがあって、本がたくさんあって……壁には船の絵。すてきだわ！」

〝愛している〟ベイリーを見ていると、その言葉が自然に頭に浮かんできた。ゲイブはこの状況でその言葉を口に出すほど、その言葉を信じ込むほど愚かではなかった。だが、いま自分が抱いている感情をなんと呼ぶにしろ、それは欲望をはるかに超えたものだった。これまでに抱いたことのない感情だった。

ふたりがひとつであることを確かめたくて、ゲイブは唇を合わせた。たとえつかの間であれ、ふたりは溶け合った。

ゲイブは唇と舌でゆっくりとベイリーを愛した。両手は官能的に彼女の体を這《は》い、曲線やくぼみを探りあてた。優しく触れ、もみしだき、引き寄せる。彼の愛撫《あいぶ》には、女性を喜ばせることができると承知している男の自信がみなぎっていた。

初めてベイリーを見た日から、彼は愛を交わしたいと思い焦がれていたのだ。

唇がほてっている。体じゅうが燃えている。これまでにも恋人はいた。ベイリーは、自分にそれなりの経験はあると思っていた――ゲイブに唇をむさぼられるまでは。ゲイブのカリスマ的な魅力にのまれ、そのとりこになり、情熱の嵐《あらし》にさらわれて、彼のことしか考えられなくなるまでは。

ベイリーはキスを返した。ゲイブが呼び起こした感覚に、体だけでなく、心までも夢中になっていた。ベイリーは完全に心を解き放ち、敏感になった指先で彼の体を隅々まで探索した。たくましい肩、前腕の筋肉、首、背中……。彼の体に触れるたび、新たな欲望が体を貫いた。

唇を離してゲイブの顔を見上げる。彼の瞳に燃える炎にたきつけられ、また体が燃え上がった。アロンジーのような男をその気にさせられるのはわかっていた。でも一度たりとも、ゲイブ・ストーンのような男性を夢中にさせられると考えたことはなかった。

「すごくすてき」ゲイブから視線をそらすことができないまま、ベイリーはささやいた。するとゲイブの体が彼女と同じくらい激しく情熱に打ち震えた。

「いや、すてきなのは君のほうだ」彼はまたベイリーにキスをした。そして、もう一度。「これまでに読んだおとぎばなしが、すべて現実になったみたいだ」

ふたりの服がどこかに消えた。上掛けが引きはがされ、ふたりはゲイブのベッドの柔らかな白いシーツに横たわった。そして、ついにゲイブはベイリーのなかに入り、両手で、体で、言葉で、彼女を愛した。ベイリーは、彼の腕に抱かれて過ごすこと以外、もう何も望まなかった。

ゲイブは驚きもしないだろうが、ベイリーと正反対のはずのゲイブが、なぜか本質的なところで彼女としっくり合っていた。

それからの二週間は、ベイリーがこれまでに読んだどんなおとぎばなしよりもすてきだった。ゲイブは愛を語らなかった。けれど、一日も欠かさず愛を与えてくれた。たとえばモダンダンスの公演のチケット、たとえば彼女の体に火をつける愛撫や抱擁、たとえば彼女の心を溶かすほほ笑み……。ゲイブは毎日会いたいと言って聞かなかった。とうとうベイリーは、ふたりの関係は本物なのだと信じることにした。

ベイリーはそれを感じ取ることができた。言葉はいらなかった。

ゲイブは多弁ではない。ベイリーはそのことを理解し、受け入れていた。彼は父によく似ている。父は一度も言葉にしたことはないが、娘を愛していることはよくわかる。それにベイリーが何度か口に出して愛情を伝えたとき、父がどれほど困惑していたかもわかっている。

だからこそ、ゲイブ・ストーンをどれだけ愛しているか、ベイリーは毎日グラディスに向かって話し、イブに話しているのだ。自分の気持ちを口に出して、ゲイブを困らせたくはなかった。

イブはふたりの関係に胸を躍らせ、この〝おとぎばなしのハッピーエンド〟を信じなさいとベイリーを励まし続けた。ただひとつ、ふたりの意見が食い違うのはアロンジーのことだった。ベイリーはアロンジーのことをゲイブに話すつもりはなかった。ロニーの最後通牒《つうちよう》のことも。

「どうでもいいことだからよ」ベイリーがそう主張するのは、さっきからもう三度めだった。胃が痛くなってきて、イブが許してくれないのならもう電話を切ってしまいたくなった。「ロニーの最後通牒のせいでゲイブを愛したわけじゃないわ」

「それでも嘘《うそ》をついていることになるのよ」

「何も話していないのに嘘をつけるわけがないじゃない」

「話すべきことを、話さないことでよ」

ベイリーはかぶりを振った。「わかっていないのね」イブにそう言いながら、グラディスの甲羅を指で軽くなでた。「結婚してほしいとゲイブに言うつもりはないの。ロニーの要求には従わないと決めているわ。だから意味がないのよ。わたしたちが結婚するとしたら、それはちゃんとした理由があってのことよ。だからなんにも話す必要はないの。それにロニーの要求のことを話したら、アロンジーのことも話さなくちゃならなくなるわ」

「そのとおりよ」

「たったひとつの愚かな過ちのせいで、わたしの人生を壊さなくてはいけないの？　もうじゅうぶん償ったはずでしょう？」

「もちろんよ。でも――」

「それに最後通牒のことを話したら、ゲイブはそのために結婚を申し出るかもしれない。そんなのいやよ。いかにも彼が義務に感じてるような、紳士的な行為だもの。彼が結婚を口にするときは、わたしがいなければ生きられないって……それが理由であってほしいの」

「それはわかるわ」柔らかな声音でイブが言った。

「でもね、ベイリー、約束してくれる？」

「何を？」

「心のなかをじっくり見つめてほしいの。あなたの態度に何かためらいのようなものを感じるわ。ゲイブとの関係がもっと真剣なものになって、彼が結婚を申し出たら、そのときあなたの答えにロニーの最後通牒がまったく影響しないと確信できるかしら？心のなかを見つめると約束してちょうだい。あなたの決断にロニーの件がかかわっていないことをはっきりさせてほしいの。もしもそれがかかわっていたら、もしもそれが結婚に同意する大きな動機になったら、その結婚は続かない。たとえ動機のほんの一部だとしても、彼に対しては正直でなくてはいけないわ。そうでないと、偽りの土台の上に関係を築くことになる」

イブの言葉を聞いて、背中に冷たいものが走った。あるいはそれは、亀《かめ》のグラディスが岩から水に飛び込んだときに跳ね返した冷たい水のしぶきだったのかもしれない。

「約束するわ」ベイリーは言った。

受話器を置く手が震えていた。もちろんロニーの最後通牒は気になっている。ものすごく気になっている。自分の人生を満たしてくれる学院がなくなることを考えるたびに恐怖に襲われる。才能を見出《みいだ》し、切り開き、はぐくもうとベイリーが日々心を傾けている子供たちのことも……。

だが、ゲイブへの思いはそれとは違う。人生においてまったく別のところにあるものだ。彼への気持ちは学院とは関係ないのだ。少しも関係ない。

それならば、すべての夢がかなうかもしれないと、ふと期待を抱いてしまったとしても誰にも非難されるいわれはない。

ベイリーはいくつもの夜をゲイブのベッドで過ごし、ゲイブは彼女のためにドレッサーの引き出しをひとつ空けてくれた。午後のつかの間のひとときを彼の家で過ごすこともあった。

そんなある日曜の午後、ふたりはとりわけ扇情的なダンス公演から帰ってきたところだった。ゲイブは鍵《かぎ》を開けるのももどかしげにドアを開き、ベイリーの腕をつかんで二階に連れていった。

ゲイブの粗野な振る舞いを笑ってからかいながら、ベイリーは二階にたどり着くよりも早く、彼のズボンを脱がせていた。それからふたりが交わした愛は、振り付けされたどんなダンスよりも扇情的だった。

ゲイブは彼女のなかでゆっくりと動き、強く、着実に奥へと進んだ。かき立てられた激情のなかで、ベイリーは我を忘れた。

ふたりを取り巻く世界が遠のいていった。ゲイブがもう一度腰を突き上げると、ベイリーは極限を超えた。絶頂に達して彼を包み込む。

「結婚してくれ……」同時に頂点に昇りつめた彼がうめくように言った。

ベイリーにはよく聞き取れなかった。ゲイブに導かれて三度めの極みに昇りつめ、彼の背中をつかむと、慰めと安らぎとを与えてくれる体の下で激しく身を震わせた。

何も考えることができず、感じることしかできずに、ベイリーはただゲイブにしがみついていた。やがて彼が緊張を解き、ふたりは横向きに寄り添った。彼はまだ彼女と結ばれていた。しっかりと、固く結ばれていた。

「すごいよ」ゲイブはささやき、まるでたったいまベイリーが愛の営みを発明したかのように——彼のために発明したかのように、彼女を見つめている。

「そうね」ベイリーはほほ笑んだ。自分の何がゲイブの瞳に感嘆の表情を浮かべさせているのかわからなかったけれど、それがなんであれ永遠に続いてほしいと願った。

ベイリーの思考がゆっくりと戻ってきた。

「なんて言ったの？」彼女はゲイブに尋ねた。数センチしか離れていないところで、彼の目が満足げにぼんやりとかすんで見える。

「すごいって」

「違うわ」ベイリーがゲイブの唇を指でなぞると、彼の舌が人差し指をゆっくりとなめた。「その前よ」

「結婚してくれと言ったんだと思う」

「確信がないの？」ベイリーはあわてた。彼はもう考えを変えてしまったの？　それともあれは、発作的な激情のなかで口走った意味のない言葉だったというの？

「君と結婚したいのは確かだ。ただ本当に口に出して言えたのかどうか確信がないだけだ」

ベイリーは安堵《あんど》の気持ちでいっぱいになり、目がくらむほどの幸福感に酔いしれた。「言ったわ。そうよ、あなたは口に出して言ったのよ。確かに聞こえたわ」

「それで？」彼は顔をしかめ、ゆっくりとベイリーから離れた。

ベイリーは不安になった。体を離したときに、ゲイブは彼女の自信と安心感をいっしょに持ち去ってしまった。ふたりの違いが――ゲイブと父の類似点が、心に割り込んできた。ゲイブはわたしを愛しているとは一度も口にしていない。父と同じように、いずれわたしを重荷だと考え始めるだろうか？　セックスに飽きたら、わたしを少しも理解できないと気づくのだろうか？　わたしを好きでないと気づくのだろうか？

「どうしてあなたがわたしのような人と結婚したいと思うのか、わからないわ」ついにベイリーは言った。

ゲイブは片方の肘で体を支え、全身に深刻さを漂わせて彼女をじっと見下ろした。

「君は僕とはまったく違う」

「それはいいことなの？」よくわからない。ベイリーはずっとゲイブのような人間になりたいと願ってきた。彼のような人間になろうとしてきた。

ゲイブは枕《まくら》にもたれ、天井を見上げた。「以前の僕なら、知り合って一カ月にもならない女性に結婚を申し込んだりしなかった。そして、以前の僕は幸せではなかった」ゲイブは彼女のほうに顔を向けた。「君は僕の人生にまったく新しい側面を加えてくれたんだよ。僕の人生に活気を運んできてくれた。期待もだ。君と出会ってから、僕は目覚まし時計が鳴ったからじゃなくて、その日何が起こるのか待ち遠しくて目を覚ますようになった。癖になりそうだ」

「まあゲイブ、わたしもあなたが癖になりそうよ。でも、あなたがわたしの目新しさに飽きたらどうなるの？」

ゲイブは手を伸ばしてベイリーの胸のふくらみにのせ、そっとつかんだ。「飽きるとは思えないな」

ベイリーはほほ笑み、彼の反対の手をもう片方の胸に引き寄せ、そこにあてた。いま起こっていることは本当のことだと、彼の気持ちは変わらないと、何がなんでも信じたかった。

「あなたの人生はすごく堅実なものだわ」ベイリーは小さな声で言った。彼を説得して思いとどまらせるのはつらかったけれど、いましかないと思った。もう少しあとになって彼を失うことになったら生きてはいけない。「安定した仕事があって、きちんとしたところに住んでいて、人から信頼もされている。あなたはみんなを安心させられる人だわ。間の悪いときにおかしなことを言ったりしない。それにいつもスーツを着ているし」

ゲイブは仰向けになり、ざらざらとした質感の天井の塗料を眺めた。「だけどそれだけでは幸せではない。少なくとも、君が現れるまでは幸せではなかった」

「すごく恵まれた人生だわ」いくらかの羨望《せんぼう》の気持ちが声に込められていた。

ゲイブは首を振った。「たぶんね。でも年のいった両親のひとりっ子としての生活は孤独だった」

慎重に言葉を選んでいる口ぶりや、言葉がつかえているかのように何度も喉をごくりとさせるようすや、ベイリーを見ようとしない目の動きから、これまで誰にも話したことのない何かを打ち明けようとしているのだと彼女は感じた。

ベイリーは舌をかんでじっと口をつぐみ、彼が先を続けるように願った。何を言おうとしているにせよ、それを聞きたかった。ふたりの関係はどうにかうまく運ぶのだと知りたかった。わたしはいま〝おとぎばなしのハッピーエンド〟の瀬戸際に立たされているのにちがいない。

「僕はあの本屋で育てられた。歩くことも、おまるを使うこともあそこで覚えた。暗くなる前に家に帰ったことはなかったし、週末も家にいたためしはない。本当なら外で遊んで、近所の子供たちと顔を合わせて友達を作ったりしていたはずなのに」

ゲイブは口をつぐみ、彼女がまだ聞いているかどうか確かめるようにちらりと視線を向けた。ベイリーは笑みを返し、続けるようにうながした。

「中学に入ったときにスポーツを始めたのはそのせいだと思う。そうすれば同じ年ごろの子供といっしょに過ごせるからね。それが目的だった。まあ乱暴なことをしたいというのも少しはあったけれど」

「あなたのご両親は、うちの父と少し似ているみたい。あなたも、夜中に枕投げをしたことはないし、アニメのチャンネル争いで取っ組み合いをしたこともないのね？」彼女は尋ねた。表向きふたりは正反対だけれど、実はどこか似たところがあるのかもしれない。

「ないよ」ゲイブの視線が天井に戻った。

ベイリーは彼のそばに横たわり、この機会をとらえて彼の肉体美を鑑賞していた。芸術的な美しさを表現する能力に欠けていることを心から残念に思った。ゲイブの完璧《かんぺき》な体を像に残せるのなら、わたしは何も惜しまない。永遠に消えることのない像として残せるのなら……。

「幸い、僕は本が好きだった。小さなころから読み始めて、飽きることなく読みふけった。物語の登場人物が遊び相手になった。おとなになってからも人との親密な交わりは同じ場所で見つけていた」

「本のなかで？」ベイリーは手を伸ばし、大きくてたくましい彼の手のなかに指をすべらせて握りしめた。

ゲイブはうなずき、彼女の反応を見極めるようにちらりと視線を送った。「哀れな話だろう？」

「そんなことないわ」ベイリーは正直に言った。「少なくともあなたには友達がいたもの」

ゲイブは黙って彼女を見つめ返した。そして目を合わせたまま、ふたたび語り始めた。「君はこの世に現れた僕のおとぎばなしの恋人だ。君は美と魔法と友情の象徴なんだ」

彼の期待に応《こた》えられる自信はこれっぽっちもないけれど、それに応えるためなら生涯をついやしてもかまわない。そう思っていることに、ベイリーはふと気がついた。

「わたしは完璧ではないわ」彼女は言わずにはいられなかった。

「僕もだよ」秘密を打ち明けるように、ゲイブは言った。

まさに秘密のようなものだ。彼に何か欠点があるとしたら、ベイリーには驚きだった。

「僕の人生に長いあいだ欠けていた命を君は吹き込んでくれた。僕は何もかもを想像の世界で経験することに、もううんざりしていたんだ。ベイリー、どうか僕と結婚すると言ってくれ」

イブとの約束がちらりと頭をかすめたが、思いつく答えはひとつしかなかった。

「わたし、あなたと結婚します」

そう言ったきり、ベイリーは長いあいだ口をつぐんでいた。

ゲイブは支度が整ったらすぐに結婚したいと考えた。ベイリーはいかにも彼女らしく生き生きとその計画に打ち込んだ。結婚式の準備にかかった四週間のあいだ、彼女は飛びまわり続け、風変わりで誠実な親友のイブをゲイブに紹介したり、彼の弁護士で、親友にいちばん近い存在であるブラッド・サマーズに会ったりした。

ベイリーとゲイブはモダンダンスの公演を二回観《み》に行き、彼女の情熱的な解釈と彼の論理的な解釈をめぐって意見を闘わせた。そしてふたりは、機会を見つけては愛し合った。結婚式の前日、彼のオフィスで愛し合ったあと服を着ているときに、ふとベイリーが顔をしかめた。

「もうオイルを使ってしまったの？」

机の上で過ごした信じられないほど官能的な三十分から立ち直りきれないまま、ゲイブは彼女の言ってる意味がわからず眉をひそめた。「オイルって？」

ベイリーはスノードームの置物の上に少し斜めにのせられている芸術作品を指さした。「画びょうが入っているじゃない」

ゲイブはベイリーにもらった贈り物を思い出し、きまり悪さに冷や汗をにじませた。

そのとき、彼女が魚のえらにぶら下がっているフットボールに目を留めた。「あのテラコッタも車に置いてないのね」

ゲイブは彼女の芸術作品について何か重要な情報をつかみそこなっていることに気づき、眉を寄せた。きっと何かオイルに関係のあることだ。これから明かされる自分の間違いがどれほど重大なものになるのか、ゲイブはわかっていなかった。

「こんなに早くオイルを使ってしまうなんて予想してなかったわ。教えてくれればまた持ってきたのに」

「それで……」ゲイブは口ごもり、ごくりと唾《つば》をのんだ。「持ってきてもらったら、それを使って何をしたらいいんだい？」

「ゲイブったら……」ベイリーは眉を寄せ、画びょう入れをちらりと見やり、目を見開いてうれしそうに瞳を輝かせた。「本気であれを……」彼女はそこで言葉を切り、にやりとした。

ゲイブは理解できないままその場に立ちつくし、大ばか者になったような気分になっていた。

だがこれこそがベイリーとの生活ではないか？毎日新しい経験をして、何かを覚え、成長する。まさにそのために彼女と結婚するのではないか？

もちろんそれでも、ベイリーがすぐに結婚を承知した理由は説明がつかない。僕が別の惑星に、それもひどく退屈な惑星に住んでいることは、このようなことで紛れもなく明らかなのに、どうして彼女は結婚すると答えたのだろう。

「僕のおかげで楽しい思いをしているみたいだから、さしつかえなければ説明してもらえないかな？」

失敗だった。ベイリーは説明しようとして――少なくとも説明するつもりだったが、抑えがきかなくなっていた。笑い転げて、言葉が出ない。涙が頬を流れている。

「あ……あの……ディ……ディフューザーを、画びょう入れだと思ったの？」むせながらも、ようやくベイリーが言った。

ディフューザーというのはいったいなんなんだ？　あの妙な物体を画びょう入れとして使ったのは、ゲイブにしてみればかなり創造的な発想だった。なんといっても、説明書も使用法も説明図もなかったのだから。

魚の口にのっかっているフットボール形のピルケースを思い出し、ベイリーがこれ以上取り調べを進めないことを願うしかなかった。画びょうでこれだけ大騒ぎをしたことを思うと、アスピリンで何が起こるのかは見たくなかった。

だが、いままさにそのなりゆきが明らかになろうとしていた。ベイリーが獲物に忍び寄る。

ゲイブはフットボールに突進した。彼はすっかり弱気になっていた。

「見せなさい」ベイリーが言い、フットボールに手を伸ばした。ゲイブはそれを高くかかげた。

誰を相手にしているのかゲイブは忘れていた。彼の人生を徹底的に変えてしまった女性が相手だ。ゲイブがベイリーの意図を読み取る前に、彼女は下に手を伸ばし、彼の股間《こかん》をつかんでぎゅっと握った。

ゲイブはフットボールを落とし、アスピリンの錠剤がこぼれて机の下に転がるのを、身をすくめて眺めていた。

「アスピリン？」ベイリーが驚きの声をあげた。

「ゲイブったら、オイルとディフューザー・ポットがどうなっているか尋ねるのが怖いわ」

あのブランデー・ウォーマーは、ディフューザー・ポットだったのだ。とはいえディフューザーがなんなのかはまだわかっていないが。目の前に並べられたあらゆる証拠から判断すると、使われないまま家の洗面所に置かれているコロンは、彼女が〝オイル〟と呼んでいるものだと考えざるをえなかった。あのちっぽけなガラス瓶が、このばかげた騒動の鍵を握っていた。

「オイルだとはわからなかった」ゲイブは認めた。

そう認めたのは、ベイリーの笑顔があまりにも美しかったからだ。それに、これまでこんなふうに誰かを笑わせたことがなかったからだ。

「なんだと思ったの？」

ベイリーは彼の股間からは手を離していたが、まだ同じ場所に立っていた。

あのコロンを、いやオイルを持ってきていればよかった、とゲイブは思った。そうしたら、次にあれを頭の上にかかげることができたのに。

「コロンだよ」

ベイリーは彼の匂いをかいだ。「あなたがコロンを使っているなんて、一度も気づかなかったわ」

「つけてはいない」せめてもの救いだった。

「あら」彼女はうなずき、横を向いたが、顔いっぱいにふたたび笑みが広がるのが見えた。

「すべてあのオイルに関係があるんだね？」

彼女はうなずいた。明らかに、必死に笑いをこらえている。「そうよ」

ゲイブは待った。ベイリーが教えてくれるか、そうでなければ彼女の喉に手をかけて言わせるかだ。

いずれにせよ、ベイリーの喉に手をかけることになるだろう。彼女に触れることができるなら理由はなんでもよかった。

頭を働かせているうちに、ひもじくなってきた。でも欲しいのは食べ物ではなかった。

「このフットボールはテラコッタよ」ベイリーはなんとかまじめな顔で言い終えたものの、すぐにまた笑い出した。「外側にオイルを一滴だけ落として、車のなかにかけておくの。そうすると太陽の熱で香りが発散するわ」

「あれを?」ゲイブはぞっとした。「僕を殺すつもりかい?　あんな強い匂いをかいでいたら、涙が出て道路が見えなくなって、木に衝突してしまうよ」

あの日はほとんど息もできなかった。家に戻って、シャワーで洗い流さなくてはならなかったのだ。

「一滴ならそれほど強くないわ」

ベイリーは画びょう入れを手に取った。ゲイブは残念に思った。あれは気に入ってきていたのだ。

「これはディフューザー・リング。ここにオイルを二、三滴だけ垂らすの」彼女はもう画びょうの入っていないくぼみに沿って指を動かした。「これを電球にのせると、熱で香りが広がるというわけ」

「あててみようか。あのポットにも何滴かオイルを入れてプラグをつなぐ。そうしたら、香りが広がるんだ」

「そのとおり。あなた、何に使っているの?」ベイリーがまた愉快そうに目を輝かせた。

「ブランデー・ウォーマーだ」どうやら彼女に対しては素直になってしまうらしい。

ベイリーは吹き出し、笑い転げた。だがそれもゲイブが反撃に出るまでのことだった。肉感的な彼女の胸に手をのせ、優しくつかむ。ベイリーはすぐに笑うのをやめた。ゲイブは彼女の欲望に熱く燃える目に陥落しそうになったが、そう簡単に許すわけにはいかない。

「僕のまわりが臭いから、いい香りのするオイルが必要だと思ったのかい?」

「違うわよ!」ベイリーは後ずさりして彼の手から逃れ、声をあげて笑った。

ゲイブは落胆しつつ、ベイリーを解放した。五秒以上の感触を味わってもいいだけの屈辱は受けたはずだ。

「ネロリはアロマテラピーのオイルよ」

まだにやにやしながら、ベイリーが言った。が、やがて笑うのをやめた。近くまで戻ってくると、そのままゲイブに寄り添い、またもや彼のいちばん大事な部分に手を置いた。

「媚薬《びやく》なの」

ゲイブの欲望はすでに高まっていた。まだ知り合って間もないころに彼女が催淫剤《さいいんざい》をくれたことを思うと、それは岩のように硬くなった。「君が僕の媚薬だ」うめくように言い、彼女の手のひらに荒々しく下半身を押しつけた。

ベイリーは彼の傷つけられた自尊心と、ほかの部分もいっしょに、申し分のない方法で慰め始めた。

翌日の四月十三日、ゲイブが不思議な天使にプロポーズをしてからちょうど四週間後、ゲイブとベイリーはついに夫と妻となった。ベイリーの強い主張で、ふたりは彼の書店で結婚式を挙げた。ゲイブは異議を唱えたものの、彼があの場所でこの世に誕生したのだから自分も同じようにして彼の世界に入るべきだと情熱的に力説され、彼女の意見を受け入れた。だが牧師に関しては折れなかった。親友のイブにその日だけ聖職を授けて、式を取り仕切ってもらいたいとベイリーは思っていた。ゲイブはまさかそんなことができるとは知らなかったし、ベイリーとの生活をそんな間に合わせの牧師のもとで始めたくなかった。

ラベンダー色のシンプルなブラウスと、足元まで届くラベンダー色のゆるやかなスカートに、オフホワイトの流れるような長いレースをまとったベイリーは美しかった。いつものように巻き毛が顔と背中で躍っていた。

彼女にせがまれてタキシードに身を包んだゲイブは気取っているようで落ち着かなかったが、結婚式にタキシード以外のものを着るのは彼自身も想像できなかった。ベイリーの父がこの式のために飛行機でやってきた。実の父親であるかのように相性がよく、ゲイブはたちまち好きになった。

ロニーとも顔を合わせた。ゲイブはロニーにも好感を抱いた。マリーとブラッドとイブのほかに式に招待されたのは、ベイリーの希望でこのふたりだけだった。招待客をもてなすあわただしさのなかに、ふたりの大事な誓いを埋もれさせたくないとベイリーは考えたのだ。

丸一週間が過ぎるまで、パーティーも開かれなかった。ゲイブとベイリーはその一週間を、結婚を祝ってふたりだけで過ごした。ゲイブはハワイ旅行を提案したが、ベイリーは誰にも邪魔されずにふたりきりで過ごしたいと言った。彼の家で。彼女の新しい家で。せっかく仕事を休みにしているこの一週間を一秒たりともむだにしたくないと、彼女の荷物を運び込むのさえ次の週まで先送りにした。いずれにしろ家賃は月末まで払ってある。

ゲイブは何度か彼女を外に連れ出した。公園を裸足で歩いたり、食料や切らしたシャンパンを買いに行ったり、ときにはグラディスに餌《えさ》をやるために彼女のアパートまで足を延ばした。ゲイブがこれまで裸で泳いだことがないと打ち明けて、夜遅くミシガン湖に出かけたこともあった。ほとんどの時間は、ベイリーが彼をベッドに縛りつけていた。

ゲイブはそれを喜んだ。彼がベイリーをベッドに縛りつけておく手間が省けたからだ。

一週間のあいだにただひとつ失望したことは――それをゲイブが失望とみなすのなら、愛の言葉が交わされなかったことだ。だが言葉が必要だったわけではない。ベイリーはさまざまな方法で愛を語ってくれた。もちろん体でも、表情でも。ゲイブにもっと生活を楽しんでもらおうと、ちょっとした優しい心遣いを見せてもくれた。毎朝ベッドにコーヒーを運ぶと言って聞かなかったし、誰にも打ち明けていないことを彼がなんとか話そうとしているときには静かに耳を傾け、辛抱強く彼の心を開いてくれた。彼を笑わせてもくれた。

そして結婚式から丸一週間が過ぎたいま、本来のベイリーの流儀で、彼女は自分の知り合い全員と、彼のアドレス帳にのっているすべての知人に電話をかけ、結婚を祝う即席の集まりに招待していた。

ふたりは居間のソファにぴったり寄り添って座っている。

「先週のうちにすませてしまうこともできたのにね」ゲイブが言った。パーティーを開くことが楽しみというわけではなかったし、もともとあまりパーティーが好きでもなかったけれど、ベイリーに喜んでもらえるのはうれしかった。もちろん彼女を独り占めにしたかったが、ずっとそうしているわけにはいかない。ベイリーの輝きは彼ひとりを照らすには明るすぎる。

「先週だったら最後まで座っていられなかったわ」ベイリーは相手が電話を取るのを待ちながら、受話器を耳にあてて言った。「ふたりきりになりたくて、我慢できなくなって、みんなに早く帰ってなんて言っていたでしょうね」

「それじゃあ、いまはもう僕とふたりきりになれなくても平気なのかい？」ゲイブは巻き毛をもてあそび、ベイリーを引き寄せ、軽くキスをしてから彼女を放した。

「あなたはわたしのものだってみんなに知らせたいの」

ベイリーは身を乗り出し、さらに熱いキスをした。

「もしもし、ブラッド？」彼女はキスをやめて受話器に向かって話し始めた。

ゲイブはうめき声をあげ、彼の弁護士が忙しくて電話に出られなければよかったのにと思った。あと数秒あれば、望みどおりの形でベイリーを抱いていられた。体の下に組み敷いて。

とはいえ、この一週間のあいだにほかの信じられないような方法を彼女に教えてもらわなかったわけではない。

「パーティーの食事はどうするの？」彼女が電話を置いたとき、ゲイブが尋ねた。

「ピザを頼みましょうよ」

このあたりの人たちはピザの配達など見たこともないだろう、とゲイブは確信していた。

「それで、食事が終わったら何をするつもり？」

「チャター・マターズをして遊ぶの」

ゲイブは喉をつまらせた。チャターというのは話をするということなのか？　自分の結婚パーティーを欠席することはできないだろうか？

「どんなゲームなんだい？」

尋ねるのは怖かったが、心積もりもなしにやらされるのはもっと怖かった。

「ロニーが家族とやっていた古いゲームなの。基本的にはカードを選んで、そこに書いてある質問に答えればいいだけ」

「どんな質問なんだい？」

ベイリーが肩をすくめ、彼女のあらわな細い肩がゲイブの心をかき乱した。「そうね……家族とのいちばん大切な思い出はとか、右隣にいる人をどう思っているか歌で表現してとか」

ゲイブはぞっとした。絶対にうまく切り抜けられそうにない。「でも、なんのためにそんなことをするんだい？」

ベイリーの愛と喜びに満ちた瞳が、彼を見つめて輝いた。「お互いの知り合いや友達と親しくなるのにいちばんいい方法だと思うの。わたしの友達があなたの友達になって、あなたの友達がわたしの友達になるのに、何年もかけなくても、最初からわかり合える。すぐにわたしたちふたりの友達になってほしいの」

その意見に対して、ゲイブはただひとつの異論も思いつかなかった。

「それほど悪くなかったでしょう？」

妻のベイリーに背後からささやかれ、ゲイブは硬くなった。彼は屋外のテラスに置いた椅子の背にもたれ、ブラッドがベイリーの友人である占い師のイブを相手にふざけているのを眺めていた。

「そうだね」

ちょうどチャターー・マターズを終えたところで、実のところゲイブはそのゲームに助けられたとさえ感じていた。自分の順番が来たときだけ話せばよかったし、何を話すかは質問が決めてくれた。

「みんな楽しんでいると思わない？」

中庭にいる書店の従業員の一団、ごく親しい何人かの顧客、ベイリーの知り合いの芸術家らしき人々を見渡し、ゲイブも賛成せずにはいられなかった。

ベイリーはパーティーの開き方を心得ている、彼女の顎は僕の肩にのっていない、彼女の熱い息は僕の耳たぶをくすぐっていない――ゲイブはそう思おうとした。

「いつになったらみんなを追い払えるのかな？」

「ゲイブったら！」ベイリーは笑い、すっと彼の膝に座った。「証拠を隠してあげるわ。お役に立つかしら？」

悪いやつ。彼女は自分が僕に何をしているのかちゃんとわかっている。「だめだ、役になんて立たない」座り心地をよくしようとベイリーがもぞもぞ体を動かすと、ゲイブはうめき声をあげた。

「いつ抜け出してもいいのよ」ベイリーの声がかすれているのに気づき、ゲイブは力がみなぎるのを感じた。ベイリーにかき立てられているのと同じ感覚を、自分が彼女に与えている。

「みんなは気がつくと思う？」ゲイブが尋ねる。

「みんなは気にすると思う？」ベイリーが返した。

「さあ行こう」

ゲイブがようやくベイリーを解放したときには、ごく親しい友人以外は皆帰ってしまっていた。けれど、ロニーは残っていた。ブラッドとイブはプールサイドのテーブルでシャンパンを飲んでいる。ベイリーもシャンパンのグラスを持って、ふたりに加わった。

パーティーのあいだずっとゲイブの弁護士を独占していたとイブをからかっているベイリーの声が聞こえてきた。

「最高の女性だね」

ゲイブは妻を眺めるのに忙しくて、ロニーが近づいてきたことに気づかなかった。「ええ」

ゲイブは屋外のバー・カウンターの傍らで、シャンパンにしようか、本当に飲みたいブランデーにしようか悩んでいた。ロニーは片方の腕をついてカウンターにもたれ、ベイリーのほうにちらりと目を向けた。

「ベイリーが期限を守ってくれて、本当にほっとしているよ」ロニーが言った。

期限だって？　ベイリーが課題をやり終えたこと

はおろか、何かに取り組んでいることさえ知らなかった。

「あんなことはしたくなかったんだが……彼女、学院が閉鎖されるのを黙って見ているのはとても耐えられなかったんだろうね」ロニーは一息つき、ゲイブを見た。

ゲイブはうなずいた。学院が困窮しているなんて、ベイリーはほのめかしもしなかった。言うまでもなくふたりには、ほかに夢中になることがあったのだが。そうであっても、ベイリーの人生に何が起こっているのか知っておきたかった。もう少し話し合う時間を持とうとゲイブは心に決めた。

「だが……」ロニーは手にしたグラスからシャンパンをすすり、話を続けた。「学院をベイリーには売れないと拒絶されたときは本当につらかっただろうな。ベイリーと学院は一体も同然だからね。一方が欠けると、どちらも完全ではなくなる」

妙な話だ。ベイリーの人生において、それは自分の役割だとゲイブは思っていた。

「ベイリーは、学院を買い取りたいと思っていたのですか？」ゲイブは尋ねた。彼女がそのような計画を口にしたことはなかったし、学校はおろか自分の家を買う余裕すらないのをゲイブは知っていた。ベイリーのアパートを見ればわかる。

「思っていただけではない。事実だよ。君との結婚式の一週間前に契約をすませたんだ。ベイリーが君と結婚して、それで取り引きが成立した」

突然、あらゆることが瞬時に結びついた。ゲイブはどこか離れたところから見るような思いで、ロニーの顔に驚きと恐怖がよぎるのを眺めていた。

「君は知らなかったのか……」ロニーの声はだんだん小さくなり、視線はベイリーに向けられた。

ゲイブもその視線を追った。ベイリーがグラスのシャンパンを体にこぼしている。ゲイブのほうに目を向けて、ロニーが彼に話しかけているのを見てしまったのだ。

ベイリーとロニーは、本当に親密な間柄でしか通じない、言葉なしの会話を交わした。ゲイブは彼女とそんな会話をしたことがなかった。

ゲイブをじっと見つめるベイリーの顔に、ロニーの表情を映したような恐怖がよぎった。

ゲイブはバーをあとにし、居残っている客をそのままにして書斎に閉じこもった。もちろんばかげているのはわかっていた。子供みたいに逃げ出して隠れるなんてばかげている。それはわかっていたが、何もしないことに決めたのだ。

客たちにはふたりを代表してベイリーがあいさつをすればいい。ゲイブはもう、一秒たりともお祝いをする気分にはなれなかった。

「ゲイブ？」

こんな不安げなベイリーの口調を聞いたことはなかった。心臓の鼓動が速まり、ベイリーのもとに駆け寄って彼女を困らせているものを取り除いてあげなければと、ゲイブは無意識のうちに立ち上がっていた。が、書斎のなかほどまで来て、踏みとどまった。

「パーティーに戻りなさい、ベイリー」

ゲイブは命じた。ベイリーも彼のそんな口調をこれまで聞いたことはなかった。

「みんなには帰ってもらったの。ゲイブ、わたしたち話し合う必要があるわ」

ゲイブはそうは思っていなかった。

「お願い、ゲイブ」ドアの取っ手がかたかたと鳴った。「お願いだからわたしと話をして」

ゲイブは部屋の真んなかにたたずみ、一時間ほど前にベイリーとたっぷり愛し合ったあと下着をつけずにはいたズボンのポケットに、両手を突っ込んでいた。

何かがどすんとドアにあたり、そのまますべり落ちた。床にくずおれたベイリーの背中だ。ドアのすぐそばから、低い泣き声が聞こえる。

ここに閉じこもってはいられない。聞いてはいられない。ゲイブがすばやくドアを開けると、ベイリーが彼の足元に倒れかかった。ゲイブは思わず身をかがめた。まるで彼女を両手に引き寄せるように。彼女を抱き、もう二度と放さないと心に誓うように。

ベイリーからはまだ何も聞いていない。僕がまったく見当違いの結論を出してしまっただけかもしれない。彼女の話を聞くことが、彼女に対する、ふたりの愛に対する義務だ。

僕たちは一度も愛を言葉にしたことはなかった。――ベイリーが書いた結婚の誓いのなかでさえ。彼女を助け起こしながらゲイブは思い返した。

ベイリーは暗闇《くらやみ》で迷ってしまった子供のように彼にしがみつき、やがてようやく口を開いた。ゲイブの胸のなかで、その声はくぐもって聞こえた。

「ロニーが話したのね」

「それは……」ゲイブは必死の思いで冷静な声音を保った。「話したことが何かによるね」

「ロニーは最後通牒のことを話したのよね。わたしが来月までに結婚しなかったら、学院をわたしに売るのはやめて計画どおり閉鎖することにしていたって」

そんなこと、聞いていない。ロニーはそれほど明確には説明しなかった。

「君にはそんな経済的余裕があるのかい？」

それがどうしたというのだ。しかし、いまこの瞬間、ゲイブはほかに何も考えられなかった。

ベイリーは有名な芸術学院を買うだけのお金を持っていた。それをゲイブは知らなかった。彼女には以前から学院を買う計画があった。それも彼は知らなかった。

とどめの一撃はロニーの最後通牒だ。だが、彼女はその計画を進めるために結婚したわけではない。要するに、ゲイブは彼女のことを何も知らなかった。

ベイリーがうなずき、彼の胸のなかで彼女の頭が上下に動いた。少し前ならば、その動きがたまらなくセクシーに思えただろう。だがいまは耐えられなかった。ゲイブは彼女を押し離し、きちんと立っていられることを見極めて、両肩から手を離した。

ベイリーは哀願するように彼を見ている。ゲイブはぐっとこらえ、視線を返すことを拒んだ。

「ずっとお金を貯《た》めてきたの」ベイリーが言った。

なぜあえて説明しようとするのか、なぜあえてそれを自分が聞こうとしているのか、ゲイブにはわからなかった。ただ何をすべきか思いつかなかっただけだ。

「交通事故の保険金を貯めたのが最初だった……」

ゲイブはうなずいた。ベイリーの話は別に彼を不安にさせるところはない。筋が通っている。

「でも二年前に、ちょっとしたごたごたに巻き込まれて……」

ベイリーが明かす物語をゲイブは聞いていた。かつての恋人との関係、共謀の容疑で逮捕され留置場に入っていたこと、最終的に裁判で彼女の疑いは晴れたけれど、恋人には十年の刑が言い渡されたこと。

なぜ自分が驚いているのか、ゲイブにはわからなかった。ベイリーが型にはまらない女性であることは承知していたはずだ。

それでも彼女が語る話はとても信じられなかった。ゲイブがベイリーについて思い描いたおとぎばなしとは似ても似つかない。

ベイリーの話を聞きながら、ゲイブは自分の作った物語のほうがはるかにすてきだったのにと思わずにいられなかった。

「すべてが終わったら何もかもうまくいくと思って

いたわ。わたしの無罪が明らかになれば……」

「君の無知がね」

ゲイブは、黙れと自分に言い聞かせた。いまは誰かと話をする気分ではなかった。

ベイリーは彼の言葉が正しいことを認め、うつむいた。「でも重要なのは、わたしが教訓を得たことよ」

「どんな教訓だい？」

「そもそも、初めから父の意見は正しかったの。わたしの判断はまったくあてにならなくて……」

その点に関して、ゲイブは彼女の父親に同意しないわけにはいかなかった。

「父の意見は、堅実で尊敬できる人を見つけて、その人と結ばれたいと願いながら努力しなくてはならない。そうでなければ……」

「そうでなければ？」

「ひとりで生きる決意をするべきだ、って……」

ゲイブは何も言わなかった。

「わたし、何もかもうまくいくと思っていたけど間違いだった」ベイリーは部屋の中央に立ちつくしたまま話し続けた。両腕は水着の上にまとった色鮮やかなカフタンの腰のあたりにしっかりと巻きつけられている。「アロンジーとの一件については、あまりにひどすぎるってロニーに言われたわ。そして、自分が引退するときに学院を譲り渡していいものかどうか、それだけの堅実さがわたしにあるのかどうか、確信が持てなくなったって……。わたしにはお目付役が、あるいはせめて夫が必要だって言い出したの。わたしに正当な見方をさせてくれる人――ロニーはそういう言葉を使ったわ」

ベイリーは開いたドアに顔を向け、それからふたたびゲイブのほうを向いた。

「ロニーはその考えを、頑として変えようとしなかった」ベイリーの目は理解を求めていた。

彼女の求めに応じてやりたかった。だができなかった。ゲイブはこの悪夢のすべてが理解できなかった。起こってほしくなかったと思うほかに何も考えられなかった。時計を一時間戻して、やり直したかった。彼女が結婚パーティーに戻ると言うのを許さずに、ベッドにつなぎとめておけばよかった。

「そして、ロニーは最後通牒を言い渡したわ。ロニーの引退までにわたしが堅実で尊敬できる男性と結婚しなければ、学院も彼といっしょに幕を閉じるって」

これでほぼすべてが明らかになった。自分はなんと愚かだったのだろう。ゲイブは両手をポケットに入れたまま窓辺に歩み寄った。夜の闇を見つめ、道沿いの明かりを数える。

僕は涙を流しているのかもしれない、そんなばかげた思いにとらわれた。そして、それを誰にも知られたくないと思った。とりわけ、自分がせっかく抱いたすばらしい感情のすべてを、いまここでばらばらに引き裂いた女性には。

僕が悪いのだ。ベイリー・クーパーのような快活な女性が、本気で自分に惹《ひ》かれていると信じるなんて、どこまで愚かだったのだろう。僕に接近してきたのには、もちろん隠された動機があったのだ。彼女とのつき合いがほかの女性より長く続いたのも、いまや驚くにはあたらない。彼女がなぜあれほど一生懸命だったのか、なぜ口数の少ない自分の話をおもしろがってくれたのか、いまでは理解できる。奇跡のような僕への興味は、奇跡でもなんでもなかったのだ。僕はずっと物語の世界に暮らしていた。中世の伝説や、おとぎばなしや、英雄の物語――そこではいつも不思議なことが、魔法のような出来事が起こっている。農民の息子が王女さまを射止めることもあるし……。でも、現実はそんなふうにはいかない。

「僕は、たまたまそこに現れたお人好《ひとよ》しの男だったんだね？」ゲイブは自分に容赦せず、真実を求めた。もう傷つく余地など残っていない。

「違うわ」

ベイリーが涙声になっているのがわかったが、ゲイブは振り向かなかった。そんな姿は見たくなかった。

「あなたのことは一年以上前に気づいていたわ。ある日の午後の、五時ごろだった。わたしがちょうどストーンズ書店に入ろうとしたとき、あなたが出てきたの。あなたのことが忘れられなくて、またばったり会えるかもしれないと、同じ時間にお店に行ったりもしたわ」

「でも一度も会えなかった」

「そう」

「それで君は、学院のこととは関係なく、どうしても僕と話したくなって、ついに勇気を出して声をかけた。そうなんだね？」

感情は表に出さず、ゲイブはそう締めくくった。だが心のなかでは何かにすがりたい思いだった。自分が彼女をそんな行動に駆り立てた男だとはとても思えなかったが、きいてみなければわからない。ふたりはここで何かを取り戻せるかもしれない。

ベイリーは口ごもった。それだけですべてが明白だった。彼女はまたもやゲイブの希望を打ち砕いた。でもこれが最後だ。本当に最後だ。

「わたしが結婚すべき相手はあなただって、イブに言われたの」

その言葉は耳に入っていたが、来るべき痛みに備えてすでにゲイブの心は閉ざされていた。彼女が口ごもったときに、何を聞かされるにせよそれが自分を傷つけることになると、彼は悟っていたのだ。

「イブは調査をしたのよ」

ゲイブの皮膚から血の気が引いた。これほどひどい話になるとは考えてもいなかった。

「僕は調査対象だったと言うのか？」

ゲイブの心にはまだ傷つく余地が残っていた。彼は心に痛みを感じ、さらに激しく身もだえした。

「でも、わたしは知らなかったの」ベイリーが小声で言った。「ゲイブ、聞いて……」その声には必死の思いが込められていた。彼女はゲイブの両手を取り、胸に抱き寄せた。「二度めのデートのあと、わたしはあなたと結婚したいと思ったわ――決して学院のためではなく。そう思ったのは、これから先の人生をあなたなしで過ごすなんて考えられなかったからよ」

ゲイブはそれをそのまま信じるほど愚かではなかった。両手を引っ込めて、ベイリーと視線を合わせた。

「教えてくれ」声音を和らげようとしたが、できなかった。

「ええ」

「君は故意に真実を隠していたのか？　それとも故意ではなかったのか？」

ベイリーは長いあいだ何も言わなかった。言葉はもはや意味はなかった。沈黙が彼女に判決を下した。ゲイブはドアに向かった。

「故意によ。でも、あなたが考えているような理由からではないの」

ベイリーの声は廊下に出たゲイブの耳に届いた。彼は立ち止まり、振り返った。僕はうんざりするほど哀れな愚か者だ。

「それなら、学院を手に入れるために僕たちの結婚を利用したわけではないんだね？　学院のことがなくても、急いで僕と結婚したかったんだね？　ロニーの最後通牒がなくても？」

もうベイリーに言えることは何もなかった。むなしさが彼女の目に表れていた。

「荷物をまとめて出ていくわ」ベイリーはそう言い、ゲイブの横を通り過ぎた。

ゲイブは引き止めようとしなかった。書斎に戻り、ただじっと窓辺にたたずんでいた。彼女が出ていってしまうまで……。

6

ベイリーはゲイブとは距離を置き、彼の人生をこれ以上傷つけてしまう前にそこから立ち去ろうとした。

けれど、あまりにみすぼらしくあまりに狭いせいで、通知しておいたのにまだ借り手のついていなかったアパートに戻り、夜の眠りにつくと、彼と分かち合った喜びの日々が夢に現れた。

ゲイブは幸せそうだった。確かにつかの間ではあったけれど、わたしは彼を幸せにした。そして、彼もわたしを幸せにしてくれた。

苦悩のあまり頭がおかしくなってしまうと感じたとき、ベイリーの心はイブを求めた。

「問題は……」イブのこぢんまりとした別荘の居間に座って、ベイリーははなをすすって言った。「学院のことがなくても絶対に結婚していたって、正直に彼に言えなかったことなの」

「結婚式の日、あなたは彼に夢中だった。わたしはあの場で、それを感じたわ」

「それはわかっているの」

「それで？」

「心のなかを見つめると約束したわよね？」

「そうしていれば、自分が彼に夢中だってわかったはずよ」

ベイリーはかぶりを振り、またティッシュに手を伸ばした。「見つめたのよ」

「そうしたら？」

「わたしは怖がっていた。わたしが彼を愛しているのはわかっていた。でも彼がわたしを愛していたのかどうか、いまもわからない。ゲイブのような人は、ゆっくりと慎重に物事を進めるの。わたしがあまりに性急に動いたものだから、彼は自分に何が起こっているのかさえわからなかった。だから、いつもの日常のペースに戻って後悔する時間ができたら、どうなるだろうって……」

「どうして彼が後悔するなんて思うの？　あなたはすばらしい人間だし、きれいだし、最高の女性よ」

ベイリーは頬を伝う涙をぬぐいもせずほほ笑んだ。

「ゲイブは父にそっくりだから、わたしのような人間では不服なの。あの日みんなが帰ったあとのゲイブを見てほしかったわ。すごく冷淡で、すごく論理的で……。まるで父がわたしをウィンストン学院に送り出したときの再現みたいだった。彼には、わたしを思う気持ちなんて、少しも残っていなかった」

「お父さまはあなたを思っていたわよ、ベイリー。あなたをロニーに預けたのは、お父さまがなさった最高のことだった」

「父は意識もせずに預けたのよ」

「そうは思わない。あなたのお父さまがどんな人だか、わたしは知ってるわ。つぶさに調べてからでないと、何もなさらない。お父さまにはできないのよ。あれだけの責任を負っている方だから」

「つまり、わたしは父の仕事のひとつだってこと？　責任を負わなければならない対象なの？　わたしはそれ以上の存在になりたいのよ」

「わたしが言いたいのは、あなたをロニーのところに送り出す前にお父さまはきちんと調査をされたということよ。ロニーがあなたを助けてくれるってお父さまは確信していたの。ロニーに助けを求めたのは、あなたを思っていたからこそよ。ただ追い払いたいと思っていたのなら、どこかの昔ながらの寄宿学校に入れることだってできたわ」

ベイリーはじっくりと考えた。イブの意見はベイリーを元気づけてくれた。でも、それもほんの少しのあいだだけだった。

「だけど、それはゲイブとはなんの関係もないわ」

「あるわよ。お父さまはあなたを思っていた。おそらくゲイブもあなたを思っている」

「そうかもしれないけれど」

「学院のことがなかったら彼とは結婚しなかった。あなたはそう言いたいの？」

ベイリーはじっとカーペットを見つめ、毛足をもてあそんだ。

「わからない」目に涙をたたえてイブを見上げた。

「結婚したかったわ、とっても。でもロニーの最後通牒《つうちょう》がなかったら、たぶんしりごみしていたと思う。あとになって彼を失うことになったら、耐えられないってわかっていたから」

「失わなければいいのよ」イブはきっぱりと言い、ベイリーを腕に抱いて優しく慰めた。イブの目も涙に濡《ぬ》れていた。

その翌日、おとぎばなしのような結婚式から二週間後、ベイリーは来るべきではないと知りながらも来ないではいられず、ストーンズ書店の前にたたずんでいた。油絵を教えている途中で急に涙が止まらなくなり、学院を飛び出してきたのだ。絵の具だらけだし、汗をかいていて汚れていた。ループ地区からマグニフィセント・マイルの真んなかまで歩いてきたのだ。ここで何かをしなければ正気を失ってしまいそうだった。

ゲイブの近くにいることで、少しは落ち着いた。ベイリーはずっと考えていた。昨日の夜イブが話してくれた事柄について。そして、イブに対して、自分自身に対してようやく認めた事柄について。いまはひどく混乱していて、どこへ向かうべきなのかわからない。

ベイリーはなんとかしたいと思い、歴史のある美しい建物の重い扉を開けてなかに入っていった。ためらうことも、人々の視線を気にすることもなかった。カウンターに突き進み、ゲイブはオフィスにいるかとマリーに尋ねた。

「今朝は忙しいそうです、ミス・クーパー」マリーは言った。ベイリーのほうを見ようともしない。マリーが隠そうとしない嫌悪の情は、ベイリーが着ている汚れたズボンやだぶだぶのシャツとは無関係なのだろう。

「ミセス・ストーンよ。ゲイブはオフィスにいるの？」

「今朝は、お仕事の邪魔をされたくないとのことです」

店の客がまわりに集まってきているのをかすかに意識して、ベイリーは声音を落とそうと努めた。

「ゲイブはわたしの夫なのよ、マリー。わたしには会う権利があるわ」

年配の女性が息をのみ、ベイリーとマリーのどちらにも聞こえる大きな声で友人に耳打ちした。「ゲイブ・ストーンがこんな人と結婚したの？」

騒いでいるおばあさん連中のことは見て見ぬふりをした。「別の人たちにまたショックを与えないうちに、わたしをオフィスに通したほうがいいんじゃないかしら？」そう尋ねたものの、答えは待たなかった。夫に会うのにマリーの許可は必要ない。ゲイブのオフィスがどこにあるかは知っている。結婚式の前日には、机の上で愛を交わしたのだ。

ゲイブは明らかにそのことを忘れてしまっていた。数分後にオフィスのドアを開けたとき、ベイリーはそう思った。表情から察するに、彼の心に刻まれたこの部屋にまつわるベイリーとの思い出は楽しいものではないようだった。

相変わらずのゲイブの流儀で、彼は押し黙っている。ひどく不機嫌な顔つきでじっと座ったまま、彼女を見ていた。

「眠れない。食事も喉を通らない。このままではいられなかったの」

せめて着替えてくればよかったとベイリーはいまになって思った。奇跡でも起きなければ、ゲイブにまた好きになってもらえそうにない。

「罪悪感で人はそうなるものだ」ゲイブは言った。だが彼の目の下にもくまができている。

ベイリーはそのことに妙な慰めを覚えた。机に少し近づいたが、ゲイブの顔がさらに冷たい表情に変わるのを見て足を止めた。

「説明させてほしいの」もう一度言ってみた。「わたしを信じてほしいの……」

「君を信じる？」

「チャンスをちょうだい、ゲイブ。あなたがわたしにとってどれほど大事な人であるか、きちんと話したいの」

ゲイブは顎を引き、喉をごくりとさせた。彼が視線を返してきたとき、ベイリーは気分が悪くなった。彼は別れを告げようとしている。きつく結んだ唇と、厳しいまなざしからそれがわかった。

「そんなことをしてなんになるんだ、ベイリー？僕たちは住む世界が違う。いまここで終わりにするのがいちばんいいんだ。もっとやっかいな事態になる前にね」

やっかいな事態。事実かどうかは別にして、父の人生で自分はまさにその〝やっかい者〟なのだとベイリーは感じていた。ゲイブにとっても同じなの？結婚式の前に抱いていた不安は、根拠のないものではなくて、事実だったと言うの？

ほかのどんなことより、ベイリーは知りたいことを口にした。「ゲイブ、わたしを愛している？」彼女はそう尋ね、ゲイブと向き合った。

「僕を困らせようというのか、ベイリー？」ゲイブはベイリーの父の常套手段《じょうとうしゅだん》を使い、質問を質問で返してきた。

「違うわ」ベイリーは首を振った。「真実を知りたいだけ」

ゲイブはため息をついた。ベイリーの愚かな心が希望を抱いてしまうほど、つかの間、彼はひどく悲しそうな顔をした。

「僕たちはおそらく性急に事を進めすぎた。そもそも結婚するべきではなかった。これが真実だ」

彼の冷静な論理は、身に覚えのある越えられない壁だった。

「あなたはそんなふうに思っているの？」

わたしの考えたことは間違っていなかった、とベイリーは思った。ゲイブにほんの少し考える時間をあげたら、彼は道の途中に小さな障害物を見つけて、それでもう終わりにする気になっている。

ベイリーは父の人生にうまく調和できたと思った

ことはなかった。それなのにどうしてゲイブの人生に溶け込めるなどと考えたのだろう？　やはり父とゲイブはよく似ているのだ。

「君は思わないの？」

ゲイブはベイリーの瞳に答えを読み取り、うつむいた。

「もうここには来ないほうがいい」彼は顔を上げ、ベイリーを見た。「僕たちがこれ以上顔を合わせたら、もっと……不快になるだけだ」

ベイリーは何も言わず、振り返ることもなく、背を向けてゲイブの人生から立ち去った。

その後の数カ月、ゲイブは人生のなかでもっともつらい時期を過ごした。一目だけでもベイリーを見たいと願い、数えきれないくらい何度も彼女の古びたアパートの前を車で通った。ときには部屋の明かりが見えることもあったが、それ以上の生活の気配を垣間《かいま》見ることはできなかった。

自分がどうなってしまったのか、どうして立ち直ることができないのかわからなかった。彼女が去って半年が過ぎても、まるで抜け殻のようだった。仕事をした。デートもしてみた。前よりも多く休みを取るようになった。ベイリーの思い出といっしょに家に閉じ込められてしまわないように、ただそれだけに気をつけた。デートのときに相手との話題があるかどうかは気にしなくなった。そして、気にしなければ口は軽くなるものだと知った。

いまでも話し上手とは言えなかった。いまも物事を深刻に考えるし、流行よりもシェークスピアのほうに興味を持っている。それでも必要とあれば相手と渡り合うこともできた。

ベイリーとはまだ離婚手続きをしていなかった。自由は必要なかったし、再婚する予定もなかった。もう一度こんな経験を繰り返すつもりは断じてなかった。それにばかげた話だが、何カ月過ぎても彼女からの離婚確定判決が届かないことになぜかほっとしていた。ほっとしているのは、書類の上だけでも結婚しているという事実が社交の場で身を守ってくれるせいだと自分を納得させていた。おそらく十年も経《た》てば、自分でもそれが理由だと信じ始めるにちがいない。

クリスマス・シーズンが訪れ、一日か二日のあいだ、もう自分はやっていけないと感じた。生き続ける意欲がないという理由だけで人が死ぬことがあるのなら、自分の死期は近いと思った。

だが驚いたことに、死ななかった。ようやくクリスマス休暇が過ぎ、ゲイブはふたたび生きようと決心した。自分を痛めつけてまでヒーロー気取りを装う自分にうんざりし、何か興味を持てるものを、何か楽しめるものを見つけようと努力した。

そして、古武道のテコンドーに情熱を見出《みいだ》した。心の健康を保つために、テコンドーの精神修養を頼みにするようになった。一月は週に二回ほどだったが、二月の初めには週に少なくとも五回は教室に通うようになっていた。

師匠の力添えでベイリーに裏切られた心の痛みをついに克服し、次には彼女の与えてくれる喜びがもはや存在しない毎日を生きる苦悩を乗り越えようとしていた。この数カ月のあいだに極限まで高まった緊張を解き放った。蹴《け》り、動き、仲間と手合わせをし、心のなかの邪悪な感情を抑えることを学び、ベイリーがいなくなってから初めて、生きていることを実感した。ベイリーのような女性を手放してしまった自分が許せるようにもなった。別れたのは正しかったのだ。結婚を続けていくには、ふたりはあまりにも違いすぎた。

あるいは、そう自分に言い聞かせていただけかもしれないが。

ふたたび本を読むようにもなった。たいていはスパイ小説を読んだ。椅子にずっと座っていられるような、わくわくさせてくれるものが必要だったからだ。

彼はゆっくりと、着実に、正気を取り戻しつつあった――二月の十四日になり、恋人たちの日に自分がひとりぼっちで家にいることに気づくまでは。

もう二度とバレンタインをひとりで過ごすことはないと、結婚式の日にそう考えたことが心に浮かび、彼をあざけった。ひどく不機嫌な思いで目を覚まし、今日はずっと家にいようと決めた。

暗い投げやりな気持ちで、ベイリーにもらったアロマテラピー・ディフューザーのブランデー・ウォーマーを食器棚のうしろから取り出した。いつもなら夕食後に飲むブランデーが、ランチの前には温められ、飲みごろになっていた。ちょうど一口めをすすろうとしたとき、玄関のベルが鳴った。

バレンタインの日に僕を訪ねてくるなんて、いったい誰だ？　いらだたしげに思った。今日は月曜日で、本当なら仕事に出ているはずの日だ。

邪魔しようとしたのが誰であれきっぱり追い返そうと、きつく唇を結んで玄関に向かった。心穏やかに自分を哀れむことさえ許されないのか？

ところが、ドアを開けても、そこには誰もいなかった。少なくとも彼の目に見えるところには誰もいなかった。それでも気配を感じ、あたりを見まわした。近所に引っ越してきた子供がいたずらをしたのかもしれない。つかまえたら即刻、母親のところに連れていこう。他人の権利を尊重することを教える必要がある。

そのとき、地面で何かが動いた。ポーチに猫がいるのだろうと無意識に視線を落とした。

「いったいこれは……」

猫はいなかった。その代わりに自分が目にしているものが、信じられなかった。息がつまり、心臓が止まった。ちょうど鼓動の合間でそのまま凍りついた。ふたたび呼吸を始めると、心臓も鼓動を始めた。ほかに動くものはない。

ただ足元に置かれたかごのなかの包みが、一度だけ動いた。それからまばたきをした。

ゲイブもまばたきを返した。視線をそらすことができず、ほかに何をすべきかも思いつかなかった。

訪問者はピンクの毛布に包まれている。ようやくそのことが認知できた。何か重要な意味があるのだとわかったが、それがなんなのか思い出せない。

ゲイブはじっと見つめ続けた。心を落ち着けようと深く息を吸う。速まる心臓の鼓動を鎮めようとした。

そうしているあいだずっと、頭のなかでは同じメッセージが鳴り響いていた。〝僕の玄関に赤ん坊がいる。僕の玄関に赤ん坊がいる〟

何もなければ、おそらく夜までそこに立ちつくしていただろう。だが明らかに赤ん坊は、何をするべきかゲイブが考えつくまで待っていられなかったらしい。小さな顔をゆがめ、これまで聞いたことのないおぞましい声をあげた。少なくともゲイブが自分の家では聞いたことのない声だった。

その声がゲイブに行動を起こさせた。手を伸ばし、かごの持ち手をつかむと、騒々しい荷物を家に運び入れた。ドアを足でぴしゃりと閉め、タイルの床にかごを置き、またまじまじと眺める。

ふと柔らかいピンクの毛布に留められた手紙に気がついた。表に彼の名前が書いてある。

ゲイブは手紙に手を伸ばした。何か意味があると感じたからではなく、ただそこにあったからだ。かすかな好奇心を抱いていた。だが頭のほとんどの部分は茫然《ぼうぜん》としていた。

誰かの赤ん坊が自分の家にいる。

だが、それは間違っていた。手紙を読んで背筋が凍った。もう一度読み返す。

赤ん坊の名前はミニヨン、ゲイブの赤ん坊だった。ゲイブは大声をあげて泣き叫んでいるピンクの包みを見下ろし、息がつまるほど胸を締めつけられながら、何か違うことが書いていないかとまた読み返した。

同じ内容だった。彼は手紙を床に落とした。それから外に飛び出すと、やみくもに右手に向かい、それから左に、次には庭に突進した。ベイリーはどこにいるんだ？　赤ん坊が家にいることを思って遠くまでは行かなかったが、近所をくまなく探した。彼女は消えていた。

だが長い時間ではないはずだ。手紙には戻ってくると書いてある。

混乱し、当惑したまま、ゲイブは引き返した。体から力が抜けて立っていることもできず、怖くて動くこともできずにドアにもたれた。玄関のベルが鳴ったその一瞬で、これからの人生がそっくり変わってしまった。理解できない感情に駆り立てられ、ゲイブは視線を落とした。生後四週間になる娘の、濡れた大きな青い瞳が彼を見上げている。

赤ん坊は何重にもくるまれているので、その瞳と、小さな丸い鼻と、きゅっと突き出されたばらのつぼみのような口元しか見えない。ゲイブはドアにもたれたまま身をかがめ、赤ん坊の傍らに膝をついた。触れるのが怖かった。でも触れなければならない。赤ん坊をくるんでいる布を少し取り除いてあげなければ、窒息してしまうだろう。

ついに震える手を、娘のほうに差し出した。

「大丈夫だよ、おちびちゃん」赤ん坊をおびえさせてはいけないと、小さな声で言った。「お父さん《ダディ》がいまから抱っこするよ。いいかな？　大丈夫、痛くないから。さあ抱っこするよ」

ゲイブはそのまま何秒か待って、不満を表明する時間を赤ん坊に与えた。それから、かごの縁に沿って底に届くまで両手を差し入れ、静かに持ち上げた。包みはコルクのようにすっと出てきた。

「ほらね。すごく簡単だっただろう」ささやき声のまま彼は言った。「ダディがこれからお部屋に連れていってあげるからね。すぐそこだから……」手を伸ばして胸の前に包みをささげ持ち、途中で何か不満なことがあった場合に彼の声で気をまぎらわせてくれることを願って、ずっとささやき続けた。

任務は終了した。ゲイブはそれ以上の運試しをする気になれず、赤ん坊を戸口にいちばん近い革張りのソファに寝かせ、そして飛び上がった。赤ん坊が、前よりもさらに大きな声で泣き始めたのだ。

「どうしたの？」身をかがめて赤ん坊を見つめ、尋ねてみた。ソファの上に何か落ちていたのだろうか？

ゲイブは『えんどう豆の上に寝たお姫さま』の話を思い出していた。それとも、クッションの下に何かあったのか？

ソファを調べようとしてそっと赤ん坊を抱き上げると、とたんに泣き声がやんだ。問題はやはりソファにあったのだと判断し、別のソファに寝かせた。だがゲイブが手を離した瞬間に、また泣き出した。椅子もだめだった。床も、キッチンのテーブルも、カウンターも、おまけにゲイブのベッドも……。赤ん坊の母親がやってくるまで、たとえどれほど長い時間でもずっと抱いていようと決心するころには、ゲイブは柔らかな毛布とおかしな帽子にくるまれた赤ん坊と同じくらい汗だくになっていた。

疲れきったゲイブは、今度は赤ん坊を胸の近くに抱えて娯楽室に戻り、ソファに座って膝の上に寝かせた。赤ん坊はまばたきをし、彼を見上げると、小さな眉を寄せて顔をしかめた。

「わかるよ、おちびちゃん。僕にもよく理解できないんだ」ずっと話しているせいで喉が痛くなってきたが、それでもささやき続けた。「君のお母さんのせいだからね」

ベイリー——彼女の名前を思い浮かべただけで、体を衝撃が貫いた。ベイリーが家の戸口まで来たのに、僕は気づきもしなかった。

ベイリーが赤ん坊を産んでくれたのに、僕は知りもしなかった。

すでにその繊細な性格を心得て、ゲイブは細心の注意を払いながら、娘をくるんでいるものを取り除いていった。一枚めの毛布。二枚めの毛布。小さな帽子……こんなに華奢《きゃしゃ》で小さな耳は見たことがない。それからファスナー付きのカバーオール。大丈夫だよとささやきながら、さらに慎重にそれを脱がせた。ようやくすべてを終えたとき、ゲイブはまた震えていた。愛に震えている。彼はこれほど小さな人間を見たことがなかった。

自分がダディなのだ。父親。家族の一員。ゲイブはもうひとりぼっちではなかった。

一時間後、冷たい地面に座ったまま、ベイリーは両耳の感覚もなくして、次々に込み上げてくる涙をぬぐっていた。ここに座っているあいだずっと、自分の人生の一部を失ったように思えて胸が張り裂けそうだった。

もっと早く父親のもとに、ミニヨンを連れてこなければならないのはわかっていた。でもゲイブが最後に放った言葉を思い出し、妊娠の事実さえ告げることができなかった。ひどく気弱になっていたときも、彼に頼ることはできなかった。

けれどいまは大丈夫。わたしは立ち直り、強くなった。彼にすべてを話して、いかなる運命も受け入れる覚悟ができている。ミニヨンの人生を分け合うことについて話し合うときにも、理性的でいられる心の準備はできている。たとえ話し合う相手が、ミニヨンの母親を求めていないとわかっていても。

ただ、これほどつらいとは思っていなかった。

7

ゲイブの両脚はしびれていた。二時間ほど前に赤ん坊が膝の上で寝ついてから、ゲイブは身じろぎひとつしていなかった。眠らせてあげなくてはならない。自分もいっしょに眠れたらいいのに。そうすれば、心が痛むほど娘への愛を感じているこの苦悩から逃れられる。

それに、どんなに否定してみても、赤ん坊の母親のことも愛していたのだ。両脚は感覚を失っている。だが心は感覚を失ってはいない。

先ほどからずっと、ベイリーの思い出にさいなまれて過ごしている。これまでの数カ月、彼女はどうしていたのだろうかと想像もしてみた。学院でずっと教えていたのだろうか？　もう学院を経営してい るのだろうか？　きっと輝くような妊婦だったはず だ。

急速にふくれ上がる後悔の山に、また新たな後悔をつけ加えた。ここでやめなければ、その山に押しつぶされてしまいそうだ。

ミニヨンの誕生に立ち合えなかった。名前をつけてあげることもできなかった。とはいえベイリーの選択には満足していた。ベイリーは『すてきな五十の物語』から名前を取っていた。あの本のいちばんおしまいの物語だ。

ああ、ベイリーが恋しい。

いずれ彼女に会える。だが、すぐであってほしい。ベイリーはミニヨンの食べ物を置いていっていないし、何を食べさせたらいいのかゲイブには見当もつかないからだ。

ミニヨンの養育権を共有することについては全面的に同意するつもりだと、手紙に書いてある。彼女は将来のことを話し合うつもりらしい。ほんの数時間前まで、自分に将来があることさえゲイブは知らなかった。

座ったまま、将来がどんなものになるのか考えてみようとした。具体的な姿を形にしてみようと思った。そうすればこれからの数時間、あまり心を痛めずに過ごせるからだ。だが満足のいく結末を思い描くことはできなかった。現実的な結末がどうしても思い浮かばない。

いずれにしても、これから娘を育てていくことだけは確かだ。それ以上のことは考えられない。

十五分後、玄関のベルが鳴った。ミニヨンはまだ眠っている。目を覚ますまでベルに応《こた》えるのはやめようかと思った。

だが、ベイリーを寒空の下に立たせておくわけにはいかない。彼女は車も持っていない。おそらく電車の駅から歩いてきたのだろう。ミニヨンを産んだときには、ちゃんと学院を通じて保険がおりただろうか。本当は自分がふたりの面倒を見なければならなかったのだ。

玄関のベルがまた鳴り響いた。なんとかしなければならない。ベルが鳴り続けたらミニヨンが目を覚ましてしまう。もちろん彼が動いても同じ結果になるかもしれないが、そうするしかなかった。大事な赤ん坊をソファに寝かせ、要所要所にクッションを並べて安全を確保してから立ち上がった。

ゲイブは思わずソファの向かいの椅子で体を支えた。そうしなければ倒れてしまいそうだった。両脚が悲鳴をあげて抵抗している。また歩けるようになるのだろうかと、しばし不安に駆られた。

だが歩くことができた。三度めのベルが鳴る前に玄関にたどり着いた。深く息を吸い、ベイリーとふたたび顔を合わせる心の準備ができているふりをして、ドアを引き開けた。

ベイリーが潤んだ目で彼を見上げた。その目から涙があふれた。そんな光景を目にするとは思ってもいなかった。

ゲイブが戸口に立ちつくし、ただ茫然《ぼうぜん》と眺めているので、ベイリーはどうしたらいいのかわからなかった。なんにもまして彼に抱きしめてほしかった。ベイリーはそれを待ち、願った。けれどもむだだった。ゲイブは見ず知らずの人のようにそこに立っているだけで、家に入れてくれようともしない。

ベイリーは頭のなかが真っ白になった。なんと言ったらいいの？　わたしはどうしたら泣きやむことができるの？

ついに彼女はただひとつ残された道を選んだ。前に進み出た。ゲイブに近づき、がっしりとたくましい腰に両腕をまわし、肩に顔をうずめた。

ゲイブは体をこわばらせ、両腕を脇《わき》に垂らしたままだったが、ベイリーは離れなかった。離れられなかった。彼の赤ん坊を産んだのだ。孤独と心の痛みに耐えてきたのだ。

あまりにもゆっくりとした動きだったので、現実に起こっていることだと信じられなかったけれど、いつのまにかゲイブが彼女を抱き、彼の家に——彼の人生にベイリーを迎え入れてくれた。彼は足でドアを閉めたあともベイリーを抱きしめたまま、彼女が泣きつくすまで静かに待っている。

「ごめんなさい」ベイリーはつぶやくように言い、ゲイブがそれにうなずくのを感じた。あやまらなければならない数々の事柄のなかで、いま彼は何を受け入れてくれたのだろう。でもそれはどうでもいい。選《え》り好みのできる立場ではない。

「これは……」

ゲイブはそっとベイリーの体を離し、自分のセーターに目を落とした。胸のあたりにふたつ、はっきりとわかる染みがあり、それはベイリーが着ている男物のシャツの染みと一致していた。ここまで歩いてくるあいだにお乳が漏れてしまい、ベイリーはアーミー・ジャケットのボタンを外していたのだ。

「ミニヨンのおっぱいの時間だわ」

ゲイブは彼女の胸のあたりを見つめている。

「すごく大きいね！」彼はうっかり口に出した。

戸口にミニヨンを置いて立ち去ってから初めてベイリーはほほ笑んだ。弱々しい笑みだったかもしれないが、それでも……。「そうなの」

ぴったりのタイミングで、ミニヨンがすさまじい泣き声をあげ、ベイリーのお乳が本格的に漏れ出した。

ベイリーとゲイブはまだあいさつさえ交わしていないが、ものには優先順位がある。ベイリーは哀れな泣き声がしているあたりに歩み寄り、ミニヨンをを抱き上げた。

「寂しかったのね」涙の筋のついた赤ん坊の顔に自分の鼻をこすりつけて言う。ともかくベイリーはそう解釈した。だが、ミニヨンはベイリーの顔を見て泣きやみ、すぐに鳥のようにすぼめた唇を母親の胸に向けた。

ベイリーは手を伸ばしてマタニティー・ブラジャーのホックを外し、ミニヨンの口に乳首を含ませ、それからソファに座った。ミニヨンがお乳を飲み始め、せっぱつまった肉体的苦痛が和らいでから、ベイリーはようやくゲイブを振り返った。

彼は少し離れたところに立っていた。目を皿のようにして眺めている。

「おなかがすいていたのよ」意味もなくベイリーは説明した。父親であることを知ったばかりの男性に、ほかに何が言えるだろう。

ゲイブはうなずいた。そのしぐさがあまりにもなつかしく、あまりにもゲイブらしいので、ベイリーの目からまた涙があふれそうになった。いつかは涙も涸《か》れてくれればいいのだけれど。

「もっとにぎやかなときもあるんだろうね？」ミニヨンを見つめたままゲイブが尋ねた。

彼の顔を見上げ、ベイリーはどきりとした。ゲイブが笑っている。

「ミニヨンは、なんにでも全力投球するの」

ゲイブはまたうなずいた。「きっと母親に似たんだろうね」

ベイリーは異を唱えるように眉を上げ、何カ月ものあいだ夢に描いていた男性を見つめた。ゲイブは自分に似つかわしくない。それなのに、なぜいまも人生の伴侶《はんりょ》のように感じられるの？

心を奪われたように母と娘をじっと眺めているゲイブの姿にかすかな喜びを覚えつつ、ベイリーはしばらくのあいだ黙ってお乳をあげていた。ミニヨンが片方のお乳を吸い終えると、すかさずもう一方の胸に移した。

ふと、むき出しの濡《ぬ》れた胸を見つめているゲイブの熱いまなざしに気づき、欲望に体をかき乱された。ふたりのあいだにまだ何かが存在していることは確かだ。

少し残念に思いながら、ベイリーは胸を隠した。ゲイブと将来のことを話し合いたかった。何もかも話して、すっきりさせたかった。でも授乳が終わるまでは待たなくてはならない。

ミニヨンはたっぷりと飲み、げっぷをして、いつものようにあっというまに眠った。

「ミニヨンはほかに、どんなことをするんだい？」

ゲイブは両手をポケットに入れたまま尋ねた。

ベイリーはシャツのボタンを留め、ミニヨンをソファに寝かせた。

「ミニヨンのレパートリーはすべて披露したわ」そう言って娘にほほ笑みかける。「お乳を飲んで、寝て、泣くの」

ゲイブの顔を見上げなければいけないとわかってはいたけれど、ミニヨンを見ていたほうが安心だった。

「それに、用足しも……」お乳をあげる前におむつを取り替えなかったことに気づいてベイリーは言い添えた。いつもの手順を忘れてしまっていた。

ゲイブは世界が終わるまでそのままソファのそばに立っていたって大丈夫らしい。が、ベイリーはそれほど辛抱強くない。

「怒っている？」ベイリーはついに彼と視線を合わせ、そう尋ねた。立ち上がるべきだったのだろうが、ミニヨンのそばにいたかった。

「自分でも自分がどう思っているのかわからない」

確かにそうだ。ベイリーもたいていは自分自身がわからない。

「妊娠しているときはたいへんだった？」ゲイブは体を前後に揺らし、ミニヨンのほうを見ている。

ゲイブのいない月日を過ごさなければならない悲しみを勘定に入れなければ、さほどたいへんではなかった。ベイリーはかぶりを振った。

「まったく？」

「つわりもひどくなかったわ」

「お産は？」

「イブがついていてくれたの」ベイリーは答え、苦しかった時間を思い出していた。もうだめだと確信した瞬間も一度か二度あったけれど、イブが病院に来て励まし続けてくれた。あとは何カ月ものあいだいとおしんできたおなかの赤ん坊に会えるという期待で乗りきることができた。「あまり時間はかからなかった」

「自然分娩《ぶんべん》で？」

ベイリーはにこりと笑った。「わたしがほかの方法を選ぶと思う？」

ゲイブはうなずいて賛同し、それから眉をひそめた。「病院で産んだのかい？」

そうしたくはなかった。もしもゲイブがそばにいてくれたなら、病院では産まなかった。でもひとりでは、危険は冒せなかった。「そう」

「保険は使えた？」

「ええ」

ベイリーはゲイブの質問に息苦しさを覚えていた。こまかいことを知られたくないからではない。ほかに話すべき重要な問題があるからだ。

「お父さんは、もうミニヨンに会ったの？」

ふたりが同時に父のことを考えていたのは偶然だとは思えなかった。ベイリーは首を振った。彼女がゲイブのもとを去ってから、父はほとんど口をきいてもくれなかった。でもそれをゲイブに話すつもりはない。

「この半年、父は海外に出ているの」

ゲイブはしばらくのあいだ何も言わず、眠っている赤ん坊を考え込むような表情で眺めていた。

「連れてきてくれてありがとう」

「連れてこないわけにはいかなかったの」

いまの状態をこれ以上続けているわけにもいかなかった。なんといってもふたりはいっしょに赤ん坊を作ったのだ。

「もう学院を引き継いだのかい？」

その言葉にも感情がこもっておらず、ベイリーは不安に駆られた。ゲイブはこれほどにしか思ってくれていないの？　愛に満ちていたあの数週間があまりにも熱烈で、もう二度と冷めることなんてないと感じたのは、わたしの思い込みにすぎなかったの？

「いいえ。買わなかったの」

ゲイブはまじまじとベイリーの顔を見つめた。

「ロニーが売ってくれなかったのかい？」

「わたしが買わなかったのよ」大きな違いだ。

「閉鎖されるの？」

わたしの仕事がなくなることを心配しているのだろうか？　わたしが生活できなくなることを？　彼に助けを求めてくることを？

「違うの。大学の先生たちが学院を買って、理事会が運営することになったわ。わたしは好きなだけ仕事を続けられるの」

「どうして？」

ベイリーは彼の探るような視線を苦痛に感じ始めていた。

「なぜってあの仕事が好きだし、子供たちもわたしを必要としてくれているし、自分の人生に何かすることがほしいからよ。ミニヨンだっていつまでも赤ん坊じゃないわ」

「いや、どうして買わなかったのかときいたんだ」

ゲイブが声音を上げたわけではない。明らかな変化の兆しはなかったが、少し前には存在しなかった緊張感が部屋にみなぎっている。それがなんであれ、真実を包み隠さず告げる勇気をベイリーに与えてくれた。「わたしにはもう必要がなかったから」

ゲイブはまた体を前後に揺らしながら、黙ってその意味を考えた。「説明してもらえるかな？」

「学院にやってきた最初の日から、あそこがわたしの家になったし、唯一安心できる場所だった。それに愛情を感じるものでもあった。でもあなたが現れてからは、もうそんなふうに感じられなくなった」

「どうして？」彼は体を揺らすのをやめた。身じろぎひとつしない。

「本物の愛を手にしたからよ」

「でも君は、学院のことがなかったら、僕と結婚しなかったんだろう？」

「ある意味ではそのとおりよ、ゲイブ」ベイリーはミニヨンを起こさないように気をつけて、ゆっくりと立ち上がった。ゲイブに近づき、体に触れる直前で立ち止まり、彼を見上げた。「あのときのわたしはあなたと結婚するのが怖くて、後押しが必要だったから。不安を乗り越えさせてくれる何かが必要だったの。でも、嘘《うそ》偽りなく、わたしがあなたと結婚した本心は学院を買うためではなかった。あなたのいない人生が想像できなかったからよ」

ゲイブの瞳を何かがよぎり、そして消えた。「君の記憶は正しくないよ、ベイリー。僕に言い寄ってきた理由は、君自身の口から聞いたんだ――ロニーが最後通牒《つうちょう》を出した、それに対してイブが解決策を見つけてくれたからだ、ってね」

「そうよ、それであの日あなたに話しかけたのよ。少なくともそれが理由だと、わたしは自分に言い聞かせていた。でもずっと前からあなたと話をする口実を探していたの」

「それでいざ結婚となったら、どうして不安になったんだい？」かすれた小さな声だ。

「やがてあなたは目を覚まして、わたしに拘束されてることに気づく……そして後悔する、って思ったの」

ゲイブは一歩も身を引かなかった。ベイリーはそれに勇気づけられた。彼のぬくもりも感じられる。

「僕を愛していたかい、ベイリー？」

「わたしを困らせようというの、ゲイブ？」

「違うよ」

「ええ、愛していたわ。心から」ついに思いの丈を打ち明け、手で触れられそうな安堵《あんど》の渦にのみ込まれた。彼が同じ思いを返してくれなくても、もう気にならない。ただ彼に知ってもらいたいと思い、自分の心を解き放つことだけを考えていた。

「君は一度もそう言わなかった」

「あなたもよ」彼はまだ口にしていない。

「僕たちは大きく違っている」愛を口にする代わりに、ゲイブは言った。

彼が本当は何を言いたいのかベイリーにはわかった。何も変わっていない。ふたりはいまも偶然に同じ場所にたどり着いた、まったく正反対の人間にすぎないのだ。

ベイリーはぐっとこらえ、ただうなずいた。「わかっているわ」

「わかっているのか？」ゲイブは射るような鋭いまなざしを彼女に向けた。「それなら説明してほしい」

ベイリーは眉を寄せた。「何を説明するの？」

「君が僕の人生からいなくなった瞬間から、なぜ僕の魂の半分が欠けてしまったのか？」

「そ……そうなの？」

ゲイブはうなずいた。「もしも僕たちがいっしょになる運命でないのなら、なぜ僕の頭から、そして心から君を消し去ることができないんだ？」

「あなたの心から？」涙が込み上げてきた。

ゲイブはふたたびうなずいた。

「でも、あなたを長いあいだ引き止めておけるようなものをわたしは持っていないもの。あまりにも感情的で……物事を頭ではなく胸で考える。落ち着かないのよ、あなたが着ているような服や、あなたが住んでいるような場所……」

「君は強いお酒で、僕はかび臭い水道水みたいなものだ」

「とんでもないわ！」ベイリーがかぶりを振ると、巻き毛が激しく揺れた。「そんなことを言うなんて信じられない。あなたはわたしがそうありたいと思っているものをすべて持っているわ。堅実で、頼もしくて、誠実で、頭がよくて、論理的で、信頼できて、胸が痛くなるくらいセクシーで……」あとどのくらい言うことがあるのか推しはかるようにベイリーはしばらく彼を見つめ、先を続けた。「あなたのいないこの数カ月はすごくつらかった。もしも一瞬でもあなたへの思いに自分で疑いを抱くことがあったとしたら……実際にはなかったのだけれど、この月日が証明してくれたと思うわ。わたしのあなたへの愛が永遠のものであることを」

「僕への思いは変わらなかったと言うのか？」

「ええ」間髪を入れずに答えた。「ずっと確信が持てなかったのは、あなたの気持ちだった」

そのとたん、ゲイブはようやく理解した。ふたりは少しも違ってはいない。どちらも自分に自信が持てずに悩んでいる、似た者どうしなのだ。ゲイブのほうも自分の気持ちを疑ったことはなかった。確信が持てないのはベイリーの気持ちだった。彼女が自分の何に惹《ひ》かれたのか、セックスのほかに何か彼女を引き止められるようなものが自分にあったのかどうか、これまでわからなかった。ベイリーがすばらしい女性であることに彼女自身がなぜ気づかないのか理解できなかった。どうしてベイリーは自分自身の価値が少しもわかっていないのか理解できなかった。

僕も彼女と同じだというのか？　僕にも自分で気づいていない価値があるというのか？

彼女が僕のなかに見つけたものは、僕がベイリーのなかに見つけたものと同じように、実体のあるものだというのか？

「君が、本当に僕を愛している？」たったいま真実を見つけたと確信したものの、それでも信じられずにゲイブは尋ねた。

「心から愛しているわ」

ゲイブは両手をポケットに入れたまま、彼女を見つめた。「僕も心から君を愛している」

「それは違うわ」ベイリーはあとずさった。

「いや」ゲイブは彼女に近づいた。「愛している」

「あなたはわたしのことは愛せない」ベイリーは泣いていた。

「もしも君が僕のことを愛せるのなら、僕も間違いなく君を愛せる」

「どうして愛を語りながら、そんなに論理的で、そんなに冷静でいられるの？」

「大切なことだからだ」

ベイリーは長いあいだゲイブを見つめてから、彼の胸に飛び込んだ。笑いながら、泣きながら、必死にしがみつく。でも、もう手を離してもかまわない。彼がしっかりとベイリーを抱きしめている。

「あなたがわたしを愛しているなんて信じられないわ」

「君がいなければ、僕が生きている意味はない」

ベイリーは両手でゲイブの顔をはさみ、彼を見上げた。「本当？」

「信じてくれ、ベイリー」彼がささやいた。

「愛しているわ、ゲイブ」ベイリーの声は低く震えていた。

「僕も愛している」

まるでイブがふたりに魔法をかけたように、疑念が消え去った。だがこれは魔法以上のものだとゲイブは全身全霊で承知していた。この愛はふたりの生涯を超えて永遠に続くのだ。

エピローグ

一カ月後

胸の前に斜めにかけた子守り帯にミニヨンを眠らせたまま、ベイリーは客のあいだを動きまわり、誰かれとなくあいさつを交わし、声をあげて笑っている。その姿があまりにも幸せそうなので、ゲイブは笑みを浮かべずにはいられなかった。

「ベイリーはいつも場を独占するね」

振り返ると、義理の父のエバン・クーパー大佐がバー・カウンターに片腕をついてもたれていた。一時間ほど前にミニヨンの洗礼式を終えて帰ってきてからずっと、ゲイブも同じカウンターに身を預けていた。

「その言葉には非難の気持ちが込められているんですか？」

そう尋ねたのはエバンの口調が否定的だったからではない。父親がいつも彼女をそんなふうに見ている、とベイリーが信じていたからだ。

「非難の気持ちなどまったくない」エバンは自分のグラスにブランデーを注《つ》いだ。「当惑の思いはあるかもしれないがね。だがわたしは娘をとても誇りに思っている」

「ベイリーはそんなふうに思っていませんよ」

エバンは頭を振った。「そうだろうね。わたしは娘をどう扱えばいいのか、どんなふうに話したらいいのか、わからなかった。まるで娘がほかの惑星から来たとでもいうようにね。おとなになってからも、何かを伝えようとすると、最後には決まってまったく別の意味に変わってしまっていた」

ベイリーを知っているだけに、エバンの気持ちはよくわかった。だが義理の父を途方に暮れさせた彼女のそんな一面が、ゲイブの人生を活気づけてくれていた。何をしでかすかわからない妻に後れをとるまいと過ごす一瞬一瞬を、ゲイブは愛していた。

「ベイリーにそれを伝えるべきじゃないですかね」

「そうかもしれないね」エバンはブランデーを飲み終えた。「ベイリーも丸くなったな」

ゲイブは今朝のことを思い出していた。一糸まとわぬ姿のベイリーが爪先《つまさき》から上に向かってキスをして、彼を起こしてくれたのだ。

「こういう席だから行儀よくしてるだけでしょう」

エバンはゲイブの警告をしかと心に留めたように、うなずいてみせた。「君が娘を連れ戻してくれて本当によかった」

「実際には……」ゲイブは妻を見やり、いつになったらふたりきりになれるのだろうかと考えた。「どちらかというと、ベイリーが僕を連れ戻してくれたようなものです」彼女がそうしてくれたことを、毎日のように神に感謝していた。

玄関から笑い声と声高のあいさつが聞こえてきた。「あれはベイリーのおかしな友達だな」エバンは居間の入口に目を向けた。「いっしょにいるのは誰だね？」

「僕の弁護士です」

「そうか」

「ええ」ゲイブもなんと言っていいのかわからなかった。だがエバンとは違って、イブとブラッドのあいだに芽生えた関係に感激していた。「ふたりはお似合いなんですよ」ゲイブは自分自身がいま理解しようとしていることを、言葉にしたかった。「彼の論理と知識を、彼女が直感で和らげてくれる」

ベイリーが聞いていたらうれしく思っただろう。ちょうどそのとき、ベイリーがゲイブのほうを見て……そして、すべてが止まった。

愛している、ベイリーの瞳が言う。

愛している、ゲイブの瞳が応《こた》える。

パーティーは盛り上がっていた。笑い声があふれている。食べ物はたっぷりある。ミニヨンは眠っている。そしてゲイブとベイリーは、ただ一度視線を合わせただけで、ふたりの世界に消えていった。

風変わりな芸術家と格式ばった本屋さんがいつまでもいつまでも幸せに暮らす世界へと。

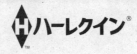

ハーレクイン・ロマンス　2016年2月刊（R-3135）
マイ・バレンタイン　2001年1月刊（V-11）

スター作家傑作選
～幸せを呼ぶキューピッド～
2024年7月20日発行

著　　者　リン・グレアム　他
訳　　者　春野ひろこ（はるの　ひろこ）他

発 行 人　鈴木幸辰
発 行 所　株式会社ハーパーコリンズ・ジャパン
東京都千代田区大手町 1-5-1
電話 04-2951-2000（注文）
0570-008091（読者サービス係）

印刷・製本　大日本印刷株式会社
東京都新宿区市谷加賀町 1-1-1

装 丁 者　高岡直子

表紙写真　© Myushastik, Pinkomelet, Bondarenko Ivanna, Tomert, Alina Yudina | Dreamstime.com

ISBN978-4-596-63708-6 C0297

7月26日発売　ハーレクイン・シリーズ 8月5日刊

ハーレクイン・ロマンス
愛の激しさを知る

コウノトリが来ない結婚	ダニー・コリンズ／久保奈緒実 訳	R-3893
ホテル王と秘密のメイド《純潔のシンデレラ》	ハイディ・ライス／加納亜依 訳	R-3894
ときめきの丘で《伝説の名作選》	ベティ・ニールズ／駒月雅子 訳	R-3895
脅迫された花嫁《伝説の名作選》	ジャクリーン・バード／漆原　麗 訳	R-3896

ハーレクイン・イマージュ
ピュアな思いに満たされる

愛し子がつなぐ再会愛	ルイーザ・ジョージ／神鳥奈穂子 訳	I-2813
絆のプリンセス《至福の名作選》	メリッサ・マクローン／山野紗織 訳	I-2814

ハーレクイン・マスターピース
世界に愛された作家たち
～永久不滅の銘作コレクション～

心まで奪われて《特選ペニー・ジョーダン》	ペニー・ジョーダン／茅野久枝 訳	MP-99

ハーレクイン・ヒストリカル・スペシャル
華やかなりし時代へ誘う

ハイランダーの秘密の跡継ぎ	ジェニーン・エングラート／琴葉かいら 訳	PHS-332
伯爵に拾われた娘	ヘレン・ディクソン／杉本ユミ 訳	PHS-333

ハーレクイン・プレゼンツ作家シリーズ別冊
魅惑のテーマが光る
極上セレクション

炎のメモリー	シャロン・サラ／小川孝江 訳	PB-390

※予告なく発売日・刊行タイトルが変更になる場合がございます。ご了承ください。